TWIST ME - VERSCHLEPPT

ANNA ZAIRES

♠ MOZAIKA PUBLICATIONS ♠

Veröffentlicht von Mozaika Publications, einer Druckmarke von Mozaika LLC.
www.mozaikallc.com

Aus dem Amerikanischen von Grit Schellenberg
Lektorin: Kerstin Frashier

Cover: Najla Qamber Designs
www.najlaqamberdesigns.com

e-ISBN: 978-1-63142-013-9
ISBN: 978-1-63142-308-6

 *ora*

BLUT.

Es ist überall. Die dunkelrote Lache auf dem Boden breitet sich aus, wird immer größer. Es ist auf meinen Füßen, meiner Haut, meinem Haar. Ich kann es fühlen, riechen und spüre, wie es mich bedeckt. Ich versinke in Blut, ich ersticke daran.

Nein! Halt!

Ich möchte schreien, aber ich kann nicht genügend Luft holen. Ich möchte mich bewegen, aber ich bin gefesselt, an etwas festgebunden. Die Seile schneiden in meine Haut, als ich versuche, mich aus ihnen herauszuwinden.

Ich kann ihre Schreie hören. Unmenschliches, gequältes und schmerzerfülltes Kreischen, das mit ungebremster

Gewalt in mich eindringt und meinen Verstand genauso roh und verstümmelt zurücklässt wie ihr Fleisch.

Er hebt das Messer ein letztes Mal, und die Blutlache wird zu einem Ozean, dessen reißende Strömung mich mit sich zieht …

Ich wache auf, als ich seinen Namen schreie, und meine Laken sind vollständig von kaltem Schweiß durchnässt.

Einen Augenblick lang bin ich orientierungslos … und dann erinnere ich mich.

Er wird niemals wieder zu mir kommen.

ACHTZEHN MONATE ZUVOR

ora

ICH BIN SIEBZEHN JAHRE ALT, ALS ICH ZUM ERSTEN MAL auf ihn treffe.

Siebzehn und verrückt nach Jake.

»Nora, jetzt komm schon, das ist langweilig«, sagt Leah, als wir auf der Tribüne sitzen und uns das Spiel anschauen. American Football. Etwas, von dem ich nichts verstehe, aber so tue, als würde ich es lieben, da ich ihn hier sehen kann. Auf dem Spielfeld, jeden Tag beim Training.

Ich bin natürlich nicht das einzige Mädchen, welches Jake beobachtet. Er ist der Quarterback und der heißeste Typ auf dem ganzen Planeten – oder zumindest in Oak Lawn, Illinois, einem Vorort von Chicago.

»Es ist nicht langweilig«, erwidere ich. »American Football ist toll.«

Leah rollt mit den Augen. »Ja, ja. Geh endlich zu ihm hin und rede mit ihm. Du bist doch nicht schüchtern. Warum machst du ihn nicht endlich auf dich aufmerksam?«

Ich zucke mit den Schultern. Jake und ich verkehren nicht in denselben Kreisen. Er wird von Cheerleadern belagert, und ich habe ihn lange genug beobachtet, um zu wissen, dass er auf große, blonde Mädchen steht und nicht auf kleine, braunhaarige.

Außerdem macht es bis jetzt einfach Spaß, diese Anziehung zu spüren. Und ich weiß, was für ein Gefühl das ist. Lust. Schlicht und ergreifend Hormone. Ich weiß nicht, ob ich Jake als Person mögen würde, aber ich weiß mit Sicherheit, dass ich es liebe, wie er ohne sein Shirt aussieht. Immer, wenn er an mir vorbeigeht, spüre ich, wie mein Herz vor Aufregung schneller schlägt. Ich fühle eine innere Wärme und kann kaum ruhig sitzen.

Ich träume auch von ihm. Sexy Träume, sinnliche Träume, in denen er meine Hand hält, mein Gesicht berührt, mich küsst. Unsere Körper berühren sich, reiben sich aneinander. Wir ziehen uns aus.

Ich versuche mir vorzustellen, wie es wäre, Sex mit Jake zu haben.

Letztes Jahr, als ich mich regelmäßig mit Rob getroffen habe, sind wir fast bis zum Ende gegangen, aber dann habe ich herausgefunden, dass er auf einer Party betrunken mit einem anderen Mädchen geschlafen hat. Er bereute es zutiefst und wollte es wiedergutmachen, als ich ihn darauf ansprach. Ich konnte ihm aber nie wieder vertrauen, und wir haben uns getrennt. Jetzt bin ich vorsichtiger bei der Auswahl der Jungs, mit denen ich ausgehe, auch wenn ich weiß, dass nicht alle so sind wie er.

Jake könnte allerdings so sein. Er ist einfach zu beliebt, um kein Herzensbrecher zu sein. Trotzdem, wenn es jemanden gibt, mit dem ich mein erstes Mal erleben möchte, ist das definitiv Jake.

»Lass uns heute Abend weggehen«, schlägt Leah vor. »Nur wir Mädchen. Wir können nach Chicago fahren und deinen Geburtstag feiern.«

»Mein Geburtstag ist erst nächste Woche«, erinnere ich sie, auch wenn ich weiß, dass sie das Datum auf ihrem Kalender rot angestrichen hat.

»Na und? Wir können doch schon mal vorfeiern.«

Ich grinse. Sie ist immer so scharf darauf, Party zu machen. »Ich weiß nicht. Und wenn sie uns wieder rausschmeißen? Diese gefälschten Führerscheine sind nicht wirklich gut …«

»Wir gehen einfach woanders hin. Es muss ja nicht der Aristotle sein.«

Aristotle ist mit Abstand der coolste Club der Stadt. Aber Leah hatte recht – es gibt auch andere.

»Okay«, meine ich. »Lass uns das machen. Lass uns vorfeiern.«

∽

Leah holt mich um 21.00 Uhr ab.

Sie hat sich fürs Clubben zurechtgemacht – dunkle, glänzende Jeans, ein glitzerndes Schlauchtop und hochhackige Overknees. Ihr blondes Haar ist vollkommen weich und glatt und fällt wie ein markanter Wasserfall ihren Rücken hinab.

Ich dagegen trage immer noch meine Turnschuhe. Meine Schuhe fürs Clubbing habe ich in dem Rucksack, den ich in Leahs Auto lassen werde. Ein dicker Pulli versteckt das aufreizende Top, welches ich trage. Ich bin nicht geschminkt, und mein langes braunes Haar ist zu einem Pferdeschwanz gebunden.

So verlasse ich das Haus, um keinen Verdacht zu erregen. Ich sage meinen Eltern, dass ich den Abend mit Leah bei Freunden zu Hause verbringe. Meine Mutter lächelt und wünscht mir viel Spaß.

Jetzt, mit fast achtzehn, habe ich keine Ausgehsperre mehr. Oder vielleicht habe ich sie noch, aber sie ist zumindest nicht offiziell. Solange ich nach Hause komme, bevor meine Eltern anfangen, sich Sorgen zu machen – oder ich ihnen zumindest sage, wo ich bin –, ist alles in Ordnung.

Sobald ich in Leahs Auto sitze, beginne ich mit meiner Verwandlung.

Weg mit dem dicken Pulli und raus mit dem verführerischen Tanktop, das ich darunter habe. Ich trage einen Push-up-BH, um mein etwas zu klein ausgefallenes Kapital zu maximieren. Die Träger des BHs sind durchaus vorzeigbar, weshalb es mich nicht stört, wenn sie hervorschauen. Ich habe nicht so coole

Schuhe wie Leah, aber ich habe es geschafft, meine hübschesten schwarzen Absatzschuhe herauszuschmuggeln. Sie vergrößern mich um etwa zehn Zentimeter. Da ich jeden einzelnen von ihnen benötige, ziehe ich die Schuhe gleich an.

Als Nächstes hole ich meinen Schminkbeutel hervor und klappe die Sonnenblende herunter, um den Spiegel zu benutzen.

Vertraute Gesichtszüge blicken mich an. Große, braune Augen und klar definierte schwarze Augenbrauen dominieren mein kleines Gesicht. Rob hat mir einmal gesagt, ich würde exotisch aussehen. Ein wenig kann ich das gerade selbst erkennen. Auch wenn ich nur zu einem Viertel Latina bin, sieht meine Haut immer ein wenig gebräunt aus, und meine Wimpern sind außergewöhnlich lang. Künstliche Wimpern nennt Leah sie, aber sie sind hundertprozentig echt.

Ich habe kein Problem mit meinem Aussehen, auch wenn ich mir häufig wünsche, größer zu sein. Das sind meine mexikanischen Gene. Meine Großmutter war klein, und das bin ich auch, obwohl meine Eltern beide durchschnittlich groß sind. Das wäre mir auch egal, würde Jake nicht große Mädchen mögen. Ich glaube nicht einmal, dass er mich im Gang überhaupt sieht; ich befinde mich im wahrsten Sinne des Wortes nicht auf seiner Augenhöhe.

Seufzend trage ich Lipgloss und ein wenig Lidschatten auf. Ich benutze nicht zu viel Make-up, weil ich ganz natürlich am besten aussehe.

Leah dreht das Radio auf, und die neuesten Hits dröhnen durch das Auto. Ich lache und fange an, mit Rihanna mitzusingen. Leah fällt auch ein, und jetzt schmettern wir beide die S&M-Texte mit.

Ohne es zu merken, kommen wir auch schon am Club an.

Wir betreten ihn so, als würde er uns gehören. Leah schenkt dem Türsteher ein strahlendes Lächeln, und wir zücken unsere Ausweise. Sie lassen uns ein, kein Problem.

Wir waren noch niemals zuvor in diesem Club. Er befindet sich in einem älteren, leicht heruntergekommenen Teil des Zentrums von Chicago.

»Wie bist du auf diesen Club gekommen?«, rufe ich Leah zu. Ich muss schreien, um die Musik zu übertönen.

»Ralph hat mir davon erzählt«, brüllt sie zurück, und ich verdrehe die Augen.

Ralph ist Leahs Ex-Freund. Sie haben sich getrennt, als er anfing, sich seltsam zu benehmen, aber sie reden trotzdem noch miteinander. Ich glaube, dass er Drogen nimmt oder so etwas. Ich bin mir nicht sicher, und Leah erzählt mir, aus falscher Loyalität zu ihm, nichts. Er ist der König des Zwielichts, und die Tatsache, dass die Empfehlung für diesen Ort von ihm kam, ist nicht sehr beruhigend.

Aber was soll's. Sicherlich ist die Gegend nicht die Beste, aber die Musik ist gut, und die anderen Gäste sind auch eine nette Mischung.

Wir sind hier, um Party zu machen, und genau das

tun wir auch die nächste Stunde lang. Leah bringt ein paar Jungs dazu, uns einen Longdrink auszugeben. Wir trinken nicht mehr als einen pro Kopf. Leah, weil sie uns nach Hause fahren muss – und ich, weil ich Alkohol nicht gut vertrage. Wir sind vielleicht jung, aber wir sind nicht blöd.

Nach den Longdrinks tanzen wir. Die beiden, die uns eben die Drinks ausgegeben haben, tanzen mit uns, aber wir ziehen uns nach und nach von ihnen zurück. Sie sind nicht wirklich süß. Leah findet eine Gruppe heißer Typen im Studentenalter, und wir pirschen uns an sie heran. Sie beginnt eine Unterhaltung mit einem von ihnen, und ich schaue ihr lächelnd dabei zu. Sie ist gut, was diesen ganzen Flirtkram betrifft.

Unterdessen teilt meine Blase mir mit, dass es Zeit sei, die Damentoilette aufzusuchen. Also verlasse ich Leah und folge meiner Blase.

Auf dem Rückweg bitte ich den Barmann um ein Glas Wasser. Nach dem ganzen Tanzen habe ich Durst.

Er reicht es mir, und ich schütte es gierig hinunter. Als ich fertig bin, stelle ich das Glas ab und schaue auf.

Direkt in ein Paar stechend blaue Augen.

Er sitzt an der gegenüberliegenden Seite der Bar, etwa drei Meter von mir entfernt – und er starrt mich an.

Ich starre zurück. Ich kann nichts dagegen tun. Er ist wahrscheinlich der bestaussehendste Mann, der mir jemals begegnet ist.

Sein Haar ist dunkel und leicht gelockt. Sein Gesicht ist hart und männlich, alle seine Gesichtszüge sind perfekt symmetrisch. Geradlinige Augenbrauen über diesen auffallend blassen Augen. Ein Mund, der zu einem gefallenen Engel gehören könnte.

Mir ist plötzlich sehr warm, als ich mir vorstelle, wie dieser Mund meine Haut, meine Lippen berührt. Wenn ich leicht erröten würde, hätte mein Gesicht schon die Farbe von Roter Bete.

Er steht auf, geht auf mich zu und hält mich immer noch mit seinem Blick fest. Er geht entspannt. Ruhig. Er ist sich völlig sicher. Und warum auch nicht? Er ist umwerfend, und er weiß es.

Als er näher kommt, bemerke ich, dass er ein großer Mann ist. Groß und gut gebaut. Ich weiß nicht, wie alt er ist, aber ich denke, er ist näher an der Dreißig als an der Zwanzig. Ein Mann, kein Junge.

Er steht neben mir, und ich muss mich darauf konzentrieren, zu atmen.

»Wie heißt du?«, fragt er sanft. Seine Stimme dringt durch die Musik, ihr tiefer Ton ist selbst in dieser lauten Umgebung deutlich zu hören.

»Nora«, sage ich leise und schaue zu ihm hinauf. Ich bin völlig hypnotisiert, und ich bin mir ziemlich sicher, dass er das weiß.

Er lächelt. Seine sinnlichen Lippen öffnen sich und geben den Blick auf gleichmäßige, weiße Zähne frei. »Nora. Ein schöner Name.«

Er stellt sich nicht vor, weshalb ich meinen Mut zusammennehme und ihn frage: »Wie heißt du?«

»Du kannst mich Julian nennen«, antwortet er, und ich beobachte, wie sich seine Lippen bewegen. Ich war noch nie zuvor so fasziniert von den Lippen eines Mannes.

»Wie alt bist du, Nora?«, will er als Nächstes wissen.

Ich blinzele. »Einundzwanzig.«

Sein Gesichtsausdruck verdunkelt sich. »Lüg mich nicht an.«

»Fast achtzehn«, gebe ich zögernd zu. Ich hoffe, er wird es nicht dem Barmann erzählen und mich rausschmeißen lassen.

Er nickt, so als habe ich seine Vermutungen bestätigt. Und dann hebt er seine Hand und berührt mein Gesicht. Leicht, zart. Sein Daumen streicht gegen meine Oberlippe, so als würde er neugierig sein, wie sie sich anfühlt.

Ich bin so schockiert, dass ich einfach nur dastehe. Niemand hat das jemals getan, mich so beiläufig, so besitzergreifend berührt. Mir ist heiß und gleichzeitig kalt. Ein Angstschauer läuft mir über den Rücken. Er zögert nicht, bei dem, was er macht. Er fragt nicht um Erlaubnis, hält nicht inne, um zu sehen, ob ich seine Berührung zulasse.

Er berührt mich einfach. So als habe er das Recht dazu. So als gehöre ich zu ihm.

Ich atme zitternd ein und nehme Abstand. »Ich muss gehen«, flüstere ich, und er nickt erneut, betrachtet mich mit einem unleserlichen Ausdruck auf seinem wunderschönen Gesicht. Ich weiß, er lässt mich gehen, und erbärmlicherweise bin ich ihm dankbar dafür – weil irgendetwas tief in mir spürt, dass er auch leicht hätte weiter gehen können, dass er nicht nach den normalen Regeln spielt.

Und dass er wahrscheinlich das gefährlichste Wesen ist, welches ich jemals getroffen habe.

Ich drehe mich um und gehe durch die Menge. Meine Hände zittern, und mein Herz schlägt zum Zerspringen.

Ich muss raus hier, also schnappe ich mir Leah und lasse mich von ihr nach Hause fahren.

Als wir aus dem Club gehen, blicke ich zurück und sehe ihn wieder. Er starrt mich immer noch an.

Sein Blick enthält ein dunkles Versprechen – etwas, was mich erschaudern lässt.

*N*ora

DIE NÄCHSTEN DREI WOCHEN VERGEHEN WIE IM FLUG. Ich feiere meinen achtzehnten Geburtstag, lerne für die Abschlussklausuren und verbringe Zeit mit Leah und meiner anderen Freundin Jennie. Ich gehe zum American Football, um Jake spielen zu sehen, und bereite mich auf die Abschlussfeier vor.

Ich versuche, nicht mehr an den Zwischenfall im Club zu denken, denn wenn ich es mache, fühle ich mich wie ein Feigling. Warum bin ich weggerannt? Julian hatte mich kaum berührt.

Ich kann meine seltsame Reaktion kaum verstehen. Ich war erregt gewesen, aber gleichzeitig lächerlich verängstigt.

Und jetzt verbringe ich schlaflose Nächte. Anstatt

von Jake zu träumen, wache ich oft auf, fühle mich heiß und unwohl, mit einem Pochen zwischen den Beinen. Dunkle, sexuelle Bilder dringen in meine Träume ein, Dinge, über die ich niemals zuvor nachgedacht habe. Eine Menge davon dreht sich um Julian, der etwas mit mir macht, während ich hilflos bin, unfähig, mich zu bewegen.

Manchmal denke ich, ich werde verrückt.

Ich schiebe diesen beunruhigenden Gedanken beiseite und konzentriere mich aufs Anziehen.

Heute ist mein Highschool-Abschluss, und ich bin aufgeregt. Leah, Jennie und ich haben nach der Zeremonie große Pläne. Jake schmeißt eine Nach-dem-Abschluss-Party bei sich zu Hause. Es wird die perfekte Gelegenheit sein, mit ihm zu reden.

Ich trage ein schwarzes Kleid unter meiner blauen Abschlussrobe. Es ist schlicht, aber es steht mir gut, hebt meine kleinen Rundungen hervor. Ich trage außerdem Zehn-Zentimeter-Absätze. Ein bisschen zu viel für eine Abschlussveranstaltung, aber ich brauche die zusätzliche Größe.

Meine Eltern fahren mich zur Schule. Ich hoffe, diesen Sommer genug Geld zu sparen, um mir für die Uni mein eigenes Auto kaufen zu können. Ich habe geplant, zur örtlichen Universität zu gehen, weil es so billiger wird. Ich werde also immer noch zu Hause wohnen.

Das macht mir nichts aus. Meine Eltern sind nett, und wir kommen gut miteinander aus. Sie lassen mir eine Menge Freiheiten – weil sie denken, ich sei ein gutes Kind, käme niemals in Schwierigkeiten. Sie haben fast recht. Außer den gefälschten Ausweisen und dem gelegentlichen Clubbing führe ich ein recht beschauliches Leben. Keine Alkoholexzesse, kein Rauchen, keine Drogen – auch wenn ich schon einmal auf einer Party gekifft habe.

Wir kommen an, und ich finde Leah. Für die Zeremonie aufgestellt, warten wir geduldig bis unsere Namen aufgerufen werden. Es ist ein perfekter Tag für Anfang Juni – nicht zu heiß, nicht zu kalt.

Leahs Name wird zuerst aufgerufen. Zu ihrem Glück beginnt ihr Nachname mit einem »A«. Mein Name ist Leston, also muss ich noch weitere dreißig Minuten stehen. Wenigstens sind wir in unserer Abschlussklasse nur hundert Schüler. Einer der Vorteile, in einer Kleinstadt zu leben.

Mein Name wird aufgerufen, und ich gehe mir mein Zeugnis abholen. Ich schaue in die Menge, lächle und winke meinen Eltern zu. Ich freue mich, weil sie so stolz aussehen.

Ich schüttele die Hand des Direktors und gehe zurück zu meinem Sitz.

Und in diesem Moment sehe ich ihn wieder.

Mein Blut gefriert in den Adern.

Er sitzt in den letzten Reihen und beobachtet mich. Ich kann seine Augen auf mir fühlen, selbst aus dieser Entfernung.

Irgendwie schaffe ich es, ohne zu fallen die Bühne zu verlassen. Meine Beine zittern, und mein Atem ist schneller als normal. Ich nehme neben meinen Eltern

Platz und hoffe, dass sie meinen Zustand nicht bemerken.

Warum ist Julian hier? Was will er von mir? Ich atme tief durch und versuche, mich zu beruhigen. Mit Sicherheit ist er wegen jemand anderem hier. Vielleicht hat er einen Bruder oder eine Schwester in der Abschlussklasse. Oder einen anderen Verwandten.

Aber ich weiß, ich belüge mich selbst.

Ich erinnere mich an seine besitzergreifende Berührung und weiß, er ist noch nicht fertig mit mir.

Er will mich.

Ein Schauer läuft mir bei diesem Gedanken den Rücken hinunter.

NACH DER ZEREMONIE SEHE ICH IHN NICHT MEHR UND bin erleichtert. Leah fährt uns zu Jakes Haus. Sie und Jennie unterhalten sich die ganze Zeit, da sie so aufgeregt sind, mit der Schule fertig zu sein und einen neuen Lebensabschnitt zu beginnen.

Normalerweise würde ich mich ihrer Unterhaltung anschließen, aber ich bin zu durcheinander davon, Julian gesehen zu haben. Also sitze ich einfach schweigend da. Aus irgendeinem Grund hatte ich Leah nichts von dem Treffen im Club erzählt. Ich sagte ihr damals einfach, ich hätte Kopfschmerzen und wolle nach Hause fahren.

Ich weiß nicht, warum ich mit Leah nicht über Julian reden kann. Ich habe kein Problem damit, alles über Jake bei ihr loszuwerden. Vielleicht ist es einfach zu schwierig für mich, ihr zu beschreiben, welche Gefühle Julian in mir weckt. Sie würde nicht verstehen, warum er mir Angst macht.

Ich verstehe es ja selbst nicht richtig.

Die Party in Jakes Haus ist schon in vollem Gange, als wir ankommen. Ich bin immer noch entschlossen, mit ihm zu reden, aber ich bin zu aufgewühlt, Julian erneut gesehen zu haben. Ich beschließe, etwas flüssigen Mut vertragen zu können.

Ich verlasse die Mädels, gehe zu dem Fass und schenke mir einen Becher Bowle ein. Als ich daran rieche, bin ich mir sicher, dass sie Alkohol enthält, und trinke den ganzen Becher auf einmal.

Fast augenblicklich werde ich benebelt. Wie ich in den letzten Jahren herausgefunden habe, vertrage ich nahezu keinen Alkohol. Ein Getränk ist schon fast meine Grenze.

Ich sehe, wie Jake in die Küche geht, und folge ihm.

Er macht sauber, schmeißt übriggebliebene Becher und dreckige Papierteller weg.

»Möchtest du ein wenig Hilfe dabei?«, frage ich.

Er lächelt, und an den äußeren Winkeln seiner braunen Augen bilden sich Fältchen. »Na klar, danke. Das wäre großartig.« Sein mit sonnengebleichten Strähnen durchzogenes Haar ist ein wenig länger und fällt über die Stirn, was ihn besonders niedlich macht.

Ich schmelze innerlich dahin. Er ist so hübsch. Nicht auf die beunruhigende Art Julians, sondern auf eine schöne Weise. Jake ist groß und muskulös, aber nicht besonders riesig für einen Quarterback. Nicht riesig genug, um Football an der Uni zu spielen; das hat mir zumindest Jennie einmal erzählt.

Ich helfe ihm aufzuräumen, fege einige Chipskrümel von der Theke und wische die Bowle auf, die auf den Boden gespritzt war. Die ganze Zeit über schlägt mein Herz vor Aufregung ganz schnell.

»Nora, stimmt's?«, meint Jake und schaut mich an.

Er kennt meinen Namen!

Ich grinse ihn breit an. »Ja, das stimmt.«

»Ich finde das wirklich großartig, dass du mir hilfst, Nora«, sagt er offen zu mir. »Ich schmeiße gerne Partys, aber das Aufräumen am nächsten Tag ist beschissen. Also versuche ich jetzt schon, ein bisschen was wegzumachen, bevor es zu schlimm wird.«

Mein Grinsen wird noch breiter, und ich nicke. »Natürlich.«

Das verstehe ich völlig. Ich liebe es, dass er so nett und nachdenklich zu sein scheint, viel mehr als nur ein Sportler.

Wir beginnen, uns zu unterhalten. Er erzählt mir von seinen Plänen für das kommende Jahr. Im Gegensatz zu mir studiert er woanders. Ich sage ihm, dass ich plane, die nächsten zwei Jahre hierzubleiben, um Geld zu sparen. Danach würde ich gerne zu einer richtigen Uni wechseln.

Er nickt zustimmend und meint, das sei clever. Er hatte auch darüber nachgedacht, etwas in dieser Art zu machen, aber dann hatte er das Glück, ein komplettes

Stipendium für die Universität von Michigan zu bekommen.

Ich lächle und gratuliere ihm. Innerlich hüpfe ich vor Freude auf und ab.

Wir verstehen uns. Wir verstehen uns wirklich gut. Er mag mich, das merke ich. Warum hatte ich ihn nur nicht eher angesprochen?

Wir reden etwa zwanzig Minuten lang, bevor jemand in die Küche kommt und Jake sucht.

»Ach, Nora«, meint Jake, bevor er wieder zurück zur Party geht, »hast du morgen schon was vor?«

Ich schüttele meinen Kopf und halte den Atem an.

»Was hältst du davon, wenn wir ins Kino gehen?«, schlägt Jake vor. »Und davor vielleicht noch etwas in einem kleinen Fischrestaurant essen?«

Ich grinse und nicke wie ein Idiot. Ich habe zu viel Angst, etwas Dummes zu sagen, also halte ich meinen Mund.

»Klasse«, meint Jake und grinst zurück. »Ich komme dich um sechs abholen.«

Er geht, um wieder der Gastgeber der Party zu sein, und ich suche die Mädchen. Wir bleiben noch ein paar Stunden, aber ich rede nicht mehr mit Jake. Er ist von seinen Sportlerfreunden umgeben, und ich möchte ihn nicht stören.

Aber ab und an erwische ich ihn dabei, wie er in meine Richtung schaut und lächelt.

~

DIE NÄCHSTEN VIERUNDZWANZIG STUNDEN VERBRINGE ich schwebend. Ich berichte Leah und Jennie alles, was passiert ist. Sie freuen sich für mich.

Ich bereite mich auf unser Date vor. Ich ziehe ein niedliches blaues Kleid an und ein Paar hochhackige, braune Stiefel. Sie sind so ähnlich wie Cowboystiefel, nur ein wenig schicker, und ich weiß, sie stehen mir.

Jake holt mich Punkt sechs ab.

Wir gehen zu Fish-of-the-Sea, einem beliebten örtlichen Bistro, das nicht allzu weit vom Kino entfernt liegt. Es ist ein netter Ort zum Hinsetzen, nicht allzu förmlich.

Perfekt für das erste Date.

Wir amüsieren uns prächtig. Ich erfahre mehr von Jake und seiner Familie. Er fragt mich viele Sachen, und wir entdecken, dass wir die gleiche Art von Filmen mögen. Irgendwie mag ich keine Mädchenfilme, aber liebe billige Weltuntergangsfilme mit vielen Spezialeffekten. Genau wie Jake.

Nach dem Essen gehen wir uns einen Film ansehen. Leider ist es keine Apokalypse, aber trotzdem ein ziemlich guter Actionfilm. Während der Vorstellung legt Jake seinen Arm um meine Schultern, und ich kann meine Freude kaum verbergen. Ich hoffe, dass er mich heute Abend küssen wird.

Als der Film zu Ende ist, gehen wir durch den Park. Es ist schon spät, aber ich fühle mich völlig sicher. Die Kriminalitätsrate unserer Stadt ist vernachlässigbar, und es gibt ausreichend Straßenbeleuchtung.

Wir gehen spazieren, und Jake hält meine Hand.

Wir sprechen über den Film. Dann hält er an und schaut zu mir herunter.

Ich weiß, was er möchte. Es ist das Gleiche, was ich auch möchte.

Ich schaue zu ihm hinauf und lächle. Er erwidert mein Lächeln, legt seine Hände auf meine Schultern und beugt sich hinunter, um mich zu küssen.

Seine Lippen fühlen sich weich an, und sein Atem riecht nach dem Mintkaugummi, welches er vorhin gekaut hat. Sein Kuss ist zärtlich und schön, genau so, wie ich gehofft hatte.

Dann ändert sich plötzlich alles.

Ich weiß nicht einmal, was passierte oder wie es passierte. In einem Moment küsste ich Jake, und im nächsten liegt er bewusstlos auf dem Boden. Eine große Gestalt beugt sich über ihn.

Ich öffne meinen Mund, um zu schreien, aber ich bekomme nicht mehr als einen Ton heraus, bevor eine große Hand meinen Mund und meine Nase zuhält.

Ich fühle einen scharfen Stich in einer Seite meines Halses, und dann versinkt meine Welt in Dunkelheit.

## 3

# Nora

ICH WACHE MIT HÄMMERNDEN KOPFSCHMERZEN UND einem flauen Magen auf. Es ist dunkel, und ich kann nichts sehen.

Einen Augenblick lang kann ich mich nicht an das erinnern, was passiert ist. Habe ich auf der Party zu viel getrunken? Dann bekomme ich einen klaren Kopf, und die Ereignisse der letzten Nacht brechen hervor. Ich erinnere mich an den Kuss und dann … *Jake!* Oh Gott, was ist mit Jake passiert?

Was ist mit mir passiert?

Ich habe solche Angst, dass ich einfach nur zitternd daliege.

Ich liege auf etwas Bequemem. Ein Bett mit einer guten Matratze höchstwahrscheinlich. Ich liege unter einer Decke, aber ich kann keine Anziehsachen auf meinem Körper fühlen, nur die Weichheit der Baumwolllaken auf meiner Haut. Ich berühre mich und merke, dass ich recht habe: Ich bin völlig nackt.

Mein Zittern verschlimmert sich.

Mit einer Hand untersuche ich mich zwischen den Beinen. Zu meiner großen Erleichterung fühlt sich alles wie immer an. Keine Nässe, kein Wundsein, kein Zeichen dafür, dass ich vergewaltigt worden bin.

Zumindest bis jetzt nicht.

Tränen brennen in meinen Augen, aber ich lasse sie nicht heraus. Heulen würde in dieser Situation auch nicht helfen. Ich muss herausfinden, was vor sich geht. Wollen sie mich umbringen? Mich vergewaltigen? Mich vergewaltigen und danach umbringen? Wenn sie auf ein Lösegeld aus sind, dann bin ich so gut wie tot. Nachdem mein Vater während der Rezession entlassen wurde, können meine Eltern kaum ihre Hypothek zahlen.

Ich kann unter Anstrengung verhindern, hysterisch zu werden. Ich will nicht anfangen zu schreien. Das würde ihre Aufmerksamkeit auf mich lenken.

Stattdessen liege ich hier in der Dunkelheit, und mir kommen alle grauenhaften Geschichten in den Kopf, die ich jemals in den Nachrichten gesehen habe. Ich denke an Jake und sein warmes Lächeln. Ich denke an meine Eltern und daran, wie am Boden zerstört sie sein werden, wenn ihnen die Polizei mitteilt, dass ich verschwunden bin. Ich denke an meine ganzen Pläne und daran, wahrscheinlich nie wieder die Möglichkeit zu bekommen, eine richtige Universität zu besuchen.

Und ich beginne, wütend zu werden. Warum tun sie das? Wer sind sie überhaupt? Ich nehme an, es handelt sich um »sie« anstatt um »ihn«, da ich mich daran erinnere, eine dunkle Gestalt über Jake gebeugt gesehen zu haben. Eine weitere Person muss mich von hinten gepackt haben.

Die Wut hilft mir dabei, meine Panik zu kontrollieren. Ich bin in der Lage, wieder ein wenig zu denken. Ich kann in der Dunkelheit immer noch nichts sehen, aber ich kann fühlen.

Ich bewege mich leise und beginne vorsichtig, meine Umgebung zu erkunden.

Zuerst stelle ich fest, wirklich in einem Bett zu liegen. Ein großes Bett, wahrscheinlich Kingsize. Es gibt Kissen und eine Decke, und die Laken sind weich und fühlen sich angenehm an. Wahrscheinlich teuer.

Das macht mir irgendwie noch mehr Angst. Das sind Kriminelle mit Geld.

Ich krieche an das Ende des Bettes, setze mich hin und halte die Decke fest an mich gepresst. Meine nackten Füße berühren den Boden. Er fühlt sich glatt und kalt an, wie Hartholz.

Ich wickele die Decke um mich und stehe auf, bereit, mich weiter umzuschauen.

In diesem Moment höre ich, wie sich die Tür öffnet.

Ein sanftes Licht geht an. Auch wenn es nicht grell ist, kann ich einen Augenblick lang nichts erkennen.

Ich blinzele einige Male, damit sich meine Augen an die Helligkeit gewöhnen können.

Und dann sehe ich ihn.

Julian.

Wie ein dunkler Engel steht er im Türrahmen. Sein Haar wellt sich leicht um sein Gesicht und lässt die harte Perfektion seiner Gesichtszüge weicher erscheinen. Seine Augen fixieren mein Gesicht, und seine Lippen sind zu einem leichten Lächeln verzogen.

Er ist umwerfend.

Und unglaublich angsteinflößend.

Meine Instinkte hatten recht gehabt – dieser Mann ist zu allem fähig.

»Hallo Nora«, sagt er leise und betritt den Raum.

Ich blicke mich verzweifelt um. Ich sehe nichts, was mir als Waffe dienen könnte.

Mein Mund ist so trocken wie die Wüste. Ich kann nicht mal genug Spucke zusammenbekommen, um zu reden. Also sehe ich ihm einfach dabei zu, wie er auf mich zukommt, so wie ein hungriger Tiger, der sich seiner Beute nähert.

Ich werde kämpfen, wenn er mich berührt.

Er kommt näher, und ich mache einen Schritt zurück. Dann noch einen und noch einen. Das Laken ist weiterhin um mich gewickelt.

Er hebt seine Hand, und ich versteife mich, bereite mich darauf vor, mich zu verteidigen.

Aber er hält nur eine Flasche Wasser hoch, die er mir anbietet.

»Hier«, sagt er. »Ich nehme an, du hast Durst.«

Ich blicke ihn an. Ich bin am Verdursten, aber ich möchte nicht noch einmal betäubt werden.

Er scheint meine Zurückhaltung zu verstehen. »Keine Angst, mein Kätzchen. Das ist nur Wasser. Ich möchte dich wach und bei Bewusstsein.«

Ich weiß nicht, wie ich darauf reagieren soll. Mein Herz hämmert, und mir ist ganz schlecht vor Angst.

Er steht einfach nur da und schaut mich geduldig an. Ich halte die Decke mit einer Hand ganz fest, gebe meinem Durst nach und nehme das Wasser von ihm. Meine Hand zittert, und meine Finger berühren ihn, als ich nach der Flasche greife. Eine Hitzewelle überrollt mich, eine befremdliche Reaktion, die ich ignoriere.

Jetzt muss ich den Deckel abschrauben. Er beobachtet mein Dilemma mit Interesse und einiger Belustigung. Zum Glück berührt er mich nicht. Er steht etwa einen halben Meter von mir entfernt und betrachtet mich einfach nur.

Ich halte meine Arme fest gegen meinen Körper gepresst, um die Decke festzuhalten, und schraube den Verschluss auf. Danach halte ich die Decke wieder mit einer Hand fest und setze die Flasche an meine Lippen, um zu trinken.

Die kühle Flüssigkeit fühlt sich auf meinen ausgedörrten Lippen und der trockenen Zunge fantastisch an. Ich trinke, bis die ganze Flasche leer ist. Ich kann mich nicht an das letzte Mal erinnern, an dem Wasser so gut geschmeckt hat. Der trockene Mund muss eine Nebenwirkung der Droge sein, die er benutzt hat, um mich hierherzubringen.

Jetzt kann ich wieder reden, also frage ich ihn: »Warum?«

Zu meiner großen Überraschung hört sich meine Stimme fast normal an.

Er hebt seine Hand und berührt erneut mein Gesicht. Genauso wie in dem Club. Und wieder stehe ich hilflos da und lasse ihn machen. Seine Finger fahren behutsam über meine Haut, fast zärtlich. Das steht in einem so starken Gegensatz zu dieser ganzen Situation, dass ich einen Moment lang verwirrt bin.

»Weil ich es nicht mochte, dich mit ihm zu sehen«, antwortet Julian, und ich kann die kaum unterdrückte Wut in seiner Stimme hören. »Weil er dich berührt hat, dich angefasst hat.«

Ich kann kaum denken. »Wer?«, flüstere ich und versuche herauszubekommen, wovon er redet. Und dann verstehe ich. »Jake?«

»Ja, Nora«, sagt er düster. »Jake.«

»Ist er …« Ich weiß nicht einmal, ob ich es überhaupt laut aussprechen kann. »Ist er … am Leben?«

»Momentan ja«, erwidert Julian, und seine Augen brennen sich in meine. »Er ist mit einer leichten Gehirnerschütterung im Krankenhaus.«

Ich bin so erleichtert, dass ich gegen die Wand sacke. Und dann wird mir die ganze Bedeutung seiner Worte bewusst. »Was meinst du mit ›momentan‹?«

Julian zuckt mit seinen Schultern. »Seine

Gesundheit und sein Wohlbefinden hängen einzig und allein von dir ab.«

Ich schlucke um meinen immer noch trockenen Hals zu befeuchten. »Von mir?«

Seine Finger liebkosen wieder mein Gesicht und streichen mein Haar hinter mein Ohr. Mir ist so kalt, dass es sich anfühlt, als würde seine Berührung meine Haut verbrennen. »Ja, mein Kätzchen, von dir. Wenn du brav bist, wird es ihm gut gehen. Wenn nicht …«

Ich kann kaum einatmen. »Wenn nicht?«

Julian lächelt. »Wird er innerhalb einer Woche tot sein.«

Sein Lächeln ist das Schönste und das Angsteinflößendste, was ich jemals gesehen habe.

»Wer bist du?«, flüstere ich. »Was willst du von mir?«

Er antwortet nicht. Stattdessen berührt er mein Haar, führt eine dicke braune Strähne zu seinem Gesicht. Er atmet ein, so als würde er daran riechen.

Ich beobachte ihn wie versteinert. Ich weiß nicht, was ich tun soll. Sollte ich jetzt gegen ihn kämpfen? Und wenn ja, was würde das bringen? Er hat mir bis jetzt nicht wehgetan, also möchte ich ihn nicht provozieren. Er ist viel größer als ich, viel stärker. Ich kann den Umfang seiner Muskeln unter seinem schwarzen T-Shirt sehen. Ohne meine Absatzschuhe reiche ich ihm kaum bis zu den Schultern.

Während ich darüber nachdenke, ob es sich lohnt, gegen jemanden zu kämpfen, der bestimmt fünfzig Kilo schwerer ist als ich, trifft er die Entscheidung.

Seine Hand verlässt meinen Kopf und zieht an der Decke, die ich so fest an mich gepresst halte.

Ich lasse nicht los. Wenn überhaupt, greife ich sie fester. Und ich mache etwas Peinliches.

Ich bettele.

»Bitte«, sage ich verzweifelt, »bitte mach das nicht.«

Er lächelt wieder. »Warum nicht?« Seine Hand zieht weiterhin an der Decke, langsam und unerbittlich. Ich weiß, er macht das nur deswegen, um die Qualen zu verlängern. Er könnte leicht mit einem starken Ruck die ganze Decke von mir wegreißen.

»Ich möchte das nicht«, erkläre ich ihm. Ich kann wegen der Enge meines Brustkorbs kaum genug Luft einatmen, und meine Stimme klingt unerwartet gehaucht.

Er sieht belustigt aus, aber da ist ein düsterer Schimmer in seinen Augen. »Nein? Denkst du, ich konnte deine Reaktion auf mich im Club nicht spüren?«

Ich schüttele meinen Kopf. »Es gab keine Reaktion. Du täuschst dich ...« Meine Stimme ist wegen der unvergossenen Tränen ganz belegt. »Ich möchte nur Jake ...«

Sofort legt sich seine Hand um meinen Hals. Er macht nichts weiter, er drückt nicht, aber die Drohung ist da. Ich kann die Gewalt in ihm fühlen, und ich bekomme Panik.

Er beugt sich zu mir. »Du willst diesen Jungen

nicht«, erwidert er scharf. »Er kann dir niemals das geben, was ich dir geben kann. Verstehst du mich?«

Ich nicke, zu verängstigt, um etwas anderes zu tun.

Er lässt meinen Hals los. »Gut«, fährt er danach mit einem weicheren Ton fort. »Jetzt lass die Decke los. Ich möchte dich wieder nackt sehen.«

Wieder? Also muss er derjenige gewesen sein, der mich ausgezogen hat.

Ich versuche, mich noch enger an die Wand zu drücken. Und lasse die Decke immer noch nicht los.

Er seufzt.

Zwei Sekunden später liegt sie auf dem Boden. Wie ich vermutet hatte, bin ich chancenlos, wenn er seine volle Kraft einsetzt.

Ich widersetze mich auf die einzige Art und Weise, die ich kann. Anstatt dazustehen und ihn meinen nackten Körper betrachten zu lassen, lasse ich mich an der Wand hinuntergleiten, bis ich auf dem Boden sitze, und ziehe meine Knie an die Brust. Meine Arme umschlingen meine Beine, und so sitze ich da, am ganzen Körper zitternd. Mein langes, dickes Haar fällt über meinen Rücken und meine Arme, weshalb ich teilweise bedeckt bin.

Ich verstecke mein Gesicht hinter meinen Knien. Ich habe Angst vor dem, was er jetzt mit mir machen wird, und die Tränen, die in meinen Augen brennen, entwischen mir schließlich, laufen mir über die Wangen.

»Nora«, sagte er und hat dabei eine harte Note in seiner Stimme. »Steh auf. Steh sofort auf.«

Ich schüttele den Kopf und schaue ihn weiterhin an.

»Nora, das kann schön für dich sein, oder auch schmerzhaft. Das liegt wirklich an dir.«

Schön? Ist er verrückt? Jetzt bebt durch mein Schluchzen schon mein ganzer Körper.

»Nora«, versucht er es noch einmal, und ich kann die Ungeduld aus seiner Stimme heraushören. »Du hast genau fünf Sekunden Zeit, das zu tun, was ich dir sage.«

Er wartet, und ich kann fast hören, wie er in seinem Kopf zählt. Ich zähle auch, und als ich bei vier bin, laufen immer noch Tränen über mein Gesicht.

Ich schäme mich für meine Feigheit, aber ich habe solche Angst vor Schmerzen. Ich möchte nicht, dass er mir wehtut.

Ich möchte eigentlich überhaupt nicht, dass er mich anfasst, aber das scheint keine Option zu sein.

»Feines Mädchen«, sagt er sanft und berührt erneut mein Gesicht, streicht meine Haare hinter die Schultern.

Ich zittere bei seiner Berührung. Ich kann ihn nicht ansehen, also halte ich meinen Blick gesenkt.

Doch offensichtlich möchte er das nicht, denn er drückt mein Kinn nach oben, bis mir nichts anderes übrig bleibt, als seinen Blick zu erwidern.

Seine Augen sehen in diesem Licht dunkelblau aus. Er ist so nahe bei mir, dass ich die Hitze spüren kann, die sein Körper ausstrahlt. Es fühlt sich gut an, da mir kalt ist. Ich bin nackt und ich friere.

Plötzlich greift er nach mir, beugt sich nach unten.

Bevor ich Angst bekommen kann, legt er einen Arm um meinen Rücken und den anderen unter meine Knie.

Dann hebt er mich ohne Anstrengungen hoch und trägt mich zum Bett.

~

ER LEGT MICH DARAUF AB, FAST ZÄRTLICH, UND ICH rolle mich bebend zu einer Kugel zusammen. Er beginnt, sich auszuziehen, und ich muss ihm einfach dabei zusehen.

Er trägt Jeans und T-Shirt, und das T-Shirt ist zuerst an der Reihe.

Sein Oberkörper ist ein Kunstwerk: breite Schultern, harte Muskeln und glatte, gebräunte Haut. Seine Brust ist leicht mit dunklem Haar überzogen. Unter anderen Umständen wäre ich von einem solchen Liebhaber begeistert gewesen.

Unter diesen Umständen möchte ich einfach nur schreien.

Seine Jeans ist als Nächstes dran. Ich kann den Reißverschluss hören, der geöffnet wird, und das lässt mich schlagartig aktiv werden.

Innerhalb einer Sekunde liege ich nicht mehr auf dem Bett, sondern stürme auf die Tür zu – die er aufgelassen hat.

Ich mag klein sein, aber ich bin schnell. Ich bin zehn Jahre lang gerannt. Leider habe ich mir während eines Laufes mein Knie verletzt und muss jetzt langsamere

Sportarten betreiben.

Ich schaffe es, aus dem Zimmer zu entkommen und bin schon fast an der Eingangstür des Hauses, als er mich fängt.

Seine Arme umschließen mich von hinten, und er hält mich so fest, dass ich einen Moment lang nicht atmen kann. Meine Arme sind völlig bewegungsunfähig, also kann ich nicht einmal gegen ihn ankämpfen. Er hebt mich hoch, und ich trete mit meinen Fersen nach ihm. Ich treffe ihn einige Male, bevor er mich herumdreht, damit ich ihn ansehe.

Ich bin mir sicher, dass er mir jetzt wehtun wird, und bereite mich geistig auf den Schlag vor.

Stattdessen umarmt er mich einfach nur und hält mich an sich gedrückt. Mein Gesicht liegt auf seiner Brust, und mein nackter Körper berührt seinen. Ich kann den sauberen Moschusduft seiner Haut riechen und fühle etwas Hartes und Warmes an meinem Bauch.

Seine Erektion.

Er ist komplett nackt und erregt.

So, wie er mich hält, bin ich fast völlig hilflos. Ich kann weder treten noch kratzen.

Aber ich kann beißen.

Also versenke ich meine Zähne in seinem Brustmuskel und höre ihn fluchen, bevor er an meinem Haar zieht und mich dadurch zwingt, ihn loszulassen.

Danach hält er mich fest, indem er einen Arm um meine Taille legt, was meinen Unterleib eng an ihn presst. Seine andere Hand ist in meinem Haar verschwunden und hält meinen Kopf nach hinten.

Meine Hände drücken in dem sinnlosen Versuch, Abstand zwischen uns zu bringen, gegen seine Brust.

Ich erwidere trotzig seinen Blick, ignoriere die Tränen, die mein Gesicht hinunterlaufen. Ich habe keine andere Wahl, als jetzt mutig zu sein. Wenn ich sterbe, dann wenigstens mit einem Rest Würde.

Sein Gesichtsausdruck ist dunkel und verärgert, seine blauen Augen verengen sich.

Ich atme schwer, und mein Herz schlägt so schnell, dass ich das Gefühl habe, es könnte gleich aus meiner Brust springen. Wir sehen uns an – Jäger und Beute, der Eroberer und die Eroberte – und in dem Moment spüre ich eine eigenartige Verbindung zu ihm. So als ob ein Teil von mir sich durch das, was zwischen uns passiert, für immer verändert.

Plötzlich wird sein Gesicht weich. Ein Lächeln erscheint auf seinen sinnlichen Lippen.

Dann beugt er sich zu mir, senkt seinen Kopf und drückt seinen Mund auf meinen.

Ich bin fassungslos. Obwohl er mich in diesem eisernen Griff hält, sind seine Lippen sanft und zärtlich, als sie meine erkunden.

Er kann definitiv küssen. Ich habe schon ein paar Jungs geküsst und nie so etwas gefühlt. Sein Atem ist warm, mit einem süßen Aroma, und seine Zunge spielt mit meinen Lippen, bis sie sich freiwillig öffnen, um ihm Zugang zu meinem Mund zu gewähren.

Ich weiß nicht, ob das die Nachwirkungen des Mittels sind, welches er mir verabreicht hatte, oder einfach die Erleichterung darüber, dass er mir nicht wehtut, aber ich schmelze bei diesem Kuss dahin. Eine unbekannte Mattigkeit breitet sich in meinem Körper aus und nimmt mir meinen Willen zum Kämpfen.

Er küsst mich langsam, entspannt, so als habe er alle Zeit der Welt. Seine Zunge stößt gegen meine, und er saugt leicht an meiner Unterlippe, was eine Welle feuchter Hitze direkt in mein Mark sendet. Seine Hand lässt mein Haar los und hält stattdessen sanft meinen Hinterkopf. Es ist fast so, als würde er Liebe mit mir machen.

Ich merke, dass meine Hände auf seinen Schultern liegen. Ich weiß nicht, wie sie dorthin gekommen sind, aber jetzt halte ich mich an ihm fest, anstatt ihn von mir wegzuschieben. Ich verstehe meine eigene Reaktion nicht. Warum wende ich mich nicht angeekelt von seinem Kuss ab?

Er fühlt sich einfach so gut an, sein unglaublicher Mund. Es ist so, als würde ich einen Engel küssen. Ich vergesse einen Moment lang die Situation und kann den Terror beiseiteschieben.

Er nimmt Abstand und schaut auf mich hinab. Seine Lippen sind nass und glänzend, ein wenig geschwollen von dem Kuss. Meine wahrscheinlich auch.

Er scheint nicht länger verärgert zu sein. Stattdessen sieht er gleichzeitig hungrig und erfreut aus. Ich kann Lust und Zärtlichkeit auf seinem perfekten Gesicht erkennen und schaffe es nicht, meine Augen von ihm abzuwenden.

Ich lecke meine Lippen, und sein Blick fällt eine

Sekunde lang auf meinen Mund. Er küsst mich noch einmal, diesmal ist es nur eine kurze Berührung meiner Lippen.

Dann hebt er mich wieder hoch und trägt mich nach oben in sein Bett.

4

Nora

WENN ICH AUF DIESEN TAG ZURÜCKBLICKE, ERGIBT MEIN Verhalten keinen Sinn. Ich verstehe nicht, weshalb ich mich ihm nicht stärker widersetzt habe, auf diese eigenartige Weise meine Zustimmung gegeben habe. Es war keine rationale Entscheidung von mir – es war keine bewusste Wahl, zu kooperieren, um Schmerzen zu verhindern.

Nein, ich habe rein instinktiv gehandelt.

Und mein Instinkt ist, mich ihm zu unterwerfen.

Er legt mich auf dem Bett ab, und ich liege einfach nur da. Ich bin zu erschöpft von unserem vorangegangenen Kampf und fühle mich immer noch ein wenig benommen von der Betäubung.

37

Das, was passiert, ist so surreal, dass mein Kopf es gar nicht verarbeiten kann. Ich fühle mich, als ob ich ein Theaterstück oder einen Film anschaue. Ich kann mich unmöglich in dieser Lage befinden. Ich kann nicht dieses Mädchen sein, welches betäubt und verschleppt wurde, welches sich von ihrem Entführer berühren und am ganzen Körper streicheln lässt.

Wir liegen beide auf der Seite und schauen uns an. Ich kann seine Hände auf meiner Haut spüren. Sie sind ein wenig rau, schwielig. Warm auf meinem eiskalten Fleisch. Stark, auch wenn er diese Kraft gerade nicht benutzt. Er könnte mich mit Leichtigkeit unterwerfen, genauso wie vorhin, aber das ist nicht nötig. Ich kämpfe nicht gegen ihn an. Ich schwebe in einem diesigen, sinnlichen Nebel.

Er küsst mich wieder und streichelt meinen Arm, meinen Rücken, meinen Hals, meinen äußeren Oberschenkel. Seine Berührung ist sanft, aber fest. Es ist fast so, als massiere er mich, nur dass ich die sexuelle Motivation seiner Berührungen spüren kann.

Er küsst meinen Hals, knabbert sanft an dieser empfindlichen Stelle, an der er auf die Schulter trifft, und ich erschaudere lustvoll.

Ich schließe meine Augen. Sie ist entwaffnend, seine überraschende Zärtlichkeit. Ich weiß, ich sollte mich benutzt fühlen, aber ich fühle mich gleichzeitig sonderbar geschmeichelt.

Mit meinen geschlossenen Augen tue ich so, als sei das nur ein Traum. Eine dunkle Fantasie, in der Art, wie ich sie manchmal spätnachts habe. Das macht die Tatsache erträglicher, dass der Fremde das mit mir machen kann und ich es zulasse.

Eine seiner Hände liegt nun auf meinen Pobacken und knetet das zarte Fleisch. Seine andere Hand wandert meinen Bauch und meinen Brustkorb hinauf. Er erreicht meine Brüste und bedeckt die linke mit seiner Hand, drückt sie sanft. Meine Nippel sind schon hart, und seine Berührung fühlt sich gut an, fast beruhigend. Rob hatte das auch schon bei mir gemacht, allerdings hatte es sich nie so angefühlt. Es hat sich noch nie so angefühlt.

Ich halte die Augen geschlossen, als er mich auf den Rücken dreht. Er ist zum Teil auf mir, aber der Großteil seines Gewichts liegt auf dem Bett. Er möchte mich nicht zerdrücken, wird mir klar, und ich bin ihm dankbar dafür.

Er küsst mein Schlüsselbein, meine Schulter, meinen Bauch. Sein Mund ist heiß und hinterlässt eine feuchte Spur auf meiner Haut.

Dann umschließen seine Lippen meinen Nippel und saugen an ihm. Mein Körper biegt sich, und ich fühle die Spannung in meinem Unterleib. Er macht das Gleiche bei meinem anderen Nippel, und die Anspannung in mir wächst.

Er spürt das. Ich weiß, dass er das macht, weil seine Hand zwischen meine Oberschenkel vordringt und die Feuchtigkeit dort fühlt. »Braves Mädchen«, murmelt er und streichelt meine Falten. »So süß, so zugänglich.«

Ich wimmere, als seine Lippen meinen Körper hinunterwandern, sein Haar auf meiner Haut kitzelt. Ich weiß, was er vorhat, und mein Kopf wird leer, als er sein Ziel erreicht.

Einen Augenblick lang versuche ich zu widerstehen, aber er öffnet meine Beine ohne Anstrengungen. Seine Finger tasten mich sanft ab und legen dann die Öffnung zwischen meinen Schamlippen frei.

Er beginnt, mich dort zu küssen, und eine Hitzewelle jagt durch meinen Körper. Sein erfahrener Mund leckt und knabbert um meine Klitoris herum, bis ich stöhne. Dann umschließt er sie mit seinen Lippen und saugt ganz leicht.

Die Lust ist zu stark, so unerwartet, dass ich meine Augen aufreiße.

Ich verstehe nicht, was mit mir passiert, und es macht mir Angst. Ich brenne innerlich, spüre ein Pochen zwischen meinen Beinen. Mein Herz schlägt so schnell, ich kann kaum Luft holen, und ich bemerke, dass ich keuche.

Ich beginne, mich zu wehren, und er lacht sanft. Ich kann den Lufthauch seines Atems auf meinem empfindlichen Fleisch fühlen. Er hält mich mit Leichtigkeit unten und fährt mit dem fort, was er gerade macht.

Die Anspannung in mir wird unerträglich. Ich winde mich an seiner Zunge, und meine Bewegungen scheinen mich näher an einen unglaublichen Abgrund zu bringen.

Und dann falle ich mit einem sanften Schrei. Mein gesamter Körper spannt sich an, und ich werde von einer so intensiven Lustwelle mitgerissen, dass sich meine Zehen durchbiegen. Ich kann fühlen, wie meine inneren Muskeln pulsieren und dann wird mir plötzlich klar, dass ich gerade einen Orgasmus hatte.

Den ersten Orgasmus meines Lebens.

Und das durch den Mund meines Entführers.

Ich bin so am Boden zerstört, ich möchte mich nur noch zusammenrollen und weinen. Ich kneife meine Augen wieder fest zusammen.

Aber er ist noch nicht fertig mit mir. Er schiebt sich an meinem Körper entlang nach oben und küsst mich wieder auf den Mund. Er schmeckt jetzt anders, salzig, mit einer leichten Moschusnote. Nach mir, wird mir klar. Ich kann mich selbst auf seinen Lippen schmecken. Eine heiße Welle von Verlegenheit überkommt mich, auch wenn sich der Hunger in mir verstärkt.

Sein Kuss ist verlangender als zuvor, rauer. Seine Zunge bewegt sich mit Bewegungen, die den Sexualakt in meinem Mund imitieren, und seine Hüften liegen schwer zwischen meinen Beinen. Eine seiner Hände hält meinen Hinterkopf, während die andere sich zwischen meinen Oberschenkeln befindet, um mich leicht zu reiben und mich erneut zu erregen.

Ich widerstehe immer noch nicht wirklich, obwohl mein Körper sich anspannt, als die Angst zurückkehrt. Ich kann die Hitze und die Härte seiner Erektion an den Innenseiten meiner Oberschenkel spüren, und ich weiß, er wird mir wehtun.

»Bitte«, flüstere ich und öffne die Augen, um ihn anzusehen. Meine Sicht ist durch die Tränen verschwommen. »Bitte … Ich habe das noch nie gemacht …«

Seine Nasenlöcher beben, und seine Augen leuchten stärker. »Das freut mich«, entgegnet er sanft. Er beugt seinen Kopf nach unten und küsst mich erneut, bevor er seinen Mund zu meinem Ohr bringt. »Und jetzt sage mir, dass du mich willst«, flüstert er, und sein warmer Atem streicht über meinen Hals, bevor er seinen Kopf wieder anhebt, um mich intensiv anzuschauen.

Ich atme flach und erwidere seinen Blick, da mich der eigenartige Drang, ihm zu gehorchen, überkommt.

»Sag es mir, Nora«, wiederholt er mit einer dunkleren, befehlenderen Stimme, und entsetzt bemerke ich, dass mein Mund die Worte ausspricht.

»Ich–ich will dich.«

Er lächelt. »Braves Mädchen.«

Dann bewegt er seine Hüften ein wenig und benutzt seine Hand, um seine Erektion zu meiner Öffnung zu führen.

Ich schnappe nach Luft, als er beginnt, vorzustoßen. Ich bin feucht, aber mein Körper wehrt sich gegen den unbekannten Eindringling. Ich weiß nicht, wie groß er ist, aber er fühlt sich riesig an, als sich seine Eichel langsam in meinen Körper bohrt.

Es beginnt zu schmerzen, und ich schreie auf und klammere mich an seinen Schultern fest.

Seine Pupillen werden größer, was seine Augen dunkler aussehen lässt. Er hat Schweißperlen auf der Stirn, und mir wird klar, dass er sich gerade zurückhält. »Entspanne dich, Nora«, flüstert er rau. »Es wird wehtun, wenn du dich nicht entspannst.«

Ich zittere. Ich kann nicht auf seinen Rat hören, weil ich zu nervös bin – und weil es schon schmerzt, ihn nur dieses kleine bisschen in mir zu haben.

Er drückt weiter, und mein Fleisch macht ihm langsam Platz, dehnt sich widerstrebend für ihn aus. Ich krümme mich, schluchze, und meine Nägel zerkratzen seinen Rücken. Er bleibt aber unnachgiebig, arbeitet sich Stück für Stück voran.

Dann hält er einen Augenblick inne, und ich kann eine Ader sehen, die neben seiner Schläfe pulsiert. Er sieht aus, als habe er Schmerzen. Aber ich weiß, er bereitet ihm Lust, dieser Akt, der mir so wehtut.

Er beugt seinen Kopf nach unten und küsst meine Stirn. Und dann durchbricht er mein Jungfernhäutchen, zerreißt die dünne Membran mit einem entschlossenen Stoß. Er hält nicht inne, bevor er nicht vollständig in mir ist und sich seine Schambehaarung gegen meine drückt.

Ich falle vor Schmerzen fast in Ohnmacht. Mein Magen krampft vor Übelkeit und ich habe das Gefühl, dass ich gleich umkippe. Ich kann nicht einmal schreien; alles, was ich machen kann, ist, flach zu atmen, um eine Ohnmacht zu verhindern. Ich kann seine Härte, tief in mir vergraben, spüren, und es ist die quälendste, aufdringlichste Sache, die ich jemals erlebt habe.

»Entspann dich«, murmelt er in mein Ohr, »entspann dich einfach, mein Kätzchen. Der Schmerz wird vergehen, und es wird besser werden …«

Ich glaube ihm nicht. Es fühlt sich an, als sei ein heißer Baseballschläger in meinen Körper geschoben worden und hätte mich aufgerissen. Ich kann nichts machen, dem zu entkommen, die Schmerzen zu mindern. Er ist so viel größer als ich, so viel stärker. Alles, was ich tun kann, ist, hilflos unter ihm eingeklemmt dazuliegen.

Er bewegt seine Hüften nicht, stößt nicht zu, obwohl ich die Anspannung in seinen Muskeln spüre. Stattdessen küsst er mich wieder zärtlich auf die Stirn. Ich schließe meine Augen, und bittere Tränen fließen meine Schläfen hinab. Ich fühle die leichte Berührung seiner Lippen auf meinen Augenlidern.

Ich weiß nicht, wie lange wir so bleiben. Er bedeckt mein Gesicht und meinen Hals mit sanften Küssen. Seine Hände umarmen mich, streicheln meine Haut, parodieren die Berührung eines Liebenden. Währenddessen ist er die ganze Zeit tief in mir, seine unnachgiebige Härte verletzt mich, verbrennt mich von innen heraus.

Ich weiß nicht, an welchem Punkt der Schmerz sich zu verändern beginnt. Mein verräterischer Körper entspannt sich langsam und beginnt auf seine Küsse zu reagieren.

Der gemeine Bastard merkt das. Er fängt langsam an, sich zu bewegen, zieht sich ein Stück aus meinem Körper zurück, um sich dann wieder hineinzudrängen.

Zuerst machen seine Bewegungen alles schlimmer, quälen mich noch mehr. Dann schiebt er eine Hand zwischen unsere Körper und benutzt einen Finger, um einen ganz leichten, aber steten Druck auf meine Klitoris auszuüben. Seine Stöße gegen meine Hüften führen dazu, dass ich rhythmisch an seinem Finger entlangreibe.

Zu meinem Entsetzen spüre ich die Spannung, die sich in mir aufbaut. Der Schmerz ist immer noch da, aber jetzt auch die Lust. Ich winde mich in seinen Armen, kämpfe jetzt allerdings auch gegen mich selbst an. Seine Stöße werden härter, tiefer, und ich schreie wegen der unerträglichen Intensität. Der Schmerz und die Lust vermischen sich, bis sie nicht mehr voneinander zu unterscheiden sind – bis für mich nur noch eine Welt überwältigender Empfindungen existiert. Und dann explodiere ich. Ein Orgasmus rast mit einer solchen Kraft durch meinen Körper, dass einen Moment lang alles dunkel vor meinen Augen wird.

Plötzlich kann ich ihn in mein Ohr stöhnen hören und merke, wie er in mir noch dicker und länger wird. Sein Schwanz pulsiert, zuckt tief in mir und ich weiß, er hat sich entladen.

Kurz darauf rollt er sich von mir herunter und zieht

mich zu sich heran, um mich an sich gedrückt zu halten.

Ich weine in seinen Armen, suche Trost bei derselben Person, die für meine Tränen verantwortlich ist.

~

DANACH IST MEIN KOPF WIE BENEBELT, UND MEINE Gedanken sind eigenartig verwirrt. Er trägt mich irgendwo hin, und ich liege schlaff wie eine Stoffpuppe in seinen Armen.

Jetzt wäscht er mich. Ich stehe mit ihm unter der Dusche. Ich bin ein wenig erstaunt darüber, dass meine Beine mich halten können.

Ich fühle mich taub, irgendwie losgelöst.

Auf meinen Oberschenkeln ist Blut. Ich kann sehen, wie es sich mit dem Wasser vermischt und im Abfluss verschwindet. Da ist auch etwas Klebriges zwischen meinen Beinen. Wahrscheinlich sein Samen. Er hat kein Kondom benutzt.

Ich könnte jetzt eine Geschlechtskrankheit bekommen. Ich sollte bei diesem Gedanken entsetzt sein, aber ich fühle mich einfach nur wie betäubt. Wenigstens muss ich mir keine Sorgen machen, schwanger zu sein. Sobald es mit Rob ernst wurde, hat meine Mutter darauf bestanden, mit mir zum Arzt zu gehen und mir ein Verhütungsstäbchen in den Oberarm einsetzen zu lassen. Als Pflegehelferin in einem Krankenhaus für Frauen hat sie zu viele

Teenagerschwangerschaften gesehen und wollte sichergehen, dass mir nicht das Gleiche passiert.

Gerade jetzt bin ich ihr wahnsinnig dankbar dafür.

Während ich über das alles nachdenke, wäscht mich Julian gründlich, bearbeitet mein Haar mit Shampoo und Spülung. Er rasiert mir sogar die Achseln und die Beine.

Als ich porentief rein und glatt bin, stellt er das Wasser ab und führt mich aus der Dusche.

Zuerst trocknet er mich mit einem Handtuch ab, und danach sich. Als er damit fertig ist, wickelt er mich in einen flauschigen Bademantel und trägt mich in die Küche, um mir etwas zu essen zu geben.

Ich esse, was er mir hinstellt. Ich schmecke es nicht einmal. Es ist irgendein Sandwich, aber ich weiß nicht, mit was es belegt ist. Er stellt mir auch ein Glas Wasser hin, welches ich gierig austrinke.

Ich hoffe kurz, dass er mich nicht wieder betäuben will, aber so richtig beschäftigt es mich nicht. Ich bin so müde, ich möchte einfach nur schlafen.

Nachdem ich mit essen und trinken fertig bin, führt er mich zurück ins Badezimmer.

»Putz dir die Zähne«, fordert er mich auf, und ich starre ihn an. Er macht sich Gedanken über meine Mundhygiene?

Ich möchte mir die Zähne nicht putzen, aber ich mache, was er sagt. Ich nutze das Badezimmer auch, um aufs Klo zu gehen. Dafür lässt er mich netterweise allein.

Danach begleitet er mich zurück in mein Zimmer.

Das Bett ist schon frisch bezogen, ohne irgendwelche Blutspuren. Dafür bin ich dankbar.

Er küsst mich sanft auf die Lippen, verlässt den Raum und schließt die Tür ab.

Ich bin so fertig, dass ich nur zu meinem Bett gehe, mich hinlege und sofort einschlafe.

*N*ora

ALS ICH AUFWACHE, IST MEIN KOPF VÖLLIG KLAR. ICH erinnere mich an alles und möchte schreien.

Ich springe aus dem Bett und bemerke, dass ich immer noch den Bademantel von letzter Nacht anhabe. Die plötzliche Bewegung macht mich auf mein inneres Wundsein aufmerksam, und mein Unterleib zieht sich bei dem Gedanken daran zusammen, wie es dazu gekommen ist. Ich kann immer noch seine Fülle in mir spüren, und ich erschaudere bei dieser Erinnerung.

Ich bin von mir selbst angeekelt. Was stimmt nicht mit mir? Wie konnte ich einfach nur daliegen und Julian Sex mit mir haben lassen und ihm auch noch sagen, dass ich ihn will? Wie konnte ich dem zustimmen und in seiner Umarmung Lust empfinden?

Ja, er sieht gut aus, aber das ist keine Entschuldigung. Er ist böse. Ich weiß das. Ich habe das von Anfang an gespürt. Seine äußere Schönheit versteckt die Dunkelheit in ihm.

Ich habe das Gefühl, dass er gerade erst damit angefangen hat, mir seine wahre Natur zu zeigen.

Gestern war ich zu verängstigt, zu traumatisiert gewesen, um auf meine Umgebung zu achten. Heute fühle ich mich viel besser und betrachte diesen Raum eingehend.

Es gibt ein Fenster. Es ist von dicken, elfenbeinfarbenen Vorhängen bedeckt, aber ich kann sehen, wie ein wenig Sonnenlicht hindurchscheint.

Ich eile dorthin, reiße alles auf und blinzele wegen des plötzlichen hellen Lichts. Meine Augen benötigen einige Sekunden, um sich daran zu gewöhnen, und dann schaue ich nach draußen.

Mir wird ganz übel.

Das Fenster ist nicht hermetisch versiegelt oder so etwas. Es sieht sogar so aus, als könne ich es leicht öffnen und hinausklettern. Das Zimmer befindet sich in der zweiten Etage, also könnte ich es sogar bis auf den Boden schaffen, ohne mir etwas zu brechen.

Nein, das Fenster ist nicht das Problem.

Es ist die Aussicht.

Ich kann Palmen und einen weißen Sandstrand sehen. Dahinter ist Wasser, sehr viel Wasser, das blau im hellen Sonnenlicht funkelt.

Das alles ist wunderschön und tropisch.

Und außerdem das komplette Gegenteil von meiner kleinen Stadt im Mittleren Westen.

~

MIR IST WIEDER KALT. SO KALT, DASS ICH ZITTERE. ICH weiß, das muss der Stress sein, weil die Temperatur bei etwa siebenundzwanzig Grad liegt.

Ich gehe in meinem Zimmer auf und ab, mache manchmal eine Pause, um aus dem Fenster zu schauen.

Jedes Mal, wenn ich das mache, ist es wie ein Schlag in den Magen.

Ich weiß nicht, was ich gehofft hatte. Ehrlich gesagt hatte ich noch gar keine Gelegenheit, mir über meinen Aufenthaltsort Gedanken zu machen. Ich hatte einfach angenommen, er würde mich irgendwo in der weiteren Umgebung gefangen halten, vielleicht in der Nähe von Chicago, wo wir uns das erste Mal begegneten. Ich hatte gedacht, alles, was ich tun müsste, um zu flüchten, sei, einen Weg aus dem Haus zu finden.

Jetzt wird mir klar, dass es viel komplizierter ist.

Ich kontrolliere noch einmal die Tür. Sie ist verschlossen.

Vor einigen Minuten habe ich ein kleines Bad entdeckt, welches an das Zimmer angeschlossen ist. Ich benutze es, um meine Grundbedürfnisse zu befriedigen und meine Zähne zu putzen. Es war eine nette Abwechslung.

Jetzt gehe ich wieder wie ein eingesperrtes Tier hin

und her, werde mit jeder Minute, die vergeht, ängstlicher und wütender.

Endlich öffnet sich die Tür. und eine Frau kommt herein.

Ich bin so überrascht, dass ich sie einfach nur anstarre. Sie ist ziemlich jung – vielleicht Anfang dreißig – und hübsch.

Sie trägt ein Tablett mit Essen und lächelt mich an. Sie hat rote, lockige Haare und sanfte, braune Augen. Sie ist größer als ich, wahrscheinlich mindestens zwölf Zentimeter, und hat einen durchtrainierten Körper. Sie ist sehr leger angezogen, trägt ein Paar Jeansshorts, ein weißes Tanktop und an den Füßen Flipflops.

Ich denke darüber nach, sie anzugreifen. Sie ist eine Frau, und ich habe eine kleine Chance, einen Kampf gegen sie zu gewinnen. Ich habe keine Chance gegen Julian.

Ihr Lächeln verstärkt sich, so als würde sie meine Gedanken lesen. »Bitte, fall mich nicht an«, sagt sie zu mir und ich kann die Belustigung in ihrer Stimme hören. »Das hat keinen Sinn, glaub' mir. Ich weiß, du möchtest fliehen, aber du kannst wirklich nirgendwohin gehen. Wir befinden uns auf einer Privatinsel mitten im Pazifischen Ozean.«

Das schlechte Gefühl in meiner Magengegend verschlimmert sich. »Wessen Privatinsel?«, frage ich, obwohl ich die Antwort schon kenne.

»Natürlich Julians.«

»Wer ist er? Wer seid ihr alle?« Meine Stimme ist

ziemlich stabil, als ich zu ihr spreche. Sie macht mich nicht so nervös wie Julian.

Sie stellt das Tablett ab. »Du wirst alles zu gegebener Zeit erfahren. Ich bin hier, um mich um dich und das Anwesen zu kümmern. Mein Name ist übrigens Beth.«

Ich hole tief Luft. »Warum bin ich hier, Beth?«

»Du bist hier, weil Julian dich will.«

»Und du kannst daran nichts Falsches erkennen?« Ich kann die leichte Hysterie in meiner Stimme hören. Ich verstehe nicht, wie diese Frau mit diesem Verrückten zurechtkommt, wie sie sich so verhalten kann, als sei das alles normal.

Sie zuckt mit den Schultern. »Julian macht, was er möchte. Es steht mir nicht zu, darüber zu urteilen.«

»Warum nicht?«

»Weil ich ihm mein Leben verdanke«, sagt sie ernst und geht aus dem Zimmer.

ICH ESSE DAS, WAS BETH MIR GEBRACHT HAT. ES IST sogar sehr gut, auch wenn es kein traditionelles Frühstücksessen ist. Es gibt gegrillten Fisch in einer Art Pilzsauce und Bratkartoffeln, dazu einen grünen Salat. Zum Nachtisch gibt es Mangostücke. Eine lokale Frucht, vermute ich.

Trotz meines inneren Durcheinanders esse ich alles auf. Wenn ich weniger feige wäre, würde ich mich weigern, dieses Essen anzurühren – aber ich habe genauso eine Angst vor Hunger wie vor Schmerzen.

Bis jetzt hat er mir nicht wirklich wehgetan. Es hat zwar geschmerzt, als er in mich eindrang, aber er ist nicht absichtlich grob gewesen. Ich vermute, das erste Mal ist immer schmerzvoll, unabhängig von den Umständen.

Das erste Mal. Und plötzlich dämmert mir, mein erstes Mal erlebt zu haben. Ich bin keine Jungfrau mehr.

Komischerweise fühle ich mich nicht so, als habe ich etwas verloren. Diese dünne Membran in mir hatte für mich nie eine besondere Bedeutung. Ich hatte niemals vorgehabt, bis zur Hochzeit zu warten oder so etwas in der Art. Ich bedaure, dass ich mein erstes Mal mit einem Monster erlebt habe, aber ich trauere nicht dem Verlust meiner Jungfräulichkeit hinterher. Ich hätte das gerne alles mit Jake erlebt, wenn es möglich gewesen wäre.

Jake! Mein Magen krampft sich zusammen. Ich kann nicht glauben, nicht mehr an ihn gedacht zu haben, seit Julian mir gesagt hat, er befinde sich in Sicherheit. Der Typ, nach dem ich monatelang verrückt gewesen bin, war ganz aus meinen Gedanken verschwunden, solange ich in den Armen meines Peinigers lag.

Ich brenne vor Schamgefühl. Hätte ich letzte Nacht nicht an Jake denken sollen? Hätte ich mir nicht sein Gesicht vorstellen sollen, als Julian mich so intim berührt hat? Wenn ich Jake wirklich wollen würde, hätte er dann nicht derjenige sein sollen, der während meiner ersten sexuellen Erfahrung meine Gedanken beherrscht?

Plötzlich bin ich von bitterem Hass auf den Mann erfüllt, der das mit mir gemacht hat – der Mann, der meine Illusionen über die Welt und mich zerstört hat. Ich habe nie viel darüber nachgedacht, was ich machen oder wie ich reagieren würde, sollte ich entführt werden. Wer denkt schon über solche Sachen nach? Aber ich denke, ich habe immer angenommen, ich würde mutig sein, bis zu meinem letzten Atemzug kämpfen. Machen sie das nicht alle in den Büchern und den Filmen? Kämpfen, auch wenn es sinnlos ist, selbst wenn es bedeutet, verletzt zu werden? Sollte ich das nicht auch gemacht haben? Ja, er ist stärker als ich, aber ich hätte nicht so leicht nachgeben müssen – und mit Sicherheit hätte ich nicht zugeben müssen, dass ich ihn begehre. Er hat mich nicht gefesselt; er hat mich weder mit einem Messer noch mit einer Pistole bedroht. Alles, was er getan hatte, war, mich einzuholen, als ich versucht habe, wegzulaufen.

Dieses Rennen war bis jetzt mein ganzer Widerstand gewesen.

Ich erkenne diese Person, die so leicht klein beigegeben hat, nicht wieder. Und trotzdem weiß ich, dass ich das bin. Ein Teil von mir, der niemals zuvor ans Licht gekommen war. Ein Teil von mir, den ich niemals kennengelernt hätte, wenn Julian mich nicht entführt hätte.

Darüber nachzudenken ist so beunruhigend, dass

ich mich lieber auf meinen Peiniger konzentriere. Wer ist er? Wie kann es sich jemand leisten, eine eigene Insel zu besitzen? Warum verdankt Beth ihm ihr Leben? Und am wichtigsten: was hat er mit mir vor?

Eine Million verschiedener Szenarien spielen sich in meinem Kopf ab, eines erschreckender als das andere. Ich weiß, es gibt so etwas wie Menschenhandel. Es passiert andauernd. Ist das das Schicksal, welches mich erwartet? Werde ich irgendwo in einem Bordell enden, unter Drogen gesetzt und täglich von dutzenden Männern benutzt? Probiert Julian einfach die Ware, bevor er sie ihrem endgültigen Ziel zuführt?

Bevor mich die Panik überkommt, atme ich tief ein und versuche, logisch zu denken. Auch wenn Menschenhandel eine Möglichkeit ist, scheint sie mir nicht sehr wahrscheinlich zu sein. Zum einen scheint Julian sehr besitzergreifend zu sein, was mich betrifft – viel zu besitzergreifend für jemanden, der einfach die Ware testet. Und außerdem, warum sollte er mich auf seine Insel bringen, wenn er eigentlich plant, mich zu verkaufen?

Mein Kätzchen hat er mich genannt. Ist das nur eine harmlose Verniedlichung, oder sieht er mich als eine Art Haustier an? Hat er einen Fetisch, der die Gefangenschaft von Frauen beinhaltet? Ich denke eine Weile darüber nach und entscheide, dass er den wahrscheinlich hat. Warum würde ein reicher, gutaussehender Mann das sonst tun? Mit Sicherheit hat er kein Problem damit, sich auf dem normalen Weg zu verabreden. Ich selbst wäre bestimmt auch mit ihm ausgegangen, hätte ich im Club nicht solche eigenartigen Schwingungen von ihm empfangen.

Wenn er mich nicht so berührt hätte.

Ist es das, worauf er steht? Besitz? Will er einen Sexsklaven? Und wenn ja, warum hat er mich ausgesucht? War es wegen meiner Reaktion auf ihn im Club? Hat er sich gedacht, ich würde ein Feigling sein und ihn mit mir machen lassen, was immer er wolle? Bin ich selbst an allem schuld?

Der Gedanke macht mich so krank, dass ich ihn beiseiteschiebe und aufstehe. Ich bin entschlossen, mein Gefängnis weiter zu erkunden.

Die Tür ist immer noch abgeschlossen, was mich nicht überrascht. Ich kann das Fenster öffnen, und warme Meeresluft erfüllt den Raum.

Ich kann allerdings das Fliegengitter nicht öffnen. Das müsste ich aber, um herausklettern zu können. Ich versuche es nicht wirklich. Wenn man Beth glauben kann, würde es mir auch überhaupt nicht weiterhelfen, aus diesem Zimmer zu entkommen.

Ich schaue mich nach etwas um, was ich als Waffe benutzen könnte. Es gibt kein Messer, aber eine Gabel, die von meiner Mahlzeit übrig geblieben ist. Beth würde es wahrscheinlich bemerken, wenn ich sie verstecke. Trotzdem gehe ich das Risiko ein und verberge diesen Gegenstand hinter einem Stapel Bücher auf einem hohen Bücherregal, welches an einer der Wände steht.

Danach untersuche ich das Bad und hoffe, eine

Flasche Haarspray oder etwas anderes in der Art zu finden. Es gibt aber nur Seife, Zahnbürste und Zahnpasta. In der Duschkabine finde ich Duschgel, Shampoo und Spülung – alles hübsche, teure Marken. Mein Entführer ist ganz offensichtlich nicht geizig.

Andererseits kann sich jemand, der eine eigene Insel besitzt, wahrscheinlich auch ein Fünfzig-Dollar-Shampoo leisten. Er könnte sich wohl auch ein Tausend-Dollar-Shampoo leisten, gäbe es so etwas.

Die Tatsache, dass ich über Shampoo nachdenke, fasziniert mich. Sollte ich nicht schreien und weinen? *Moment, das habe ich gestern.* Ich denke, dass man irgendwann einfach leergeweint ist. Ich scheine keine Tränen mehr zu besitzen, zumindest in diesem Moment nicht.

Nachdem ich jede Ecke und jeden Winkel des Zimmers inspiziert habe, beginne ich mich zu langweilen und nehme eines der Bücher aus dem Regal. Ein Roman von Sidney Sheldon, etwas über eine betrogene Frau, die auf Rache gegen ihre Feinde sinnt.

Er fesselt mich genug, um für die nächsten Stunden mit meinen Gedanken diesem Gefängnis zu entkommen.

~

Beth kommt und bringt mir Mittagessen. Sie bringt mir auch einen Stapel Kleidung.

Ich freue mich. Ich habe den ganzen Morgen den

Bademantel getragen, und ich würde gerne normale Sachen anziehen.

Als sie den Stapel in den Kleiderschrank legt, denke ich erneut darüber nach, sie anzugreifen und einen Fluchtversuch zu unternehmen. Vielleicht sollte ich die Gabel benutzen, die ich zur Seite geschafft habe.

»Nora, gib mir die Gabel«, sagt sie.

Ich zucke ein wenig zusammen und sehe sie überrascht an. Ist sie doch eine Gedankenleserin?

Und dann fällt mir auf, dass sie einfach auf das Tablett schaut und das fehlende Besteck bemerkt.

Ich entscheide mich dafür, mich dumm zu stellen. »Was für eine Gabel?«

Sie seufzt. »Du weißt, welche Gabel. Diejenige, die du hinter den Büchern versteckt hast. Gib sie mir.«

Eine weitere meiner Annahmen erweist sich als falsch. Ich weiß nicht, warum ich dachte, ich hätte eine Privatsphäre.

Ich schaue an die Decke, betrachte sie eingehend, aber kann keine Kameras entdecken.

»Nora …«, fordert mich Beth auf.

Ich hole die Gabel hervor und werfe sie ihr zu. Ich denke, ich hoffe insgeheim, dass sie in ihrem Auge landet.

Aber Beth fängt sie und schüttelt den Kopf über mich, so als sei sie von meinem Benehmen enttäuscht. »Ich hatte gehofft, du würdest dich nicht so verhalten«, sagt sie.

»Wie verhalten? Wie ein Entführungsopfer?« Jetzt möchte ich sie wirklich unglaublich gerne schlagen.

»Wie ein verwöhnter Braten«, erklärt sie mir und steckt die Gabel in ihre Tasche. »Denkst du, es ist so furchtbar, hier auf dieser wunderschönen Insel zu sein? Denkst du, du leidest dadurch, Julians Bett zu teilen?«

Ich schaue sie an, als sei sie verrückt. Erwartet sie ernsthaft von mir, diese Situation in Ordnung zu finden? Willig mitzumachen und niemals ein Wort des Widerspruches verlauten zu lassen?

Sie starrt zurück, und zum ersten Mal fallen mir Linien auf ihrem Gesicht auf. »Du kennst die wahre Bedeutung des Wortes leiden nicht, kleines Mädchen«, sagt sie sanft, »und ich hoffe, das wirst du auch niemals herausfinden. Sei nett zu Julian, und du könntest in der Lage sein, weiterhin ein schönes Leben zu haben.«

Sie verlässt das Zimmer, und ich schlucke, um meine plötzlich trockene Kehle zu befeuchten.

Irgendwie zittern mir nach ihren Worten die Hände.

## 6

Nora

JETZT IST SCHON ABEND. MIT JEDER MINUTE, DIE vergeht, werde ich ängstlicher bei dem Gedanken daran, meinen Peiniger wiederzusehen.

Ich kann mich nicht länger auf den Roman konzentrieren, den ich gerade gelesen habe. Ich lege ihn weg und drehe Runden in dem Zimmer.

Ich habe die Sachen an, die Beth mir vorhin gegeben hat. Es ist keine Kleidung, die ich mir selbst ausgesucht hätte, aber sie ist besser als ein Bademantel. Ein sexy Spitzenhöschen und ein dazu passender BH als Unterwäsche. Ein hübsches blaues Sommerkleid zum Vornezuknöpfen. Alles passt mir verdächtig gut. Hat er mich schon eine ganze Weile verfolgt? Hat er alles über mich herausgefunden, einschließlich meiner Kleidergröße?

Mir wird schlecht bei dem Gedanken daran.

Ich versuche, nicht darüber nachzudenken, was noch alles passieren kann, aber das ist unmöglich. Ich weiß nicht, warum ich mir so sicher bin, dass er heute Nacht zu mir kommen wird. Es ist natürlich möglich, dass er einen ganzen Harem voller Frauen hier auf dieser Insel festhält und jede nur einmal die Woche besucht, wie das die Sultane damals taten.

Und trotzdem weiß ich irgendwie, dass er bald hier sein wird. Die letzte Nacht hat lediglich seinen Appetit angeregt. Ich weiß, dass er noch nicht mit mir fertig ist, noch lange nicht.

Schließlich geht die Tür auf.

Er kommt herein, als ob ihm das alles hier gehört. Was es natürlich auch tut.

Und wieder bin ich von seiner männlichen Schönheit beeindruckt. Mit so einem Gesicht hätte er ein Model oder ein Filmstar sein können. Wenn es auf dieser Welt Gerechtigkeit gäbe, wäre er klein oder hätte einen anderen Makel, der von seinem Gesicht ablenken würde.

Hat er aber nicht. Sein Körper ist groß und muskulös, mit perfekten Proportionen. Ich erinnere mich daran, wie es ist, ihn in mir zu haben, und fühle ein unwillkommenes Aufflackern von Erregung.

Er trägt wieder Jeans und T-Shirt. Diesmal ein graues. Er scheint eine Vorliebe für schlichte Kleidung zu haben, und das ist clever von ihm. So kommt sein Aussehen am besten zur Geltung.

Er lächelt mich an. Mit diesem Lächeln, das ihn wie einen gefallenen Engel aussehen lässt – dunkel und verführerisch. »Hallo Nora.«

Ich weiß nicht, was ich sagen soll, also platze ich mit dem Ersten heraus, was mir in den Sinn kommt: »Wie lange wirst du mich hier festhalten?«

Er legt seinen Kopf leicht zur Seite. »Hier in diesem Raum? Oder auf der Insel?«

»Beides.«

»Beth wird dir morgen die Umgebung zeigen und mit dir schwimmen gehen, falls du Lust dazu hast«, sagt er und kommt dabei immer näher. »Du wirst nicht mehr eingesperrt sein, außer du machst Dummheiten.«

»Wie zum Beispiel?«, frage ich, und mein Herz klopft, als er neben mir stehen bleibt und seine Hand hebt, um mein Haar zu berühren.

»Versuchen, dir oder Beth etwas anzutun.« Seine Stimme ist sanft und sein Blick hypnotisierend, als er zu mir heruntersieht. Die Art und Weise, wie er mein Haar berührt, ist sonderbar entspannend.

Ich zwinkere, um seinen Zauber zu brechen. »Und was ist mit der Insel? Wie lange wirst du mich hier festhalten?«

Seine Hand streichelt jetzt mein Gesicht und fährt an meiner Wange entlang. Ich erwische mich dabei, wie ich mich seiner Berührung hingebe wie eine Katze, die gekrault wird, und versteife mich augenblicklich.

Seine Lippen verziehen sich zu einem wissenden

Lächeln. Dieser Bastard weiß genau, welche Wirkung er auf mich hat. »Eine lange Zeit, hoffe ich«, sagt er.

Aus irgendeinem Grund bin ich nicht überrascht. Er würde sich nicht die Umstände gemacht haben, mich bis hierher zu bringen, wenn er mich nur einige Male ficken wollte. Ich habe Angst, aber bin nicht wirklich entsetzt.

Ich nehme all meinen Mut zusammen und stelle die nächste logische Frage: »Warum hast du mich entführt?«

Das Lächeln verschwindet aus seinem Gesicht. Er antwortet nicht, sondern schaut mich nur mit einem undurchschaubaren melancholischen Blick an.

Ich fange an zu zittern. »Wirst du mich töten?«

»Nein, Nora, ich werde dich nicht töten.«

Seine Verneinung beruhigt mich, auch wenn er mich gerade anlügen könnte.

»Wirst du mich verkaufen?« Ich bekomme die Worte kaum heraus. »Um eine Nutte zu sein oder so etwas?«

»Nein«, sagt er sanft. »Niemals. Du gehörst mir, und nur mir.«

Ich beruhige mich ein wenig, aber es gibt da noch eine weitere Sache, die ich unbedingt wissen muss. »Wirst du mir wehtun?«

Einen Moment lang antwortet er wieder nicht. Etwas Dunkles flackert kurz in seinen Augen auf. »Wahrscheinlich«, antwortet er ruhig.

Und dann beugt er sich herunter und küsst mich

mit seinen warmen Lippen weich und zärtlich auf meine.

Eine Sekunde lang stehe ich stocksteif da, ohne irgendeine Reaktion. Ich glaube ihm. Ich weiß, dass er mir die Wahrheit sagt, wenn er behauptet, dass er mir wehtun wird. Er hat etwas an sich, das mir Angst macht – das mir schon von Anfang an Angst gemacht hat.

Er ist überhaupt nicht wie die Jungen, mit denen ich Verabredungen hatte. Er ist zu allem fähig.

Und ich bin ihm vollkommen ausgeliefert.

Ich denke darüber nach, mich zu wehren. Das wäre das Normale, was man in meiner Situation machen würde. Das wäre mutig.

Und trotzdem mache ich es nicht.

Ich kann die dunklen Abgründe in ihm fühlen. Irgendetwas stimmt mit ihm nicht. Seine äußere Schönheit verbirgt etwas Grauenvolles im Inneren.

Ich möchte diese Dunkelheit nicht entfesseln. Ich weiß nicht, was passieren wird, wenn ich es tue.

Also stehe ich bewegungslos in seiner Umarmung und lasse mich von ihm küssen. Und als er mich aufhebt und zum Bett trägt, versuche ich überhaupt nicht, etwas dagegen zu unternehmen.

Stattdessen schließe ich die Augen und gebe mich den Empfindungen hin.

WIEDER IST ER ZÄRTLICH ZU MIR. ICH SOLLTE ANGST VOR

ihm haben – und das habe ich auch –, aber mein Körper scheint diese Mischung aus Angst und Erregung zu genießen. Ich weiß nicht, was das über mich aussagt.

Ich liege mit geschlossenen Augen da, während er meine Kleidung Schicht für Schicht auszieht. Zuerst knöpft er mein Kleid auf, so als würde er ein Geschenk auspacken. Seine Hände sind stark und sicher; es gibt keinen Hinweis auf Unbeholfenheit oder Zögern in seinen Bewegungen. Er besitzt ganz offensichtlich eine Menge Erfahrung mit Frauenbekleidung.

Nachdem das Kleid aufgeknöpft ist, macht er einen Augenblick Pause. Ich spüre seinen Blick auf mir und frage mich, was er wohl gerade sieht. Ich weiß, ich habe einen schönen Körper; er ist schlank und gebräunt, auch wenn er nicht alle Rundungen so hat, wie ich sie gerne hätte.

Seine Finger wandern meinen Bauch hinab, und ich erschaudere. »So schön«, sagt er leise. »So eine wunderschöne Haut. Du solltest immer Weiß tragen. Es steht dir.«

Ich antworte nicht, sondern kneife meine Augen fester zusammen. Ich will nicht, dass er mich anschaut, ich möchte nicht, dass er den Anblick meines Körpers in der Unterwäsche, die er für mich ausgewählt hat, genießt. Ich wünsche mir, er würde mich einfach nur ficken und es hinter sich bringen, anstatt diese verkorkste Parodie des Liebemachens aufzuführen.

Aber er hat nicht vor, es mir so leicht zu machen.

Sein Mund folgt dem gleichen Pfad wie seine

Finger. Es fühlt sich heiß und feucht an auf meinem Bauch, und er bewegt sich weiter nach unten, dorthin, wo meine Beine instinktiv fest zusammengepresst sind. Das scheint er nicht zu mögen, und seine Hände sind grob, als sie meine Beine auseinanderreißen, seine Finger bohren sich in mein zartes Fleisch.

Ich wimmere wegen dieses Hauchs von Gewalt und versuche, meine Beine zu entspannen, um ihn nicht weiter zu verärgern.

Sein Griff lockert sich, und seine Hände werden sanfter. »Mein süßes, wunderschönes Mädchen«, flüstert er, und ich kann seinen heißen Atem auf meinen empfindlichen Falten spüren. »Du weißt, ich sorge dafür, dass es schön für dich wird.«

Und dann sind seine Lippen auch schon auf mir, seine Zunge kreist um meine Klitoris und sein Mund saugt und knabbert. Sein Haar streift gegen die Innenseiten meiner Oberschenkel und kitzelt mich. Seine Hände halten meine Beine weit geöffnet. Ich winde mich und schreie auf. Die Lust ist so intensiv, dass ich alles außer der unglaublichen Hitze und Anspannung in mir vergesse.

Er bringt mich nahe zum Orgasmus, aber lässt mich nicht kommen. Jedes Mal, wenn ich mich dem Höhepunkt nähere, hört er auf oder ändert den Rhythmus, treibt mich damit in den Wahnsinn. Ich merke, wie ich bettele, flehe und sich mein Körper ihm willenlos entgegenbiegt. Als er mich endlich kommen lässt, ist es so eine Erleichterung, dass mein ganzer

Körper zuckt und erschaudert, sich durch die Intensität der Entladung windet.

Als es vorbei ist, fange ich aus irgendeinem Grund an zu weinen. Tränen laufen aus meinen äußeren Augenwinkeln meine Schläfen hinunter und werden zuerst von meinem Haar, dann vom Kissen aufgesaugt. Er scheint das zu mögen, weil er langsam meinen Körper hochwandert und die nassen Spuren auf meinem Gesicht küsst, sie dann wegleckt.

Seine großen Hände streicheln meinen Körper, reiben meine Haut und liebkosen mich überall. Es wäre beruhigend, wenn sein harter Schwanz nicht gegen meinen Eingang klopfen würde.

Ich bin innen noch nicht völlig verheilt, und deshalb schmerzt es erneut, als er beginnt, in mich einzudringen. Auch wenn ich vom Orgasmus ganz nass bin, kann er nicht leicht hineingleiten, nicht, ohne mich aufzureißen. Stattdessen muss er langsam vorgehen, sich Stück für Stück vorarbeiten, damit ich eine Chance habe, mich dem Vordringen anzupassen.

Ich beiße mir auf die Unterlippe und versuche mit dem Brennen zurechtzukommen, dem zu vollen Gefühl. Werde ich jemals in der Lage sein, ihn leicht aufzunehmen? Werde ich in seinen Armen jemals Lust ohne Schmerzen verspüren?

»Öffne deine Augen«, befiehlt er mit rauer, leiser Stimme.

Ich gehorche ihm, auch wenn ich durch den Tränenschleier kaum etwas erkennen kann.

Er schaut mich an, während er sich langsam in mir

zu bewegen beginnt, und sein Blick hat etwas Triumphierendes. Die Hitze seines Körpers umgibt mich, und sein Gewicht drückt mich aufs Bett. Er ist in mir, auf mir, um mich herum. Ich kann mich nicht einmal in meinen Kopf zurückziehen.

In diesem Moment fühle ich mich wie sein Besitz, so als nehme er mehr als nur meinen Körper. So als erhebe er einen Anspruch auf etwas, was sich tief in mir drin befindet, als bringe er eine Seite von mir zum Vorschein, von deren Existenz ich nie etwas wusste.

In seinen Armen spüre ich etwas, was ich so niemals zuvor erlebt habe.

Ein primitives und völlig irrationales Gefühl der Zugehörigkeit.

~

ER NIMMT MICH IN DIESER NACHT NOCH ZWEI WEITERE Male. Gegen Morgen bin ich so wund, dass ich mich innerlich roh fühle – und trotzdem habe ich so viele Orgasmen erlebt, dass ich nicht mehr mitgezählt habe.

Morgens verlässt er mich irgendwann. Ich bin so erschöpft, ich bemerke gar nicht, wie er geht. Ich schlafe tief und traumlos, und als ich aufwache, ist es schon nach Mittag.

Ich stehe auf, putze mir die Zähne und dusche. Auf meinen Oberschenkeln kann ich getrocknetes Sperma sehen. Er hat auch in dieser Nacht kein Kondom benutzt.

Ich mache mir wieder Sorgen um

Geschlechtskrankheiten. Interessiert Julian so etwas überhaupt? Wahrscheinlich macht er sich keine Sorgen darüber, sich etwas bei mir einzufangen, da ich ja über keinerlei Erfahrungen verfüge. Ich mache mir allerdings mit Sicherheit Gedanken darüber, eine Krankheit von ihm zu bekommen. Ich hebe meinen linken Arm und schaue auf die kleine Spur an der Stelle, an der mein Hormonimplantat eingesetzt wurde. Dank Mamas Schwangerschaftsparanoia. Wenn ich das nicht hätte … Ich erschaudere bei diesem Gedanken.

Sobald ich aus dem Bad komme, betritt Beth mein Zimmer. Sie hat erneut ein Tablett mit Essen und einen Stapel Kleidung dabei. Diesmal gibt es ein eher traditionelles Frühstück: Omelett mit Gemüse und Käse, Toast und frisches, tropisches Obst.

Sie lächelt mich wieder an und hat ganz offensichtlich vor, den kleinen Zwischenfall mit der Gabel zu ignorieren. »Guten Morgen«, sagt sie fröhlich.

Meine Augenbrauen ziehen sich nach oben. »Und einen wunderschönen guten Morgen zurück«, sage ich mit einer Stimme voller Sarkasmus.

Auf meinen offensichtlichen Versuch, sie zu ärgern, reagiert sie mit einem noch breiteren Lächeln. »Jetzt sei nicht so übellaunig. Julian hat gesagt, du kannst heute dein Zimmer verlassen. Ist das nicht toll?«

Das ist wirklich toll. Es würde mir die Möglichkeit geben, mein Gefängnis ein wenig zu erkunden und zu sehen, ob dieser Ort wirklich eine

Insel ist. Vielleicht gibt es hier noch andere Menschen außer Beth.

Alternativ dazu finde ich vielleicht ein Telefon oder einen Computer. Wenn ich meinen Eltern nur eine SMS oder eine Mail schicken könnte, dann hätten sie die Möglichkeit, diese an die Polizei weiterzuleiten, damit ich gerettet werden kann.

Bei dem Gedanken an meine Familie fühlt sich mein Brustkorb eng an, und meine Augen brennen. Sie müssen sich Sorgen um mich machen, sich fragen, was passiert ist, ob ich noch am Leben bin. Ich bin ein Einzelkind, und meine Mutter hat immer gesagt, sie würde sterben, falls mir etwas zustößt. Ich hoffe, sie hat das nicht ernst gemeint.

Ich hasse ihn.

Ich hasse diese Frau, die mich gerade anlächelt.

»Natürlich, Beth«, antworte ich ihr und will ihr das Gesicht zerkratzen, bis sich dieses Lächeln in eine Grimasse verwandelt. »Es ist immer schön, einen kleinen Käfig für einen größeren zu verlassen.«

Sie rollt mit den Augen und setzt sich auf einen Stuhl. »So dramatisch. Iss einfach dein Frühstück, und dann zeige ich dir alles.«

Ich überlege kurz, nichts zu essen, nur um sie zu ärgern, aber ich habe Hunger. Also esse ich alles, was sich auf dem Tablett befindet, auf.

»Wo ist Julian?«, frage ich zwischen zwei Bissen. Ich bin neugierig, wie er seine Tage verbringt. Bis jetzt habe ich ihn immer nur abends gesehen.

»Er arbeitet«, erklärt mir Beth. »Er hat viele

geschäftliche Interessen, die seine Aufmerksamkeit verlangen.«

»Was denn für welche?«

Sie zuckt mit den Schultern. »Alle möglichen.«

»Ist er ein Krimineller?«, frage ich ganz direkt.

Sie lacht. »Warum denkst du das?«

»Na ja, vielleicht, weil er mich entführt hat?«

Sie lacht erneut und schüttelt ihren Kopf, so als habe ich etwas Lustiges gesagt.

Ich möchte sie schlagen, aber beherrsche mich. Ich muss erst mehr über meine Umgebung erfahren, bevor ich so etwas ausprobiere. Ich möchte nicht eingeschlossen in einem Zimmer enden, wenn es sich vermeiden lässt. Meine Chancen, zu flüchten, sind um einiges höher, wenn ich mehr Freiheiten habe.

Also stehe ich auf und werfe ihr einen kalten Blick zu. »Ich bin fertig.«

»Dann zieh dir einen Badeanzug an«, erwidert sie und zeigt auf die Sachen, die sie mitgebracht hat, »und wir können gehen.«

BEVOR WIR HINAUSGEHEN, ZEIGT MIR BETH DEN REST des Hauses. Es ist großzügig und geschmackvoll eingerichtet. Die Ausstattung ist modern, mit einem leichten tropischen Einfluss und subtilen asiatischen Motiven. Helle Farbtöne dominieren, auch wenn ich hier und dort einen unerwarteten Farbfleck in Form einer roten Vase oder einer leuchtend blauen

Drachenfigur entdecke. Es gibt vier Schlafzimmer – drei oben, und eins unten. Die Küche in der ersten Etage ist besonders eindrucksvoll mit ihrer hochwertigen Ausstattung und den glänzenden Arbeitsflächen aus Granit.

Es gibt noch ein Zimmer, von dem Beth behauptet, dass es Julians Büro sei. Es befindet sich in der ersten Etage und ist für jeden außer ihn selbst tabu. Dort kümmert er sich angeblich um seine Geschäfte. Die Tür ist geschlossen, als wir vorbeigehen.

Nachdem wir eine Stunde später mit der Hausbesichtigung fertig sind, zeigt mir Beth die nächsten zwei Stunden lang die Insel. Und es handelt sich definitiv um eine Insel – was das betrifft, hat sie mich nicht angelogen.

Sie ist etwa drei Kilometer lang und eineinhalb Kilometer breit. Laut Beth befinden wir uns irgendwo im Pazifischen Ozean, und die nächstgelegene bewohnte Insel liegt über achthundert Kilometer entfernt. Sie betont diese Tatsache einige Male, so als habe sie Angst, dass ich mir in den Kopf setzen könnte, wegzuschwimmen.

Das würde ich nicht tun. Ich bin weder eine besonders gute Schwimmerin noch selbstmordgefährdet.

Ich würde eher versuchen, ein Boot zu stehlen.

Wir gehen zum höchsten Punkt der Insel. Es ist ein kleiner Berg – oder ein großer Hügel, je nachdem, wie man es betrachten möchte. Der Blick von hier oben ist fantastisch – überall strahlend blaues Wasser, so weit das Auge reicht. Auf der einen Seite der Insel hat das Wasser einen anderen Blauton als sonst, eher Türkis, und Beth erklärt mir, es handele sich dabei um eine flache Bucht, die sich hervorragend zum Schnorcheln eignet.

Julians Haus ist das Einzige auf der Insel. Es liegt an einer der Seiten des Berges, ein Stück weg vom Strand und ein wenig erhöht. Das ist der geschützteste Ort meint Beth; das Haus ist dort vor starken Winden und dem Ozean geschützt. Es hat offensichtlich schon eine Menge Taifune ohne größeren Schaden überlebt.

Ich nicke, so als würde es mich interessieren. Ich habe nicht vor, beim nächsten Taifun noch hier zu sein. Der Wunsch, zu flüchten, brennt hell in mir. Als Beth mir das Haus gezeigt hat, habe ich keine Telefone oder Computer gesehen, aber das bedeutet ja nicht, dass es keine gibt. Wenn Julian von der Insel aus arbeiten kann, gibt es definitiv eine Internetverbindung. Und wenn die dumm genug sind, mich hier frei auf der Insel bewegen zu lassen, werde ich einen Weg finden, die Außenwelt zu kontaktieren.

Wir beenden die Führung am Strand in der Nähe des Hauses.

»Möchtest du schwimmen gehen?«, fragt Beth mich und zieht sich ihre Shorts und ihr T-Shirt aus. Darunter trägt sie einen blauen Bikini. Ihr Körper ist schlank und muskulös. Sie ist in so einer großartigen Form, dass ich mich frage, wie alt sie wohl ist. Ihre Figur könnte einem Teenager gehören, aber ihr Gesicht wirkt älter.

»Wie alt bist du?«, frage ich sie direkt. Normalerweise wäre ich niemals so taktlos, aber es ist mir egal, ob ich diese Frau beleidige. Was interessieren mich soziale Konventionen, solange ich von einem Paar Verrückter gefangen gehalten werde?

Sie lächelt und ist überhaupt nicht verärgert über meine unfreundliche Frage. »Ich bin siebenunddreißig«, antwortet sie.

»Und Julian?«

»Er ist neunundzwanzig.«

»Seid ihr Liebhaber?« Ich weiß nicht, warum ich das frage. Wenn sie eifersüchtig auf meine Rolle als Julians Sexspielzeug ist, dann zeigt sie es auf jeden Fall nicht.

Beth lacht. »Nein, sind wir nicht.«

»Warum nicht?« Ich kann gar nicht glauben, dass ich so direkt bin. Ich bin dazu erzogen worden, immer nett und freundlich zu sein, aber es ist irgendwie befreiend, sich keine Gedanken darüber zu machen, was die Leute über einen denken. Ich bin immer jemand gewesen, der es allen recht machen wollte, aber bei dieser Frau trifft das überhaupt nicht zu.

Sie hört auf zu lachen und schaut mich ernst an. »Weil ich nicht das bin, was Julian braucht oder will.«

»Und was ist das?«

»Das wirst du eines Tages erfahren«, erwidert sie geheimnisvoll und geht ins Wasser.

Ich blicke ihr nach, und die Neugier nagt an mir. Sie scheint allerdings das Gespräch beendet zu haben.

Stattdessen taucht sie und schwimmt mit sicheren, durchtrainierten Bewegungen.

Es ist heiß draußen, und die Sonne bescheint mich. Der Sand ist weiß und sieht weich aus. Das Wasser glitzert und seine Kühle reizt mich. Ich möchte diesen Ort hassen, alles das, was mit meiner Gefangenschaft zu tun hat, ablehnen, aber ich muss zugeben, dass diese Insel wunderschön ist.

Ich muss nicht schwimmen gehen, wenn ich nicht möchte. Es sieht nicht so aus, als würde Beth mich dazu zwingen wollen. Und es scheint falsch zu sein, dass ich mich am Strand amüsiere, während meine Familie krank vor Sorge um mich ist, wegen meines Verschwindens trauert.

Aber die Verlockung des Wassers ist stark. Ich habe den Ozean schon immer geliebt, auch wenn ich erst ein paar Mal in meinem Leben in den Tropen war. Diese Insel ist meine Vorstellung eines Paradieses, abgesehen davon, dass sie einer Schlange gehört.

Ich denke eine Minute lang darüber nach, und dann ziehe ich mein Kleid und meine Schuhe aus. Ich könnte mir diese kleine Freude verwehren, aber ich bin zu pragmatisch. Ich mache mir keine Illusionen über meine Rolle hier. Jeden Augenblick können Julian und Beth mich einschließen, mich hungern lassen, mich schlagen. Nur weil sie mich bis jetzt ziemlich gut behandelt haben, heißt das nicht, dass es auch weiterhin so sein wird. In meiner prekären Situation ist jeder schöne Moment kostbar – weil ich nicht weiß, was mich in Zukunft erwartet, ob ich jemals wieder so etwas wie Glück erleben werde.

Also geselle ich mich zu meinem Feind im Ozean. Ich lasse meine Angst von dem Wasser wegwaschen und die hilflose Wut, die in meinem Magen brennt, abkühlen.

Wir schwimmen, liegen im heißen Sand und gehen dann wieder schwimmen. Ich stelle keine weiteren Fragen, und Beth scheint die Stille zu genießen.

Wir bleiben für die nächsten zwei Stunden am Strand, bevor wir wieder zurück ins Haus gehen.

## 7

Diesmal soll Julian mit mir zu Abend essen. Beth deckt unten den Tisch für uns und bereitet ein Essen aus hiesigem Fisch, Reis, Bohnen und Kochbananen zu. Das ist ihr karibisches Rezept, erzählt sie mir stolz.

»Isst du auch mit uns?«, möchte ich von ihr wissen, während ich ihr dabei zuschaue, wie sie die Teller zum Tisch trägt.

Ich bin geduscht und habe die Sachen an, die Beth mir gebracht hat. Es handelt sich dabei um ein weiteres Unterwäscheset aus weißer Spitze und ein gelbes Kleid mit weißen Blumen. An meinen Füßen trage ich weiße, hochhackige Sandalen. Meine Kleidung ist süß und weiblich, ganz anders als die Jeans mit den dunklen Tops, die ich normalerweise trage. Dank ihnen sehe ich wie eine hübsche Puppe aus.

Ich kann immer noch nicht glauben, dass sie mich frei im Haus umherlaufen lassen. In der Küche gibt es Messer. Ich könnte eines davon stehlen und es irgendwann gegen Beth benutzen. Die Versuchung ist groß, auch wenn mein Magen sich bei dem Gedanken an Blut und Gewalt zusammenzieht.

Wahrscheinlich werde ich es bald machen, sobald ich diesen Ort ein wenig besser kennengelernt habe.

Ich erfahre etwas Interessantes über mich selbst. Ich glaube ganz offensichtlich nicht an große, aber sinnlose Taten. Eine kalte und rationale Stimme in mir sagt, ich bräuchte einen Plan, einen Weg, von dieser Insel zu kommen, bevor ich irgendetwas versuche. Beth jetzt anzugreifen wäre dumm. Es könnte dazu führen, dass ich eingeschlossen werde, oder schlimmer.

Nein, das hier ist viel besser. Lass sie denken, ich sei harmlos. So habe ich eine viel größere Chance, zu entkommen.

Die letzten vier Stunden lang habe ich in der Küche gesessen und Beth dabei zugesehen, wie diese das Essen zubereitet hat. Sie ist sehr gut, sehr effizient. Zeit mit ihr zu verbringen lenkt meine Gedanken von Julian und der kommenden Nacht ab.

»Nein«, sagt sie und beantwortet damit meine Frage. »Ich werde auf meinem Zimmer sein. Julian möchte ein wenig Zeit mit dir alleine verbringen.«

»Warum? Denkt er, wir hätten eine Verabredung oder so etwas?«

Sie grinst. »Julian verabredet sich nicht mit Mädchen.«

»Ehrlich nicht?« Mein Ton ist mehr als sarkastisch. »Warum sollte man sich auch verabreden, wenn man stattdessen entführen und Gewalt anwenden kann?«

»Mach dich nicht lächerlich«, meint Beth scharf. »Denkst du wirklich, er muss Frauen zu etwas zwingen? Nicht einmal du kannst so naiv sein.«

Ich starre sie an. »Willst du mir gerade sagen, dass er normalerweise keine Frauen raubt und sie hierherbringt?«

Beth schüttelt ihren Kopf. »Du bist außer mir die einzige Person, die jemals hier gewesen ist. Das ist Julians privater Rückzugsort. Niemand weiß, dass er existiert.«

Bei diesen Worten läuft mir ein Schauer den Rücken hinunter. »Und warum habe ich so ein Glück?«, frage ich langsam, während meine Pulsfrequenz ansteigt. »Wie komme ich zu der großen Ehre?«

Sie lächelt. »Das wirst du eines Tages herausfinden. Julian wird es dir erklären, wenn er möchte, dass du es weißt.«

Ich habe genug von diesem Eines-Tages-Scheiß, aber ich weiß, dass sie meinem Entführer gegenüber zu loyal ist, um mir irgendetwas zu verraten. Also versuche ich stattdessen, etwas anderes herauszufinden. »Wie hast du das gemeint, als du mir gesagt hast, du verdankst ihm dein Leben?«

Ihr Lächeln verschwindet, ihr Gesicht wird hart,

und es kommen strenge, bittere Linien auf ihm zum Vorschein. »Das geht dich nichts an, kleines Mädchen.«

Und die nächsten zehn Minuten lang spricht sie nicht mehr mit mir, während sie den Tisch zu Ende deckt.

~

NACHDEM ALLES VORBEREITET IST, VERLÄSST SIE DAS Zimmer, und ich bleibe allein zurück, um auf Julian zu warten. Ich bin gleichzeitig nervös und aufgeregt. Zum ersten Mal habe ich die Möglichkeit, außerhalb des Schlafzimmers auf meinen Peiniger zu treffen.

Ich muss zugeben, auf eine kranke Art fasziniert von ihm zu sein. Er macht mir Angst, aber trotzdem platze ich fast vor Neugier über ihn. Wer ist er? Was will er von mir? Warum hat er mich zu seinem Opfer erwählt?

Eine Minute später betritt er den Raum. Ich sitze am Tisch und schaue aus dem Fenster. Bevor ich ihn überhaupt sehe, spüre ich seine Gegenwart. Die Atmosphäre lädt sich auf, ist voller Erwartungen.

Ich drehe meinen Kopf und sehe ihm dabei zu, wie er näher kommt. Dieses Mal trägt er ein weißes Poloshirt und ein Paar khakifarbene Hosen. Wir könnten auch in einem Country Club zu Abend essen.

Mein Herz schlägt schnell in meiner Brust, und ich kann spüren, wie das Blut durch meine Adern rauscht. Ich bin mir plötzlich meines Körpers viel bewusster.

Meine Brüste sind empfindlicher, meine Nippel verhärten sich unter der Spitze meines BHs. Der weiche Stoff meines Kleides streicht meine nackten Beine entlang und erinnert mich daran, wie er mich dort berührt hat. Daran, wie er mich überall berührt hat.

Warme Feuchtigkeit sammelt sich bei diesen Erinnerungen zwischen meinen Beinen an.

Er kommt zu mir und beugt sich herunter, um mir einen kurzen Kuss auf den Mund zu geben. »Hallo Nora«, sagt er, als er sich wieder aufgerichtet hat, und auf seinen wunderschönen Lippen zeichnet sich ein dunkles, sinnliches Lächeln ab. Er ist so atemberaubend, dass ich einen Augenblick lang nicht mehr denken kann, da mein Kopf durch seine Nähe wie benebelt ist.

Sein Lächeln verstärkt sich, und er geht auf die gegenüberliegende Seite des Tisches, um dort Platz zu nehmen. »Wie war dein Tag, mein Kätzchen?«, möchte er wissen, während er nach einem Stück Fisch greift und es sich auf den Teller legt. Seine Bewegungen sind selbstsicher und eigenartig anmutig.

Es ist kaum zu glauben, dass das Böse eine so wunderschöne Maske trägt.

Ich reiße mich zusammen. »Warum nennst du mich so?«

»Wie? Mein Kätzchen?«

Ich nicke.

»Weil du mich an eines erinnerst«, antwortet er, und in seinen blauen Augen spiegelt sich ein unbekanntes Gefühl wider. »Klein, weich und schön anzufassen. Ich möchte dich am liebsten kraulen, nur um zu sehen, ob du in meinen Armen schnurren wirst.«

Meine Wangen werden heiß. Ich fühle, wie ich am ganzen Körper erröte, und hoffe, dass mein natürlicher Hautton diese Reaktion versteckt. »Ich bin nicht dein Tier …«

»Natürlich bist du das nicht. Ich stehe nicht auf Sodomie.«

»Und auf was stehst du dann?«, platze ich heraus, bevor ich innerlich zusammenzucke. Ich will ihn nicht wütend machen. Er ist nicht Beth. Er macht mir Angst.

Zum Glück amüsiert ihn meine Frechheit nur. »Im Moment«, entgegnet er sanft, »stehe ich auf dich.«

Ich schaue weg und greife mit meiner leicht zitternden Hand nach dem Reis.

»Lass mich dir helfen.« Er nimmt mir den Teller aus der Hand, und seine Finger streifen dabei kurz an meinen entlang. Bevor ich irgendetwas sagen kann, ist mein Teller mit allem, was sich auf dem Tisch befindet, gefüllt.

Er stellt ihn wieder vor mich, und ich blicke ihn bestürzt an. Ich bin zu nervös, um in seiner Gegenwart essen zu können. Ich habe einen Knoten im Magen.

Als ich aufsehe, bemerke ich, dass er nicht das gleiche Problem hat. Er isst mit Freude, genießt Beths Essen ganz offensichtlich.

»Was ist los?«, fragt er mich zwischen zwei Bissen. »Hast du keinen Hunger?«

Ich schüttele mit dem Kopf, auch wenn ich das Essen kaum erwarten konnte, bevor er kam.

Er runzelt die Stirn und legt seine Gabel beiseite. »Warum nicht? Beth hat mir erzählt, dass du den ganzen Tag am Strand verbracht hast und ordentlich geschwommen bist. Solltest du nach der ganzen Bewegung nicht hungrig sein?«

Ich zucke mit den Schultern. »Mir geht's gut.« Ich möchte ihm nicht sagen, dass er der Grund für meine Appetitlosigkeit ist.

Seine Augen verengen sich. »Spielst du mit mir? Iss, Nora. Du bist schon sehr dünn. Ich möchte nicht, dass du auch noch abnimmst.«

Ich schlucke nervös und beginne, im Essen herumzustochern. Er hat etwas an sich, was mich denken lässt, sich ihm in diesem Punkt zu widersetzen sei unklug.

Eigentlich in jedem Punkt.

Meine Instinkte schreien, dass dieser Mann so gefährlich ist, wie man es überhaupt nur sein kann. Er war nicht wirklich grausam zu mir, aber er trägt Grausamkeit in sich. Ich kann sie spüren.

»Braves Mädchen«, bemerkt er zufrieden.

Ich esse weiter, auch wenn ich nicht wirklich etwas schmecke und jeden Bissen durch meinen zugeschnürten Hals würgen muss. Ich starre die ganze Zeit auf meinen Teller. Ich kann leichter essen, wenn ich seine stechenden blauen Augen, die mich anblicken, nicht sehe.

»Also, Beth hat mir berichtet, ihr habt einen

schönen Tag beim Schwimmen gehabt?«, fragt er, nachdem ich die Hälfte meiner Portion aufgegessen habe.

Ich nicke und schaue auf. Er blickt mich an.

»Wie gefällt dir die Insel?«, möchte er wissen, so als ob ihn meine Meinung wirklich interessiert. Er beobachtet mich mit einem nachdenklichen Gesichtsausdruck.

»Sie ist hübsch«, antworte ich ihm ehrlich. Dann, nach einer kleinen Pause, füge ich hinzu: »Aber ich möchte nicht hier sein.«

»Natürlich nicht.« Er sieht fast verständnisvoll aus. »Aber du wirst dich daran gewöhnen. Das ist dein neues Zuhause. Je schneller du dich damit abfindest, desto besser.«

Mein Magen krampft sich zusammen, und ich merke, wie das Essen, welches ich gerade hineingezwängt habe, Gefahr läuft, gleich wieder hochzukommen. Ich schlucke krampfhaft und versuche, die Übelkeit unter Kontrolle zu bekommen. »Und meine Familie?« Die Worte kommen leise und bitter aus mir heraus. »Wie soll sie sich damit abfinden?«

Gefühle flackern in seinem Gesicht auf. »Was wäre, wenn sie nicht denken würden, dass du tot bist?«, fragt er ruhig und erwidert meinen Blick. »Würdest du dich dann besser fühlen, mein Kätzchen?«

»Natürlich würde ich das!« Ich kann kaum glauben, was ich da höre. »Kannst du das machen? Kannst du sie wissen lassen, dass ich lebe? Vielleicht kann ich sie einfach anrufen und ...«

Er streckt seine Hand aus und legt sie auf meine, was mein hoffnungsvolles Gebrabbel sofort verstummen lässt. »Nein.« Sein Tonfall lässt keinen Diskussionsspielraum. »Ich werde sie selber kontaktieren.«

Ich schlucke meine Enttäuschung hinunter. »Was wirst du ihnen sagen?«

»Dass du lebst, und dass es dir gut geht.« Sein großer Daumen massiert meine Handfläche. Seine Berührung lenkt mich ab und lässt mich dahinschmelzen.

»Aber ...« Ich stöhne fast, als er auf einen ganz besonders empfindlichen Punkt drückt. »Aber sie werden dir nicht glauben ...«

»Das werden sie.« Er zieht seine Hand zurück, und ich fühle mich eigenartig nackt. »Vertraue mir.«

Ihm trauen? *Ja, klar.* »Warum tust du mir das an?«, will ich frustriert wissen. »Ist es, weil ich in dem Club mit dir gesprochen habe?«

Er schüttelt seinen Kopf. »Nein, Nora. Weil du du bist. Du bist alles, nach dem ich gesucht habe. Alles, was ich immer wollte.«

»Du weißt, dass das verrückt ist, oder nicht?« Ich bin so verärgert, dass ich einen Moment lang vergesse, Angst zu haben. »Du kennst mich doch gar nicht!«

»Das stimmt«, antwortet er sanft. »Aber ich muss dich nicht kennen. Ich muss nur wissen, was ich fühle.«

»Sagst du gerade, dass du in mich verliebt bist?«

Irgendwie macht mir diese Vorstellung noch mehr Angst als zu glauben, er habe einfach sonderbare, sexuelle Wünsche.

Er lacht und wirft dabei seinen Kopf nach hinten. Ich blicke ihn an und bin unverständlicherweise beleidigt. Ich möchte nicht, dass er in mich verliebt ist, aber warum muss er diese Vorstellung so lustig finden?

»Natürlich nicht«, entgegnet er, als er endlich mit dem Lachen fertig ist. Er grinst allerdings immer noch.

»Was meinst du dann?«, frage ich frustriert.

Sein Lächeln verschwindet langsam. »Das ist egal, Nora«, erklärt er leise. »Alles, was du wissen musst, ist, dass du etwas ganz Besonderes für mich bist.«

»Also, warum hast du mich dann nicht einfach um eine Verabredung gebeten?« Ich habe Schwierigkeiten, das Unbegreifliche zu begreifen. »Warum hast du mich entführt?«

»Weil du dich mit diesem Jungen getroffen hast.« Plötzlich ist Wut in Julians Stimme, und eisige Panik macht sich in meinen Adern breit. »Du hast ihn geküsst, als du schon mir gehörtest.«

Ich schlucke. »Aber ich wusste doch nicht einmal, dass du mich wolltest.« Meine Stimme zittert ein wenig. »Ich habe dich nur in dem Club gesehen …«

»Und bei deinem Schulabschluss.«

»Und bei meinem Schulabschluss«, stimme ich zu, und mein Herz hämmert in meinem Brustkorb. »Aber ich dachte, du seist wegen jemand anders da. Vielleicht wegen eines jüngeren Bruders oder einer Schwester …«

Er atmet tief ein, und ich kann sehen, dass er sich wieder beruhigt hat. »Das ist jetzt auch unwichtig, Nora. Ich wollte dich hier haben, hier bei mir, und nicht dort draußen. Das ist um einiges sicherer für dich – und für diesen Jungen.«

»Sicherer für Jake?«

Julian nickt. »Wenn du noch einmal mit ihm ausgegangen wärst, hätte ich ihn umgebracht. Es ist für alle am besten, dass du hier bist, weg von ihm und anderen, die dich vielleicht wollen.«

Er meint es wirklich ernst damit, Jake zu töten. Das ist nicht nur eine leere Drohung. Ich kann es in seinem Gesicht sehen.

Meine Lippen sind auf einmal ganz trocken, und ich lecke darüber. Seine Augen folgen meiner Zunge, und ich kann sehen, wie seine Atmung sich verändert. Meine kleine Geste hat ihn ganz eindeutig erregt.

Plötzlich kommt mir eine verrückte Idee in den Sinn. Er will mich ganz offensichtlich. Er ist sogar bereit, Dinge zu tun, die mich glücklich machen – wie meine Familie wissen zu lassen, dass ich am Leben bin. Warum ziehe ich aus dieser Tatsache nicht meine Vorteile? Ich bin unerfahren, aber nicht völlig naiv. Ich weiß, wie man mit Typen flirtet. Könnte ich das machen? Könnte ich Julian so weit einwickeln, dass er mich gehen lässt?

Ich muss vorsichtig dabei vorgehen. Ich kann nicht plötzlich mein Verhalten ändern. Ich kann mich nicht in einer Minute so benehmen, als hasste ich ihn, und in der nächsten so tun, als liebte ich ihn. Er muss glauben, er könne mich mit sich von der Insel nehmen und ich würde trotzdem freiwillig bei ihm bleiben, solange er mich möchte. Dass ich nie wieder Jake oder einen anderen Mann anschauen würde.

Ich werde mir die Zeit nehmen müssen, um Julian von meiner Ergebenheit zu überzeugen.

## 8

Nora

DEN REST DES ESSENS VERHALTE ICH MICH WEITERHIN verängstigt und eingeschüchtert. Es ist auch nicht wirklich geschauspielert, da ich mich genau so fühle. Ich befinde mich in der Gegenwart eines Mannes, der beiläufig darüber redet, unschuldige Menschen umzubringen. Wie sollte ich mich da anders fühlen?

Ich versuche allerdings gleichzeitig, verführerisch zu sein. Es sind die kleinen Sachen, die Art und Weise, wie ich mir durch die Haare fahre, während ich ihn anschaue. Wie ich in ein Stück der Papaya beiße, die Beth zum Nachtisch aufgeschnitten hat und mir dann den Saft von den Lippen lecke.

Ich weiß, meine Augen sind schön, und deshalb schaue ich ihn schüchtern mit halb geschlossenen

Augenlidern an. Ich habe diesen Blick vor dem Spiegel geübt, und deshalb weiß ich, dass meine Wimpern unglaublich lang aussehen, wenn ich den Kopf im richtigen Winkel beuge.

Ich übertreibe es allerdings nicht, da er mir das nicht glauben würde. Ich mache nur diese kleinen Sachen, die er erregend und anziehend findet.

Außerdem versuche ich, Themen zu vermeiden, die zu Streit führen könnten. Stattdessen frage ich ihn über die Insel aus und darüber, wie er zu ihr gekommen ist.

»Ich bin vor fünf Jahren über diese Insel gestolpert«, erklärt mir Julian, und auf seinen Lippen erscheint ein charmantes Lächeln. »Meine Cessna hatte ein mechanisches Problem, und ich musste notlanden. Zum Glück gibt es diese flache, grasbewachsene Fläche auf der anderen Seite der Insel, in der Nähe des Strandes. Ich konnte das Flugzeug ohne größeren Schaden landen und die nötigen Reparaturen durchführen. Ich benötigte dafür ein paar Tage, und deshalb hatte ich die Zeit, die Insel zu erkunden. Als ich wieder wegfliegen konnte, wusste ich, dass dieser Ort genau das war, was ich wollte. Also habe ich ihn gekauft.«

Ich reiße meine Augen auf und sehe beeindruckt aus. »Einfach so? Ist so etwas nicht teuer?«

Er zuckt mit den Schultern. »Ich kann es mir leisten.«

»Kommst du aus einer reichen Familie?« Ich bin wirklich neugierig. Mein Peiniger stellt ein großes

Geheimnis für mich dar. Ich habe viel bessere Chancen, ihn zu manipulieren, wenn ich ihn zumindest ein bisschen verstehe.

Sein Gesichtsausdruck kühlt sich ab. »So etwas in der Art. Mein Vater hatte ein erfolgreiches Unternehmen, welches ich nach seinem Tod übernahm. Ich habe dessen Richtung geändert und expandiert.«

»Was für ein Geschäft?«

Julians Mund zuckte leicht. »Import—Export.«

»Wovon?«

»Elektronische Waren und andere Sachen«, antwortet er, und mir wird klar, dass er mir momentan nicht mehr dazu sagen wird. Ich vermute stark, die »anderen Sachen« sind ein Euphemismus für etwas Illegales. Ich weiß nicht viel über Geschäfte, aber irgendwie habe ich meine Zweifel, dass man durch den Verkauf von Fernsehern und MP3-Playern so reich werden kann.

Ich lenke die Unterhaltung auf ein harmloseres Thema. »Kommt der Rest deiner Familie auch manchmal auf diese Insel?«

Sein Gesicht wird ausdruckslos und hart. »Nein, sie sind alle tot.«

»Oh, das tut mir leid …« Ich weiß wirklich nicht, was ich sagen soll. Was kann man in so einer Situation schon Hilfreiches sagen? Ja, er hat mich entführt, aber er ist immer noch ein menschliches Wesen. Ich kann mir nicht einmal vorstellen, einen solchen Verlust zu erleiden.

»Das ist schon okay.« Sein Ton ist frei von Gefühlen, aber ich kann den unterschwelligen Schmerz spüren. »Es ist vor langer Zeit passiert.«

Ich nicke mitfühlend. Es tut mir wirklich leid für ihn, und ich versuche auch nicht, das Glitzern der Tränen in meinen Augen zu verbergen. Ich bin zu weich – Leah sagt das jedes Mal, wenn ich bei einem traurigen Film weine – und ich kann nichts gegen die Traurigkeit machen, die ich wegen Julians Leid fühle.

Letztendlich zahlt sich das für mich aus. »Bedaure mich nicht, mein Kätzchen«, sagt er sanft. »Ich bin darüber hinweg. Warum erzählst du mir nicht einfach etwas über dich?«

Ich blinzele langsam, weil ich weiß, dass diese Bewegung die Aufmerksamkeit auf meine Augen lenkt. »Was würdest du gerne wissen?« Hatte er nicht schon genug über mich herausgefunden, als er mir nachstellte?

Er lächelt. Sein Gesicht wird dadurch so wunderschön, dass ich in meiner Brust ein leichtes Ziehen verspüre. Hör auf, Nora. Du bist diejenige, die ihn verführt, nicht andersherum.

»Was liest du gerne?«, möchte er wissen. »Welche Filme schaust du dir gerne an?«

Und in den nächsten dreißig Minuten erfährt er alles darüber, wie gern ich Liebesromane und Detektivbücher lese, wie sehr ich romantische Komödien hasse und wie sehr ich epische Filme mit vielen Spezialeffekten liebe. Danach fragt er mich über mein Lieblingsessen und meine bevorzugte Musik aus und hört mir aufmerksam zu, als ich ihm von meiner Vorliebe für Achtziger-Jahre-Bands und Pizza mit extra Käse erzähle.

Auf eine sonderbare Weise ist es fast schmeichelhaft, wie sehr er sich auf mich konzentriert, mir ganz genau zuhört. Wie seine blauen Augen an meinem Gesicht hängen. Es ist, als würde er mich wirklich verstehen wollen, als ob es ihm wirklich wichtig ist. Selbst bei Jake habe ich nicht das Gefühl bekommen, mehr als nur ein hübsches Mädchen zu sein, dessen Gesellschaft er mag.

Bei Julian fühle ich mich, als sei ich für ihn das Allerwichtigste auf der ganzen Welt. Ich fühle mich, als sei ich wirklich wichtig.

～

NACH DEM ESSEN FÜHRT ER MICH NACH OBEN INS Schlafzimmer. Mein Herz beginnt, vor Angst und Vorfreude zu rasen.

Wie die vergangenen zwei Nächte weiß ich, ich werde mich nicht wehren. Heute Nacht werde ich sogar als Teil meines Fluchtplans noch weiter gehen.

Ich werde vorgeben, aus eigenem Willen mit ihm zu schlafen.

Als wir das Zimmer betreten, beschließe ich, ein Thema anzusprechen, welches mir keine Ruhe mehr lässt. »Julian …«, frage ich mit einer bewusst sanften und unsicheren Stimme. »Was ist denn mit Verhütung? Was passiert, wenn ich schwanger werde oder so?«

Er hält an und dreht sich zu mir um. Er lächelt leicht. »Das wirst du nicht, mein Kätzchen. Du hast ein Implantat, nicht wahr?«

Meine Augen weiten sich schockiert. »Woher weißt du das?« Das Implantat ist ein winziges Plastikstäbchen unter meiner Haut, völlig unsichtbar bis auf die kleine Stelle, an der es eingesetzt wurde.

»Ich habe auf deine medizinische Vorgeschichte zugegriffen, bevor ich dich hierhergebracht habe. Ich wollte sicherstellen, dass du keine lebensbedrohliche Krankheit wie Diabetes hast.«

Ich starre ihn an. Ich sollte wütend darüber sein, dass er derart in mein Privatleben eingedrungen ist, aber stattdessen fühle ich mich erleichtert. Es sieht so aus, als handele mein Entführer sehr überlegt – und, was viel wichtiger ist, als versuche er nicht, mich zu schwängern.

»Und du musst dir auch keine Sorgen wegen irgendwelcher Geschlechtskrankheiten machen«, fügt er hinzu, da er meine unausgesprochene Sorge errät. »Ich bin gerade erst getestet worden und habe außerdem bis jetzt immer Kondome benutzt.«

Ich weiß nicht, ob ich das glauben kann. »Und warum benutzt du dann keine mit mir? Weil ich noch eine Jungfrau war?«

Er nickt, und in seinen Augen erscheint ein besitzergreifender Schimmer. Er hebt seine linke Hand und streichelt meine Wange, erreicht damit, dass mein Herz noch schneller schlägt. »Ja, genau. Du gehörst ganz und gar mir. Ich bin der einzige, der jemals in deiner hübschen, kleinen Muschi gewesen ist.«

Mein Atem stockt, und ich fühle eine Welle warmer Flüssigkeit zwischen meinen Oberschenkeln.

Ich kann nicht glauben, wie stark ich körperlich auf ihn reagiere. Ist das normal, dass mich jemand so erregt, den ich fürchte und verachte? Ist das der Grund dafür, weshalb Julian im Club so von mir angezogen wurde? Hat er das gespürt? Kannte er meine Schwäche?

Natürlich ist es, in Bezug auf meinen Plan, nicht unbedingt schlecht, dass er mich derart anmacht. Es wäre um einiges schlimmer, wenn er mich anekeln würde, ich seine Berührungen nicht ertragen könnte.

Nein, so ist das schon am besten. Ich kann die perfekte, kleine Gefangene sein, gehorsam und willig, während ich mich langsam in meinen Peiniger verliebe.

Anstatt steif und verängstigt dazustehen, gebe ich also meinem Verlangen nach und schmiege mich leicht in seine Hand, so als würde ich unfreiwillig auf seine Berührung reagieren.

Kurz blitzt etwas wie Triumph in seinen Augen auf. Er beugt sich hinunter, und seine Lippen berühren meine. Seine starken Arme legen sich um mich und drücken mich an seinen kräftigen Körper. Er ist vollständig steif; ich kann seine harte Erektion an meinem weichen Bauch spüren. Er streicht mit seinen Lippen und seiner Zunge an meinem Mund entlang.

Von der Papaya, die wir gerade gegessen haben, schmeckt er ganz süß.

Feuer schießt durch meine Adern, und ich schließe die Augen, verliere mich in der überwältigenden Lust dieses Kusses. Meine Hand legt sich auf seine Brust, berührt sie schüchtern. Ich kann die Hitze seines Körpers fühlen, den Duft seiner Haut riechen – männlich und nach Moschus, eigenartig anziehend. Seine Brustmuskeln spannen sich unter meinen Fingern an, und ich spüre, wie sein Herz schneller schlägt.

Er schiebt mich rückwärts auf das Bett zu, und wir fallen darauf. Meine Hände haben sich irgendwie in seinem dicken, seidigen Haar vergraben, und ich erwidere leidenschaftlich und verzweifelt seine Küsse. Ich denke nicht länger über meinen großen Verführungsplan nach – ich denke überhaupt nicht mehr.

Er beißt in meine Unterlippe, saugt sie in seinen Mund. Seine Hand umschließt meine rechte Brust, knetet sie, drückt den Nippel durch das doppelte Hindernis aus BH und Kleid hindurch zusammen. Seine Derbheit ist perverserweise erregend, auch wenn sie mir eigentlich Angst machen sollte.

Ich stöhne, und er dreht mich herum, so dass ich auf dem Bauch liege. Eine seiner Hände drückt mich nach unten auf die Matratze, während die andere meinen Rock nach oben schiebt und meine Unterwäsche freilegt.

Dann macht er eine kurze Pause, schaut auf meinen

Po, streichelt ihn leicht mit seiner großen Handfläche. »So runde, kleine Backen«, murmelt er. »So schön weiß.«

Seine Finger gleiten zwischen meine Beine und fühlen, wie feucht ich dort bin. Unter seiner Berührung muss ich mich einfach winden. Ich bin so erregt, dass ich nur ein ganz kleines bisschen mehr brauche, bevor ich komme.

Er zieht mein Unterhöschen bis zu den Knien hinunter und lässt es dort hängen. Seine Hand liebkost erneut meine Pobacken, beruhigt mich, erregt mich. Ich zittere vor Vorfreude.

Plötzlich höre ich ein lautes Klatschen und fühle einen scharfen, brennenden Schlag auf meinen Po. Ich schreie auf, eher deshalb, weil ich diesen Angriff nicht erwartet hatte, als vor Schmerzen.

Er hält einen Moment inne und wiederholt sein Vorgehen, schlägt meine rechte Backe mit der flachen Hand. Zwanzig Schläge in schneller Folge, einer härter als der andere. Das tut mir weh; das ist kein leichtes, spielerisches Spanking.

Er will mir Schmerzen zufügen.

Ich vergesse, dass ich mir vorgenommen habe, mitzuspielen, und beginne verängstigt, mich zu wehren. Er hält mich mit Leichtigkeit unten und widmet sich meiner anderen Pohälfte. Er schlägt sie zwanzigmal genauso stark.

Als er das nächste Mal innehält, schluchze ich in die Matratze und bettle ihn an, aufzuhören. Mein Po fühlt sich an, als würde er brennen, und pocht vor Schmerzen.

Schlimmer als dieser Schmerz ist das Gefühl von Verrat. Zu meinem Entsetzen begreife ich, dass ich begonnen hatte, meinem Peiniger zu vertrauen, mich zu fühlen, als würde ich ihn ein wenig kennen.

Er hatte mir zuvor auch Schmerzen zugefügt, aber ich dachte nicht, er habe das mit Absicht getan. Ich dachte, das sei nur so, weil Sex für mich etwas Neues war. Ich hoffte, mein Körper würde sich anpassen, und in Zukunft gäbe es dann nur noch Lust.

Offensichtlich war ich ein Idiot.

Mein ganzer Körper zittert, und ich kann nicht aufhören zu weinen. Er drückt mich immer noch nach unten, und ich habe Angst vor dem, was er als Nächstes tun wird.

Und was er als Nächstes macht, ist genauso schockierend wie das, was er zuvor getan hat.

Er dreht mich herum und hebt mich hoch. Dann setzt er sich hin, setzt mich auf seinen Schoß und wiegt mich hin und her. Zärtlich und süß, so als sei ich ein Kind, welches getröstet werden müsse.

Und trotz allem lehne ich mein Gesicht an seine Schulter und schluchze, da ich verzweifelt diese Illusion von Zärtlichkeit brauche, Trost bei dem Mann suche, der mir wehgetan hat.

NACHDEM ICH EIN WENIG RUHIGER BIN, STEHT ER AUF

und stellt mich auf meine Füße. Meine Beine fühlen sich schwach und zitterig an, und ich schwanke ein wenig, als er mich vorsichtig auszieht.

Ich warte darauf, dass er etwas sagt. Vielleicht eine Entschuldigung oder eine Erklärung dafür, warum er mir wehgetan hat. Hat er mich bestraft? Falls ja, würde ich gerne wissen, was ich gemacht habe, damit ich es in Zukunft vermeiden kann.

Aber er spricht kein einziges Wort – er zieht einfach nur meine Sachen aus. Als ich nackt bin, zieht er sich auch seine eigenen Sachen aus.

Ich beobachte ihn mit einer eigenartigen Mischung aus Verzweiflung und Neugier. Sein Körper ist immer noch ein Mysterium für mich, da ich die letzten beiden Nächte meine Augen geschlossen hatte. Ich habe noch nicht einmal sein Geschlecht gesehen, auch wenn ich es schon in mir gefühlt habe.

Ich schaue ihn mir jetzt an.

Sein Körper ist umwerfend. Völlig männlich. Breite Schultern, eine schlanke Taille und schmale Hüften. Er ist überall sehr muskulös, aber nicht auf diese Steroid-unterstützte Art und Weise der Bodybuilder. Er sieht eher wie ein Krieger aus. Irgendwie kann ich mir leicht vorstellen, wie er ein Schwert schwingt und seine Feinde niedermäht. Ich bemerke eine lange Narbe auf seinem Oberschenkel und eine weitere auf seiner Schulter. Sie unterstreichen diesen Eindruck eines Kriegers nur.

Seine Haut ist durchgängig gebräunt, und er hat genau die richtige Menge an Haaren auf der Brust.

Auch um seinen Nabel und in seine Lendengegend hinabführend kann ich dunkle Haare sehen. Der Farbe seiner Haut nach zu urteilen, würde ich sagen, dass er entweder nackt umherspaziert oder natürlich dunkler ist, so wie ich. Vielleicht hat er auch Latinos unter seinen Vorfahren.

Außerdem ist er vollständig erregt. Ich kann sehen, wie sein Schwanz mir entgegenspringt. Er ist lang und dick, ähnlich denen, die ich in Pornos gesehen habe. Kein Wunder, dass ich wund bin. Ich kann gar nicht glauben, dass der überhaupt in mich hineinpasst.

Als wir beide nackt sind, führt er mich zum Bett. »Ich will dich auf allen vieren«, sagt er ruhig und stößt mich leicht an.

Mein Herz macht einen panischen Sprung, und ich weigere mich einen Augenblick lang. Stattdessen drehe ich mich zu ihm, um ihn anzuschauen. »Wirst du …« Ich schlucke trocken. »Wirst du mir wieder wehtun?«

»Ich weiß es noch nicht«, murmelt er und hebt seine Hand, um meine Brust zu umschließen. Sein Daumen reibt an meinem Nippel, der sofort hart wird. »Ich denke aber, wahrscheinlich ist das im Moment genug für dich.«

Im Moment genug? Ich will schreien.

»Bist du ein Sadist?« Diese Frage entweicht mir, bevor ich nachdenken kann, und ich versteinere auf der Stelle, während ich auf seine Antwort warte.

Er lächelt mich an. Mit diesem wunderschönen Luziferlächeln. »Ja, mein Kätzchen«, sagt er sanft. »Manchmal bin ich das. Jetzt sei ein braves Mädchen und tue, was ich dir sage. Es kann sein, dass du das nicht mögen wirst, was ansonsten passiert …«

Bevor er das überhaupt zu Ende ausgesprochen hat, beeile ich mich schon, ihm zu gehorchen. Ich begebe mich auf dem Bett auf die Hände und Knie. Trotz der Wärme des Zimmers zittere und bebe ich am ganzen Körper.

Gewalttätige, grauenvolle Bilder füllen meinen Kopf, und mir wird schlecht. Ich weiß nicht viel über SM. Shades of Grey und ein paar andere Bücher gleichen Inhalts sind alles, was ich an Erfahrungen mit diesem Thema besitze, aber keines dieser Bücher hat eine solche Situation beschrieben. Selbst in meinen dunkelsten, geheimsten Fantasien habe ich mir nie vorgestellt, von einem selbsternannten Sadisten gefangen gehalten zu werden.

Was wird er machen? Mich auspeitschen? Mich foltern? Mich in einem Verlies anketten? Gibt es überhaupt ein Verlies auf dieser Insel? Ich stelle mir eine Kammer aus Stein voller Folterinstrumente vor, genauso wie in einem Film über die spanische Inquisition, und will mich übergeben. Ich bin mir sicher, normales BDSM ist nicht so, aber an meiner Situation mit Julian ist ja nichts normal. Er kann buchstäblich alles mit mir machen, was er möchte.

Er kommt hinter mich aufs Bett und streichelt meinen Rücken. Seine Berührung ist langsam und zärtlich. Sie wäre beruhigend, aber ich schrecke zurück, erwarte jeden Moment, erneut geschlagen zu werden.

Er scheint das zu bemerken, denn er lehnt sich über mich und flüstert mir ins Ohr: »Entspann dich, Nora. Ich werde heute Nacht nichts mehr machen.«

Vor lauter Erleichterung kollabiere ich fast auf dem Bett. Tränen laufen erneut mein Gesicht hinunter. Diesmal sind es Tränen der Erleichterung und Dankbarkeit. Erbärmlicherweise bin ich ihm dankbar dafür, dass er mir keine Schmerzen mehr zufügen wird. Zumindest heute Nacht nicht mehr.

Und dann bin ich entsetzt. Entsetzt und angewidert – denn als er beginnt, meinen Hals zu küssen, reagiert mein Körper auf ihn, als sei nichts passiert. So, als ob er niemals einen Moment Schmerz durch seine Hände verspürt hätte.

Meinen dummen Körper interessiert es nicht, dass er ein verdorbener Bastard ist. Dass er mir immer wieder wehtun wird. Nein, mein Körper möchte Lust spüren, und alles andere interessiert ihn nicht.

Sein warmer Mund bewegt sich von meinem Hals über meine Schultern bis auf meinen Rücken. Meine Atmung ist flach und abgehackt. Trotz seiner Versicherung fürchte ich mich noch vor ihm, und diese Angst macht mich feuchter.

Seine Lippen bewegen sich über meinen Po, küssen den Bereich, dem er vor wenigen Minuten Schmerzen zugefügt hat. Seine Hand drückt gegen mein Kreuz, und ich beuge mich leicht unter seiner Berührung, da ich seinen unausgesprochenen Befehl verstehe. Seine Finger gleiten zwischen meine Beine, und einer seiner langen Finger findet seinen Weg in meinen glitschigen Kanal, in den er tief eindringt.

Er krümmt den Finger in mir, und ich schnappe nach Luft, als er auf einen empfindlichen Punkt tief in mir drückt. Ich spanne mich an und zittere – aber diesmal nicht aus Angst.

Als er seinen gekrümmten Finger hinaus- und hineinbewegt, fühle ich einen Druck, der sich in mir aufbaut. Mein Herzschlag schießt in die Höhe, und plötzlich ist mir so heiß, als würde ich von innen heraus brennen. Schließlich zieht ein starker Orgasmus durch meinen Körper, der von meinem Mark nach außen wandert. Er ist so stark, dass meine Sicht für einen Moment verschwimmt und ich fast auf dem Bett zusammenbreche.

Bevor das Pulsieren in mir überhaupt vorbei ist, kniet er sich hinter mich und beginnt, in mich zu stoßen.

Ich bin nass, und er dringt ziemlich leicht in mich ein. Trotzdem fühlt er sich immer noch riesig in mir an. Mein inneres Gewebe ist immer noch zart und wund von letzter Nacht, und ich kann ein leichtes schmerzliches Aufstöhnen nicht unterdrücken. Als er vollständig in mir ist, drückt seine Lende gegen meinen schmerzenden Po und verstärkt das unangenehme Gefühl.

Er umfasst meine Hüften und beginnt, sich hinein- und hinauszubewegen, langsam und rhythmisch. Trotz des anfänglichen Schmerzes scheint mein Körper dieses Gefühl der Fülle, dieses Gedehntwerden zu mögen und reagiert darauf mit weiterer Feuchtigkeit. Er wird schneller, meine Atmung auch, und ein hilfloses Stöhnen entweicht meinem Mund jedes Mal, wenn er tief in mich stößt.

Plötzlich, ohne jede Vorwarnung, ziehen sich meine Muskeln zusammen, als meine Sinne ihren Höhepunkt erreichen. Die Entladung überrollt mich, und die Intensität der Lust ist unglaublich. Hinter mir kann ich sein Stöhnen hören, als mein Höhepunkt seinen eigenen hervorruft, und ich kann das warme Herausspritzen seines Samens in mir spüren.

Dann kollabieren wir beide auf dem Bett, sein mit einem Schweißfilm überzogener Körper schwer auf meinem liegend.

## 9

Ich wache langsam und schrittweise auf. Zuerst fühle ich, wie mein Haar auf meinem Gesicht kitzelt. Danach spüre ich die Wärme der Sonne auf meinem nackten Arm. Einen Moment lang schweben meine Gedanken in diesem sanften Stadium zwischen Schlafen und Wachsein, zwischen den Träumen und der Wirklichkeit.

Ich lasse meine Augen geschlossen. Ich möchte nicht komplett aufwachen, weil es gerade so schön ist.

Auf einmal rieche ich Pfannkuchenduft, der aus der Küche herüberzieht.

Ich lächele. Es ist Wochenende, und meine Mama hat beschlossen, uns einmal wieder zu verwöhnen. Sie macht Pfannkuchen eigentlich immer zu besonderen Anlässen, aber manchmal auch einfach so.

Die Haare kitzeln mich wieder, und ich bewege unwillig meinen Arm, um sie aus meinem Gesicht zu entfernen.

Jetzt bin ich wacher, und das warme Gefühl in mir verschwindet langsam. Es wird durch eine brutale, nagende Angst ersetzt.

Nein, bitte lass das alles einen Traum sein. Bitte lass das alles einen bösen Traum sein.

Ich öffne die Augen.

Es ist kein Traum. Ich kann immer noch Pfannkuchen riechen, aber es ist unmöglich, dass meine Mama sie gerade zubereitet.

Ich bin auf einer Insel mitten im Pazifischen Ozean und werde von einem Mann festgehalten, der Lust empfindet, wenn er mir Schmerzen zufügt.

Ich strecke mich vorsichtig und inspiziere meinen Körper. Außer dass mein Po ein wenig empfindlich ist, scheine ich größtenteils in Ordnung zu sein. Er hatte mich letzte Nacht nur einmal genommen, und dafür bin ich ihm dankbar.

Ich stehe auf, gehe nackt zum Spiegel und schaue mir meine Rückseite an. Auf meinem Po sind leichte blaue Flecken, aber nichts Schlimmes. Das ist einer der Vorteile meiner goldfarbenen Haut – ich bekomme nicht leicht blaue Flecken. Morgen sollte ich wieder völlig normal aussehen.

Alles in allem habe ich eine weitere Nacht im Bett meines Peinigers überlebt.

Während ich meine Zähne putze, denke ich an den vergangenen Abend zurück. Das Essen, mein dummer Plan, ihn zu verführen, das Gefühl, durch sein Verhalten betrogen worden zu sein.

Ich kann nicht glauben, dass ich angefangen hatte, ihm auch nur ein kleines bisschen zu vertrauen. Normale Männer entführen keine Mädchen aus dem Park. Sie betäuben sie auch nicht oder bringen sie auf eine private Insel. Männer, die normalen, gleichberechtigten Sex mögen, halten keine Frauen gefangen.

Nein, Julian ist nicht normal. Er ist ein sadistischer Kontrollfreak, und das darf ich nie vergessen. Die Tatsache, dass er mir gestern nicht sehr wehgetan hat, heißt gar nichts. Es ist nur eine Frage der Zeit, bevor er mir etwas wirklich Furchtbares antut.

Ich muss flüchten, bevor das passiert, und ich kann mir keine Zeit lassen, Julian zu verführen. Er ist viel zu gefährlich und unberechenbar.

Ich muss einen Weg von dieser Insel finden.

~

NACHDEM ICH SCHNELL GEDUSCHT UND MEINE ZÄHNE geputzt habe, gehe ich hinunter, um zu frühstücken. Beth muss schon in meinem Zimmer gewesen sein, denn es liegen schon frische Anziehsachen bereit. Ein Badeanzug, Flipflops und ein weiteres Sommerkleid.

Beth selbst ist in der Küche, genauso wie die Pfannkuchen, die ich vorhin gerochen habe.

Als ich eintrete, lächelt sie mich an, und die gestrige Anspannung scheint verschwunden zu sein. »Guten Morgen«, sagt sie fröhlich. »Wie fühlst du dich?«

Ich schaue sie ungläubig an. Weiß sie, was Julian mit mir gemacht hat? »Oh, einfach großartig«, entgegne ich sarkastisch.

»Das freut mich.« Sie ignoriert meinen Ton. »Julian befürchtete, du könntest heute Morgen ein wenig wund sein, deshalb hat er mir vorsorglich eine spezielle Creme für dich dagelassen.«

Sie weiß Bescheid.

»Wie kannst du mit dir leben?«, frage ich ernsthaft neugierig. Wie kann eine Frau einfach dastehen und zuschauen, wie eine andere derart missbraucht wird? Wie kann sie für so einen grausamen Mann arbeiten?

Anstatt zu antworten, legt Beth einen großen, lockeren Pfannkuchen auf einen Teller und bringt ihn zu mir. Auf dem Tisch stehen auch Mangoscheiben, genau neben der Flasche mit dem Ahornsirup.

»Iss, Nora«, fordert sie mich nicht unfreundlich auf.

Ich schaue sie bitter an und beginne, den Pfannkuchen zu essen. Er ist köstlich. Ich glaube, dass sie dem Teig Bananen zugefügt hat, weil ich ihre Süße schmecken kann. Ich brauche nicht einmal den Ahornsirup, aber ich nehme einige Scheiben Mango für zusätzlichen Geschmack.

Beth lächelt erneut und widmet sich dann wieder ihren verschiedenen Aufgaben in der Küche.

Nach dem Frühstück verlasse ich das Haus und streife allein auf der Insel umher. Beth hält mich nicht auf. Ich finde es immer noch erstaunlich, dass sie mich hier einfach so umherwandern lassen. Sie müssen sich völlig sicher sein, dass es keinen Weg gibt, diese Insel zu verlassen.

Ich habe trotzdem vor, eine Möglichkeit zu finden.

Ich gehe stundenlang unermüdlich durch die Sonne, bis ich von den Flipflops an meinen Füßen Blasen bekomme. Ich halte mich in der Nähe des Strandes auf und hoffe, irgendwo ein Boot zu finden, vielleicht in einer Höhle oder einer Lagune.

Aber ich finde nichts.

Wie bin ich hierhergekommen? Mit dem Flugzeug oder dem Hubschrauber? Julian hatte gestern erwähnt, diesen Ort entdeckt zu haben, als er ein Flugzeug flog. Vielleicht hat er mich ja auf diese Art hierhergebracht, in einem Privatflugzeug?

Das wäre nicht gut. Selbst wenn ich das Flugzeug hier irgendwo finden würde, wie sollte ich es denn fliegen? Das stelle ich mir doch ein wenig komplizierter vor.

Andererseits, mit dem nötigen Ansporn könnte ich das vielleicht herausbekommen. Ich bin nicht dumm, und ein Flugzeug zu fliegen ist keine höhere Mathematik.

Aber ich finde keins. Es gibt ein flaches, grasbewachsenes Gebiet auf der anderen Seite der Insel, an dessen Rand sich ein Gebäude befindet, in dem nichts ist. Es ist völlig leer.

Müde, durstig und mit Blasen, die mit jedem Schritt

unangenehmer werden, gehe ich wieder zum Haus zurück.

~

»JULIAN IST VOR EIN PAAR STUNDEN ABGEREIST«, erklärt Beth mir, sobald ich eintrete.

Überrascht blicke ich sie an. »Was meinst du mit ›abgereist‹?«

»Er hat wichtige Geschäfte, um die er sich kümmern muss. Wenn alles gut geht, sollte er in einer Woche zurück sein.«

Ich nickte und versuche, meinen Gesichtsausdruck neutral zu halten.

Er ist weg! Mein Peiniger ist weg!

Jetzt sind nur noch Beth und ich auf dieser Insel. Sonst niemand.

Meine Gedanken kreisen um die ganzen Möglichkeiten, die sich mir bieten. Ich kann eines der Küchenmesser stehlen und Beth solange damit bedrohen, bis sie mir einen Weg von dieser Insel zeigt. Wahrscheinlich gibt es hier Internet, und ich könnte Kontakt zur Außenwelt aufnehmen.

Ich bin so aufgeregt, ich könnte schreien.

Denken sie wirklich, ich sei harmlos? Hat mein unterwürfiges Verhalten bis jetzt sie so weit eingelullt, dass sie davon ausgehen, ich sei auch weiterhin eine nette und gehorsame Gefangene?

Sie könnten nicht falscher liegen.

Julian ist derjenige, vor dem ich Angst habe, nicht

Beth. Mit beiden auf der Insel wäre es sinnlos, und es würde zu nichts führen, Beth anzugreifen.

Jetzt ist es allerdings ein ausgeglichener Kampf.

~

EINE STUNDE SPÄTER SCHLEICHE ICH MICH LEISE IN DIE Küche. Wie ich es erwartet hatte, ist Beth nicht hier. Es ist zu früh, das Abendessen zuzubereiten, und zu spät für das Mittagessen.

Ich bin barfuß, um potentielle Geräusche zu minimieren. Vorsichtig schaue ich mich um, öffne eine der Schubladen und nehme ein großes Schlachtermesser heraus. Als ich es mit meinem Finger teste, stelle ich fest, dass es scharf ist.

Eine Waffe. Perfekt.

Das Sommerkleid, welches ich trage, hat einen schmalen Gürtel um die Taille, und ich benutze ihn, um mir das Messer auf den Rücken zu binden. Es ist eine sehr plumpe Halterung, aber so bleibt es wenigstens an seinem Platz. Ich hoffe, dass ich mir mit dem ungeschützten Messer nicht in den Po schneiden werde, aber selbst wenn, lohnt es sich, dieses Risiko einzugehen.

Eine große Keramikvase ist meine nächste Anschaffung. Sie ist so schwer, dass ich es kaum schaffe, sie mit beiden Armen über den Kopf zu heben. Ich kann mir keinen Schädel vorstellen, der gegen so etwas bestehen kann.

Als ich diese zwei Sachen habe, gehe ich Beth suchen.

Ich finde sie auf der Veranda. Sie hat es sich auf einem langen, gemütlich aussehenden Sofa für draußen mit einem Buch bequem gemacht und genießt die frische Luft und den wunderschönen Blick auf den Ozean. Sie schaut nicht auf, als ich meinen Kopf durch die offene Tür nach draußen strecke, und ich gehe schnell wieder hinein, um mir zu überlegen, was ich als Nächstes tun werde.

Mein Plan ist einfach. Ich muss Beth überraschen und ihr die Vase auf den Kopf schlagen. Vielleicht sollte ich sie auch fesseln. Danach könnte ich das Messer benutzen, um sie so lange damit zu bedrohen, bis sie mich Kontakt zur Außenwelt aufnehmen lässt. Wenn Julian zurückkommt, könnte ich auf diese Weise schon gerettet sein und ihn verklagen.

Alles, was ich brauche, ist ein guter Platz für einen Hinterhalt.

Ich schaue mich um und bemerke eine kleine Nische neben dem Eingang zur Küche. Wenn man von der Veranda kommt – und ich denke, dass Beth das tun wird – kann man wirklich nichts in dieser Nische erkennen. Es ist nicht der beste Ort, um sich zu verstecken, aber es ist besser, als sie offen anzugreifen. Ich begebe mich dorthin und drücke mich flach gegen die Wand. Die Vase steht neben mir auf dem Boden, damit ich sie leicht greifen kann.

Ich atme tief ein und versuche, das leichte Zittern

meiner Hände in den Griff zu bekommen. Ich bin keine gewalttätige Person, und doch befinde ich mich in dieser Situation, in der ich vorhabe, eine Vase auf Beths Kopf zu schlagen. Ich möchte überhaupt nicht darüber nachdenken, aber ich kann nichts dagegen machen, mir ihren aufgeschlagenen Schädel vorzustellen. Ich sehe Blut und Gehirnmasse vor mir, wie in einem Horrorfilm. Mir wird schlecht von diesem Bild. Ich rede mir ein, dass es nicht so sein wird, dass sie nur eine dicke Beule oder eine leichte Gehirnerschütterung davontragen wird.

Das Warten nimmt kein Ende, jede Sekunde scheint eine Stunde lang zu sein. Mein Herz rast, und ich schwitze, obwohl die Temperatur im Hause viel kälter ist als die Hitze draußen.

Endlich, nach gefühlten Stunden, höre ich Beths Schritte. Ich schnappe mir die Vase, hebe sie vorsichtig über meinen Kopf und halte den Atem an, als Beth durch die offene Tür eintritt, die von der Veranda ins Haus führt.

Als sie an mir vorbeigeht, halte ich meine Vase fest und schlage sie ihr über den Kopf.

Aus irgendeinem Grund treffe ich sie nicht richtig. Im letzten Moment muss Beth eine Bewegung gehört haben, denn die Vase trifft sie stattdessen auf die Schulter.

Sie schreit vor Schmerzen auf und hält sich ihre Schulter. »Du altes Miststück!«

Ich hole Luft und versuche, meine Vase erneut zu heben. Aber es ist zu spät. Sie greift nach der Vase, die daraufhin hinunterfällt und zwischen uns in ein Dutzend Teile zerbricht.

Ich springe zurück, und meine rechte Hand versucht verzweifelt, an das Messer zu gelangen. *Scheiße, scheiße, scheiße.* Es gelingt mir, den Griff zu umfassen und das Messer hervorzuziehen, aber bevor ich irgendetwas machen kann, greift sie nach meinem Arm. Sie bewegt sich schnell wie eine Schlange. Ihr Griff um mein rechtes Handgelenk fühlt sich wie ein Eisenband an.

Ihr Gesicht ist errötet, und ihre Augen funkeln, als sie meinen Arm schmerzhaft nach hinten dreht. »Lass das Messer fallen, Nora«, befiehlt sie grob und mit wuterfüllter Stimme.

Aus lauter Panik versuche ich, sie zu schlagen, aber auch diesen Arm fängt sie ab. Sie weiß ganz offensichtlich, wie man kämpft – und sie ist eindeutig stärker als ich.

Mein rechter Arm schmerzt höllisch, aber ich versuche trotzdem, sie zu treten. Ich darf diesen Kampf nicht verlieren. Das ist meine beste Chance, zu flüchten.

Meine Füße treffen ihre Beine, aber ich trage keine Schuhe, weshalb ich mir an den Zehen mehr Schmerzen zufüge als ihr an den Schienbeinen.

»Lass das Messer fallen, Nora, oder ich werde dir den Arm brechen«, faucht sie, und ich weiß, dass sie die Wahrheit sagt. Meine Schulter fühlt sich an, als würde sie gleich aus dem Gelenk springen, und mir wird schwarz vor Augen, als eine Schmerzenswelle über mich hinwegrollt.

Ich warte noch einen Augenblick, bevor sich meine Finger vom Messer lösen. Es fällt mit einem lauten Knall auf den Boden.

Beth lässt mich sofort los und beugt sich nach unten, um es aufzuheben.

Ich gehe zurück, atme angestrengt, und in meinen Augen brennen vor Schmerz und Frust Tränen. Ich weiß nicht, was sie jetzt mit mir machen wird, aber ich möchte es auch nicht herausfinden.

Also renne ich.

~

ICH BIN EINE SCHNELLE LÄUFERIN UND IN GUTER FORM. Ich kann hören, wie Beth hinter mir herjagt, aber ich bezweifle, dass sie jemals Leichtathletik gemacht hat.

Ich renne aus dem Haus und hinunter zum Strand. Steine, Zweige und Kiesel drücken sich in meine Füße, aber ich spüre sie kaum.

Ich weiß nicht, wohin ich renne, aber ich kann es nicht zulassen, von Beth eingeholt zu werden. Ich will nicht wieder in diesen Raum eingeschlossen werden oder schlimmeres.

»Nora!«

Scheiße, sie ist auch eine ausgezeichnete Läuferin. Ich werde noch schneller und ignoriere meine schmerzenden Füße.

»Nora, sei kein Idiot! Du kannst nirgendwo hin!«

Ich weiß, dass das stimmt, aber ich kann einfach nicht länger das passive Opfer sein. Ich kann nicht folgsam im Haus sitzen, Beths Essen verspeisen und darauf warten, dass Julian zurückkehrt.

Ich kann ihm nicht erlauben, mir erneut wehzutun, bevor er meinen Körper dazu bringt, sich nach ihm zu verzehren.

Meine Beinmuskeln schreien, und meine Lungen brauchen Luft. Ich trenne mich von diesen unangenehmen Gefühlen und stelle mir vor, ich befände mich in einem Rennen und die Ziellinie läge nur hundert Meter vor mir.

Ich fühle mich, als würde ich ewig laufen. Als ich mich umschaue, bemerke ich, wie Beth immer weiter zurückfällt.

Ich laufe ein wenig entspannter. Ich kann diese Geschwindigkeit nicht länger halten. Ohne groß darüber nachzudenken, nähere ich mich der steinigen Seite der Insel, wo ich die Felsen hinaufklettern und mich in dem kleinen Wald darüber verstecken kann.

Ich brauche weitere zehn Minuten, bevor ich dort ankomme. Zu diesem Zeitpunkt kann ich Beth schon nicht mehr hinter mir sehen.

Ich werde langsamer und klettere die Felsen hinauf. Jetzt, da ich der akuten Gefahr entkommen bin, kann ich die Schnitte und blauen Flecken spüren, die ich an meinen nackten Füßen habe.

Es ist ein langsames und qualvolles Klettern. Meine Beine zittern von der ungewohnten Belastung, und ich kann den Energieeinbruch spüren, der dem

Adrenalinschub folgt. Trotzdem schaffe ich es, bis auf den felsigen Hügel und in den Wald zu kommen.

Dicke und saftige tropische Vegetation umgibt mich und verbirgt mich vor unerwünschten Blicken. Ich begebe mich tiefer in das Unterholz und suche einen guten Ort, um erschöpft zusammenzubrechen. Es würde nicht leicht werden, mich hier zu finden. Von dem, was ich durch meine früheren Ausflüge weiß, bedeckt dieser Wald einen großen Teil dieser Inselhälfte.

Ich sollte hier erst einmal in Sicherheit sein.

Als es dunkel wird, suche ich Schutz unter einem großen Baum, wo das Unterholz besonders undurchdringlich ist. Ich säubere mir ein Stück Boden und versichere mich, keinen Ameisenbau oder etwas Ähnliches, mit Tieren, die mich beißen könnten, in der Nähe zu haben. Danach lege ich mich hin und ignoriere die pochenden Schmerzen in meinen kaputten Füßen.

Nicht zum ersten Mal in meinem Leben bin ich dankbar dafür, dass mein Vater mich als Kind immer mit zum Zelten genommen hat. Durch das, was er mir dabei beigebracht hat, fühle ich mich in der Natur mit all ihrer Pracht sehr wohl. Ungeziefer, Schlangen, Echsen – nichts davon macht mir Angst. Ich weiß, bei einigen Arten sollte ich vorsichtig sein, aber ich fürchte sie nicht generell.

Die Schlangen, die mich auf diese Insel gebracht haben, ängstigen mich viel mehr.

Jetzt, weit weg von Beth, kann ich ein wenig klarer denken.

Ihr schlanker, muskulöser Körper kommt bestimmt nicht von leichtem Cardiotraining und Yoga im Fitnessstudio. Sie ist stark – wahrscheinlich so stark wie einige Männer – und auf jeden Fall um einiges stärker als ich.

Sie scheint auch ein spezielles Training erhalten zu haben. Kampfsport vielleicht? Ich habe einen riesigen Fehler begangen, als ich versuchte, sie gefangen zu nehmen. Ich hätte ihr einfach das Messer in den Rücken stechen sollen, als sie nicht hingesehen hat.

Noch ist es allerdings nicht zu spät. Ich kann mich immer noch ins Haus schleichen und sie dort überraschen. Ich brauche Zugang zum Internet, und ich brauche ihn jetzt, bevor Julian zurückkommt.

Ich weiß zwar nicht, was er dafür, dass ich Beth angegriffen habe, mit mir machen wird – aber ich möchte es auch auf gar keinen Fall herausfinden.

## 10

EIN EIGENARTIGES GEFÜHL WECKT MICH AM NÄCHSTEN Morgen auf. Es ist fast so, als ob …

»Oh Scheiße!«

Ich springe auf und versuche eine langbeinige Spinne abzuschütteln, die entspannt meinen Arm hinaufkrabbelt.

Die Spinne fliegt in weitem Bogen weg, und ich fahre panisch über mein Gesicht, meine Haare und meinen Körper, um weitere potentielle Untiere abzuwischen.

Ich habe nicht wirklich Angst vor Spinnen, aber ich mag sie überhaupt nicht auf mir haben.

Das ist definitiv nicht die schönste Art und Weise, aufzuwachen.

Meine Herzfrequenz normalisiert sich langsam wieder, und ich analysiere meine Situation. Ich habe Durst, und mein ganzer Körper schmerzt nach dieser Nacht auf dem Boden. Ich fühle mich außerdem schmutzig, und meine Füße tun weh. Ich hebe ein Bein und schaue mir meine Fußsohle an. Ich bin mir ziemlich sicher, getrocknetes Blut erkennen zu können.

Mein leerer Magen grummelt. Ich hatte gestern kein Abendbrot und sterbe vor Hunger.

Das einzig Gute ist, dass Beth mich noch nicht gefunden hat.

Ich bin mir nicht wirklich sicher, was ich als Nächstes machen soll. Vielleicht wieder ins Haus zurückgehen und erneut versuchen, Beth zu überfallen?

Ich denke darüber nach und beschließe, dass es wahrscheinlich das Beste ist, was ich an dieser Stelle machen kann. Früher oder später werden mich Beth oder Julian finden. Die Insel ist nicht so groß, um mich über einen längeren Zeitraum vor ihnen verstecken zu können. Ich kann mir keine Verzögerung leisten, falls Julian eher als erwartet zurückkommen sollte. Zwei gegen einen ist schlecht.

Ich werde außerdem von Minute zu Minute hungriger, und mir wird schnell schwindelig, wenn ich nicht regelmäßig esse. Wahrscheinlich könnte ich frisches Trinkwasser finden, aber Essen ist fraglich. Ich weiß nicht, woher Beth diese Mangos bekommt. Wenn ich versuche, mich noch ein paar weitere Tage zu verstecken, könnte ich zu schwach werden, um überhaupt noch jemanden anzugreifen.

Außerdem ist es möglich, dass sie mich noch nicht zurückerwartet, und ich könnte ein Überraschungsmoment wirklich gut gebrauchen.

Also atme ich tief ein und beginne, zurück zum Haus zu gehen – oder eher zu humpeln. Ich weiß, es könnte sein, dass das nicht gut für mich ausgeht, aber ich habe keine Wahl. Entweder ich kämpfe jetzt – oder ich werde für immer ein Opfer sein.

Ich brauche etwa zwei Stunden für den Weg zurück. Ich muss zwischendurch anhalten und Pausen machen, da ich nicht die ganze Zeit meine schmerzenden Füße ignorieren kann.

Es ist schon ironisch, dass ich flüchte, weil ich Angst vor Schmerzen habe und mir dabei selbst so viele Qualen zufüge. Julian würde es wahrscheinlich lieben, mich so zu sehen. *Dieser perverse Bastard.*

Schließlich erreiche ich das Haus und verstecke mich hinter einigen großen Büschen in der Nähe der vorderen Eingangstür. Ich weiß nicht, ob sie abgeschlossen ist oder nicht, aber ich denke nicht, einfach durch den Haupteingang gehen zu können. Nach allem, was ich weiß, ist Beth gleich daneben im Wohnzimmer.

Nein, ich muss strategischer vorgehen.

Nach ein paar Minuten gehe ich vorsichtig zur Hinterseite des Hauses, an der sich die große überdachte Terrasse befindet, auf der ich Beth gestern angegriffen hatte.

Zu meiner Erleichterung ist hier niemand.

Ich bin bemüht, keine Geräusche zu machen, und öffne die Tür, um hineinzugehen. In meiner Hand halte ich einen großen Stein. Ich hätte lieber ein Messer oder eine Waffe, aber ein Stein muss jetzt reichen.

Ich krieche zu einem der Fenster, schaue hinein und bin erleichtert darüber, dass das Wohnzimmer leer ist.

Ich stelle mich hin, gehe zu der Glastür, die ins Wohnzimmer führt, schiebe sie leise auf und trete ein.

Im ganzen Haus herrscht komplette Stille. Niemand kocht in der Küche oder deckt den Tisch.

Die digitale Uhr im Wohnzimmer zeigt 7:12 an. Ich hoffe, dass Beth noch schläft.

Ich halte den Stein immer noch fest und schleiche mich in die Küche, um ein neues Messer zu holen. Als ich beides habe, mache ich mich vorsichtig auf den Weg nach oben.

Beths Zimmer ist das erste auf der linken Seite. Ich weiß das, weil sie es mir während der Hausführung gezeigt hat.

Ich halte die Luft an, öffne leise die Tür … und erstarre.

Auf dem Bett sitzt die Person, vor der ich die meiste Angst habe.

Julian.

Er ist früh zurück.

~

»Hallo, Nora.«

Seine Stimme ist täuschend sanft, sein perfektes Gesicht ausdruckslos. Trotzdem kann ich die Wut spüren, die darunter lodert.

Einen Augenblick lang schaue ich ihn einfach nur an, bin vor Schreck gelähmt. Ich kann außer meinem Herzschlag, der in meinen Ohren widerhallt, nichts hören. Und dann beginne ich zurückzuweichen, ohne meine Augen von seinem Gesicht abzuwenden. Meine Hände halte ich verteidigend vor meinem Körper, in einer habe ich den Stein, in der anderen das Messer.

In diesem Moment ergreifen mich von hinten Stahlhände und halten mich schmerzhaft an meinen Handgelenken fest. Ich schreie, wehre mich, aber Beth ist zu stark. Das Messer rutscht in meiner Hand nach hinten und verletzt mich fast an der Schulter.

Wie ein Blitz ist Julian bei mir, und das Messer, sowie der Stein werden mir aus den Händen gerissen. Beth lässt mich gehen und Julian ergreift mich. Er hält mich fest, während ich mich in seinen Armen winde und dabei hysterisch schreie.

Je stärker ich gegen ihn ankämpfe, desto enger legen sich seine Arme um mich, bis ich erschlaffe und wegen Luftmangels fast ohnmächtig werde.

Dann hebt er mich auf und trägt mich aus Beths Zimmer.

Zu meiner Überraschung bringt er mich nach unten und hält vor der Tür an, die in sein Büro führt. An der Seite öffnet sich eine kleine Konsole, und ich kann sehen, wie ein rotes Licht sich über Julians

Gesicht hinwegbewegt. Wie ein Laser beim Verlassen des Supermarktes.

Dann gleitet die Tür auf.

Ich unterdrücke einen überraschten Aufschrei. Die Tür zu seinem Büro öffnet sich durch einen Netzhautscan – etwas, was ich bis jetzt nur in Spionagefilmen gesehen hatte.

Als er mich hineinträgt, wehre ich mich, aber das ist sinnlos. Seine Arme sind völlig unbeweglich, halten mich sicher fest.

Wieder einmal bin ich in seiner Umarmung völlig hilflos.

Tränen bitterer Enttäuschung laufen mein Gesicht hinunter. Ich hasse es, so schwach zu sein, so leicht kontrolliert zu werden. Er ist noch nicht einmal atemlos von unserem Ringen.

Ich bin mir nicht sicher, was ich als Nächstes von ihm erwarte. Vielleicht, dass er mich schlägt oder mich brutal nimmt.

Aber als wir in seinem Büro angekommen sind, stellt er mich einfach auf meine Füße.

Sobald er mich loslässt, gehe ich einige Schritte zurück, da ich wenigstens einen kleinen Abstand zwischen uns brauche.

Er lächelt mich an, aber in der Schönheit dieses Lächelns ist etwas Beunruhigendes. »Entspann dich, mein Kätzchen. Ich werde dir nicht wehtun. Zumindest nicht jetzt.«

Und während ich ihn anschaue, geht er zu einem langen Schreibtisch hinüber und zieht eine Schublade auf, um ihr eine Fernbedienung zu entnehmen. Danach hält er sie in Richtung der Wand hinter mir.

Ich drehe mich misstrauisch um und sehe zwei Flachbildschirme. Sie sehen sehr nach Hightech aus, nicht wie diejenigen, die ich von zu Hause kenne.

Der linke Fernseher geht an. Das Bild ist eigenartig, weil es so unerwartet kommt.

Es sieht aus wie ein normales Schlafzimmer bei jemandem zu Hause. Das Bett ist nicht gemacht, die Laken sind achtlos auf die Matratze geworfen. Poster verschiedener Footballspieler hängen an den Wänden, und auf dem Schreibtisch steht ein Laptop.

»Erkennst du es?«, möchte Julian wissen.

Ich schüttele den Kopf.

»Gut«, erwidert er. »Das freut mich.«

»Wessen Schlafzimmer ist das?«, frage ich, und langsam bekomme ich ein schlechtes Gefühl im Magen.

»Kannst du es erraten?«

Ich blicke ihn an und friere immer mehr. »Jakes?«

»Ja, Nora. Jakes.«

Ich beginne, innerlich zu zittern. »Warum ist es auf deinem Bildschirm?«

»Erinnerst du dich daran, dass ich dir gesagt habe, Jake sei so lange in Sicherheit, wie du dich anständig benimmst?«

Ich halte kurz die Luft an. »Ja …« Mein Flüstern ist kaum zu hören.

Ich hatte diese anfängliche Drohung gegen Jake wirklich vergessen, da ich zu sehr mit meiner eigenen

Gefangenschaft beschäftigt war. Ich glaube allerdings auch, dass ich diese Drohung anfangs überhaupt nicht ernst genommen habe. Schon gar nicht, nachdem ich erfahren habe, dass wir uns auf einer Insel befinden, die Tausende von Kilometern von meiner Heimatstadt entfernt ist. Irgendwo in meinem Hinterkopf war ich davon überzeugt gewesen, Julian könne Jake nicht wirklich etwas antun. Zumindest nicht aus dieser Entfernung.

»Gut«, sagt Julian. »Dann wirst du auch verstehen, warum ich das mache. Ich möchte dich nicht einschließen, dich davon abhalten, irgendwohin zu gehen oder irgendetwas zu machen. Diese Insel ist dein neues Zuhause, und ich möchte, dass du hier glücklich bist ...«

Hier glücklich? Mehr als jemals zuvor bin ich davon überzeugt, dass er verrückt ist.

»Aber ich kann es nicht hinnehmen, dass du Beth bei deinen sinnlosen Fluchtversuchen verletzt. Du musst lernen, dass deine Handlungen Konsequenzen haben ...«

Die Übelkeit in mir beginnt, sich in meinem ganzen Körper auszubreiten. »Es tut mir leid! Ich werde das nie wieder tun. Nie wieder, versprochen!« Meine Worte sprudeln schnell und durcheinander aus mir heraus. Ich weiß nicht, ob ich das, was gleich passieren wird, noch verhindern kann, aber ich muss es versuchen. »Ich werde Beth nicht verletzen und nicht mehr versuchen, zu flüchten. Bitte, Julian, ich habe meine Lektion gelernt ...«

Julian schaut mich fast traurig an. »Nein, Nora. Das hast du nicht. Ich musste heute wegen dem, was du getan hast, zurückkommen und dafür meine Geschäftsreise abbrechen. Beth ist nicht hier, um Gefängniswärterin zu spielen. Das ist nicht ihre Aufgabe. Sie ist hier, um sich um dich zu kümmern, sicherzustellen, dass du alles schön hast und zufrieden bist. Ich kann es nicht zulassen, dass du ihr ihre Freundlichkeit dankst, indem du versuchst, sie umzubringen ...«

»Ich habe nicht versucht, sie umzubringen! Ich wollte nur ...« Ich halte inne, möchte ihm meinen Plan nicht verraten.

»Du dachtest, du könntest sie als Geisel nehmen?« Jetzt sieht Julian belustigt aus. »Um was zu erreichen? Dass sie dich von der Insel schafft? Dir hilft, Kontakt zur Außenwelt aufzunehmen?«

Ich schaue ihn an und streite nichts ab, aber gebe auch nichts zu.

»Also, Nora, ich möchte dir etwas erklären. Selbst wenn du mit deinem Angriff Erfolg gehabt hättest – was nicht passiert wäre, weil Beth mehr als fähig ist, mit so einem kleinen Mädchen zurechtzukommen –, hätte sie dir nicht weiterhelfen können. Wenn ich die Insel verlasse, verlässt das Flugzeug sie auch. Es gibt kein Boot oder einen anderen Weg, diese Insel zu verlassen.«

Seine Worte bestätigen das, was ich durch meine Untersuchungen schon vermutet hatte. Aber ich hoffe immer noch, dass ...

»Und ich bin der Einzige, der Zugang zu meinem Büro hat. Im restlichen Haus gibt es keinen Computer oder andere Kommunikationsmöglichkeiten. Alles, was Beth machen kann, ist, mir auf einer speziellen Leitung, die wir eingerichtet haben, eine direkte Nachricht zukommen zu lassen. Also, wie du sehen kannst, mein Kätzchen, wäre sie als Geisel ziemlich nutzlos gewesen.«

So viel zu dieser Hoffnung. Jeder Satz fühlte sich an wie ein weiterer Spatenstich für mein Grab. Wenn er mich nicht gerade anlügt, dann ist meine Lage weitaus schlechter, als ich befürchtet hatte.

Ich werde für immer auf dieser Insel festsitzen, solange Julian mich nicht von sich aus frei lässt.

Ich möchte schreien, weinen, Dinge werfen, aber ich kann mich jetzt nicht so gehen lassen. Stattdessen nicke ich und gebe vor, ruhig und rational zu sein. »Ich verstehe. Es tut mir leid, Julian. Davon wusste ich nichts. Ich werde nicht wieder versuchen, zu fliehen, und ich werde Beth nicht verletzten. Bitte glaub mir …«

»Das würde ich gerne, Nora.« Sein Gesicht sieht fast so aus, als bedauere er es. »Aber das kann ich nicht. Du kennst mich noch nicht, also kannst du dir nicht sicher sein, ob du mir glauben kannst. Ich muss dir zeigen, dass ich ein Mann bin, der zu seinem Wort steht. Je eher du das Unausweichliche akzeptierst, desto glücklicher wirst du sein.«

Und bei diesen Worten greift er in seine Hosentasche und zieht etwas hervor, was wie ein

Telefon aussieht. Er drückt einen Knopf, wartet einige Sekunden und sagt dann nur kurz: »Du kannst weitermachen«.

Danach wendet er seine Aufmerksamkeit dem Bildschirm zu.

Ich mache das Gleiche, und dabei breitet sich in meinem Magen ein dumpfes Angstgefühl aus.

Der Fernseher zeigt immer noch einen leeren Raum, aber wenige Sekunden später öffnet sich die Tür, und Jake betritt das Zimmer.

Er sieht aus, als habe er Angst. Eines seiner Augen ist so geschwollen, dass er es nicht mehr öffnen kann, und seine Nase sitzt nicht mehr mittig, so als sei sie gebrochen. Ihm folgt eine große, maskierte Gestalt, die eine Pistole auf ihn richtet.

Ein entsetzter Aufschrei kommt mir über die Lippen. »Bitte, nicht …« Ich bekomme nicht mit, wie ich mich bewege, aber meine Hände sind auf einmal auf Julians Arm und ziehen verzweifelt an ihm.

»Schau hin, Nora.« Auf Julians Gesicht ist keine Gefühlsregung zu erkennen, als er mich in seine Arme zieht und mich so hält, dass ich auf den Fernseher schauen muss. »Ich möchte, dass du ein für allemal lernst, dass deine Handlungen Folgen haben.«

Auf dem Bildschirm greift der maskierte Mann plötzlich nach Jake …

»Nein!«

… und schlägt ihn hart mit dem Griff seiner Pistole ins Gesicht. Jake stolpert zurück, und Blut fließt aus seinem Mundwinkel.

»Bitte, nicht!« Ich schluchze und wende mich in Julians Griff, meine Augen können sich nicht von der gewalttätigen Szene abwenden, die sich Tausende von Kilometern entfernt abspielt.

Jakes Angreifer ist erbarmungslos, schlägt ihn immer und immer wieder. Ich schreie, fühle jeden Schlag in meinem Herzen. Jeder brutale Angriff auf Jakes Körper tötet etwas in mir, einen Teil meines Glaubens an eine bessere Zukunft, der mich bis jetzt zusammengehalten hat.

Als Jake auf die Knie fällt, tritt der Mann ihm in die Rippen, und ich kann sein schmerzerfülltes Stöhnen hören.

»Bitte, Julian«, flüstere ich geschlagen und sacke in seinen Armen zusammen. »Bitte, hör auf ...« Ich weiß, ich bettele um die Gnade eines Mannes, der keine besitzt. Er bringt Jake vor meinen Augen um, und es gibt nichts, was ich dagegen tun kann.

Mein Peiniger lässt den Schläger eine weitere Minute lang fortfahren, bevor er mich loslässt und sein Telefon hervorzieht. Ich blicke ihn an und zittere von Kopf bis Fuß. Ich traue mich gar nicht, zu hoffen.

Julian tippt schnell einen Text ein. Auf dem Bildschirm kann ich sehen, wie Jakes Angreifer innehält und in seine Hosentasche greift.

Dann bricht er ganz ab und verlässt das Zimmer.

Jake bleibt blutüberströmt auf dem Boden liegend zurück. Ich starre weiterhin auf den Bildschirm, weil ich einfach wissen muss, ob er lebt. Nach einer Minute kann ich sein Stöhnen hören und sehe, wie er sich aufrichtet. Er humpelt zum Festnetztelefon und bewegt sich dabei wie ein alter Mann – und nicht wie ein sportlicher, junger Typ.

Ich höre, wie er mit dem Notruf spricht.

Ich sinke auf den Boden und vergrabe mein Gesicht in den Händen.

Julian hat gewonnen.

Ich weiß, dass mein Leben nie wieder mir gehören wird.

## 11

ALS ICH AM NÄCHSTEN MORGEN AUFWACHE, IST
Julian weg.

Ich erinnere mich nicht mehr wirklich an das, was
passiert ist, nachdem ich gestern in Julians Büro
zusammengebrochen bin. Der Rest des Tages ist mir
nur sehr verschwommen in Erinnerung. Es ist, als ob
sich mein Gehirn abgeschaltet hatte, da es diese
Gewalt, dessen Zeugin ich geworden war, nicht
verarbeiten konnte. Ich meine, mich vage daran zu
erinnern, wie Julian mich vom Fußboden aufgehoben
und mich zur Dusche getragen hat. Er muss mich
gewaschen und meine Füße bandagiert haben, denn
heute Morgen sind sie in Mullbinden gewickelt und
schmerzen weniger.

Ich bin mir nicht sicher, ob er letzte Nacht Sex mit mir hatte. Falls ja, muss er ungewöhnlich sanft gewesen sein, weil ich heute keinerlei Wundsein verspüre. Ich erinnere mich daran, mit ihm in meinem Bett geschlafen zu haben. Sein großer Körper schloss meinen ein.

Bestimmte Sachen vereinfachen sich durch das, was passiert ist. Wo es keine Hoffnung und keine Wahl gibt, ist alles erstaunlich unkompliziert. Es ist eine Tatsache, dass Julian alle Karten in der Hand hält. Ich gehöre ihm, solange er mich haben möchte. Es gibt für mich keine Fluchtmöglichkeit, keinen Ausweg.

Und als ich diese Tatsache erst einmal akzeptiert habe, ist mein Leben viel einfacher. Bevor ich mich versehe, bin ich schon neun Tage auf dieser Insel.

Das erzählt mir Beth während des Frühstücks.

Ich habe gelernt, ihre Gegenwart zu tolerieren. Mir bleibt keine andere Wahl – ohne Julian ist sie hier meine einzige Möglichkeit für menschliche Interaktion. Sie gibt mir Essen, Kleidung und putzt mir hinterher. Sie ist fast wie ein Kindermädchen, nur dass sie jung und manchmal gemein ist. Ich glaube, sie hat mir noch nicht vollständig verziehen, dass ich versucht habe, ihr den Kopf einzuschlagen. Ich habe ihren Stolz verletzt oder so etwas in der Art.

Ich versuche, sie nicht zu sehr zu ärgern. Tagsüber verlasse ich das Haus und verbringe die meiste Zeit am Strand, wenn ich nicht gerade durch die Wälder streife. Zum Essen komme ich zum Haus zurück und nehme mir auch gleich ein neues Buch mit. Beth hat gemeint,

Julian bringe mir mehr Bücher, sobald ich mit den etwa hundert, die sich in meinem Zimmer befinden, fertig bin.

Ich sollte deprimiert sein. Das weiß ich. Ich sollte die ganze Zeit über bitter und voller Wut sein; Julian und die Insel hassen. Und manchmal mache ich das auch. Aber es kostet so viel Energie, die ganze Zeit das Opfer zu sein. Wenn ich in ein Buch versunken in der heißen Sonne liege, hasse ich auch gar nichts. Ich lasse mich einfach von der Fantasie des Autors mitreißen.

Ich versuche, nicht an Jake zu denken. Meine Schuldgefühle sind fast unerträglich. Theoretisch weiß ich, dass Julian derjenige ist, der das getan hat, aber ich fühle mich trotzdem verantwortlich dafür. Wenn ich mich niemals mit Jake getroffen hätte, wäre ihm das nicht passiert. Wenn ich mich ihm auf der Party nicht angenähert hätte, wäre er nicht brutal zusammengeschlagen worden.

Ich weiß immer noch nicht, was Julian ist oder wie er so eine lange Reichweite haben kann. Er ist heute noch genauso ein Geheimnis für mich wie am Anfang.

Vielleicht ist er in der Mafia. Das würde die Schläger erklären, die er beschäftigt. Natürlich könnte er auch einfach ein reicher Exzentriker mit soziopathischen Neigungen sein. Ich weiß es wirklich nicht.

Manchmal weine ich mich nachts in den Schlaf. Ich vermisse meine Familie, meine Freunde. Ich vermisse es, wegzugehen und in einem Club zu tanzen. Ich vermisse Kontakte zu anderen Menschen.

Ich war nie ein Einzelgänger. Zu Hause hatte ich immer viel mit anderen zu tun – Facebook, Twitter, mit Freunden Zeit in einem Einkaufszentrum verbringen. Ich lese gerne, aber es reicht mir nicht. Ich brauche mehr.

Es wird so schlimm, dass ich versuche, mit Beth darüber zu reden.

»Mir ist langweilig«, teile ich ihr während des Essens mit. Es gibt wieder Fisch. Ich habe erfahren, dass Beth ihn selbst in der Nähe der Bucht auf der anderen Seite der Insel fängt. Diesmal gibt es Mangosauce dazu. Es ist gut, dass ich Meeresfrüchte und Fisch liebe, hier bekomme ich nämlich jede Menge davon.

»Tust du das?« Das scheint sie zu amüsieren. »Warum? Hast du nicht genügend Bücher, die du lesen kannst?«

Ich verdrehe die Augen. »Doch, ich habe bestimmt noch siebzig übrig. Aber ansonsten gib es nichts zu tun …«

»Möchtest du mir morgen beim Fischen helfen?«, fragt sie und schaut mich dabei spöttisch an. Sie weiß, dass ich sie nicht besonders gerne mag, und sie denkt, ich würde ihr Angebot sofort ablehnen. Sie scheint überhaupt nicht zu bemerken, wie sehr ich zwischenmenschliche Kontakte brauche.

»Okay«, sage ich ihr zu und überrasche sie damit ganz offensichtlich. Ich war noch nie fischen, und ich kann mir auch nicht vorstellen, dass es besonders viel Spaß macht, erst recht nicht, wenn Beth die ganze Zeit über schnippisch ist. Ich würde trotzdem fast alles machen, um meine tägliche Routine zu unterbrechen.

»Also, okay«, antwortet sie. »Die beste Zeit, diese Biester zu fangen, ist gegen Sonnenaufgang. Denkst du, du bist dann schon wach?«

»Na klar«, antworte ich. Normalerweise hasse ich es, früh aufzustehen, aber hier bekomme ich so viel Schlaf, dass ich mir sicher bin, es wird mir keinen Schaden zufügen. Ich schlafe wahrscheinlich an die zehn Stunden pro Nacht, und manchmal auch noch in der Nachmittagssonne. Das ist wirklich lächerlich. Mein Körper scheint zu denken, ich sei im Urlaub bei einer Entspannungsbehandlung. Es gibt offensichtlich auch Vorteile, nicht über Internet oder andere Ablenkungen zu verfügen; ich glaube nicht, jemals in meinem ganzen Leben so ausgeruht gewesen zu sein.

»Dann geh lieber früh schlafen, weil ich beizeiten an deinem Zimmer vorbeikommen werde«, warnt sie mich.

Ich nicke und esse mein Abendbrot auf. Dann gehe ich nach oben und weine mich einmal wieder in den Schlaf.

»WANN KOMMT JULIAN ZURÜCK?«, MÖCHTE ICH WISSEN, als Beth vorsichtig den Köder am Haken befestigt. Was sie macht, sieht eklig aus, und ich bin froh darüber, dass sie mich nicht bittet, ihr dabei zu helfen.

»Ich weiß nicht«, antwortet Beth. »Er wird

zurückkommen, wenn er mit seinen Geschäften fertig ist.«

»Was für Geschäfte?« Ich habe das schon einmal gefragt, aber ich hoffe, Beth wird es mir bald erzählen.

Sie seufzt. »Nora, hör auf zu bohren.«

»Was ist so schlimm daran, wenn ich es weiß?« Ich schaue sie frustriert an. »Es ist ja nicht so, als würde ich in der nächsten Zeit irgendwo hingehen. Ich möchte nur gerne wissen, was er macht. Denkst du nicht, dass es in meiner Situation normal ist, neugierig zu sein?«

Sie seufzt erneut und wirft die Angel mit einer geschmeidigen und geübten Bewegung in den Ozean aus. »Natürlich ist es das. Aber Julian wird dir das alles selbst erzählen, sobald er möchte, dass du es weißt.«

Ich atme tief ein. Ich werde hier mit diesen Fragen offensichtlich nichts erreichen. »Du bist wirklich loyal ihm gegenüber, was?«

»Ja«, entgegnet Beth einfach und setzt sich neben mich, »das bin ich.«

Weil er ihr Leben gerettet hat. Deswegen bin ich auch neugierig, aber ich weiß, dass sie sehr empfindlich ist, was dieses Thema anbelangt. Also frage ich stattdessen: »Wie lange kennst du ihn schon?«

»Seit etwa zehn Jahren«, antwortet sie.

»Seit er neunzehn war?«

»Ja, genau.«

»Wie habt ihr zwei euch getroffen?«

Ihr Kiefer spannt sich an. »Das geht dich nichts an.«

Oh, oh. Ich spüre, wie ich mich erneut einem

schwierigen Thema annähere. Ich entscheide mich dazu, trotzdem weiterzufragen. »War das, als er dein Leben gerettet hat? Hast du ihn auf diese Art getroffen?«

Sie sieht mich mit verengten Augen an. »Nora, was habe ich dir zum Thema Nachbohren gesagt?«

»Okay, schon gut …« Es reicht mir schon, dass sie die Antwort verweigert. Ich gehe zu einem anderen interessanten Thema über: »Also, warum hat Julian mich hierhergebracht? Auf diese Insel, meine ich? Er ist ja nicht einmal selber hier.«

»Er wird bald zurückkommen.« Sie wirft mir einen ironischen Blick zu. »Warum, vermisst du ihn?«

»Nein, natürlich nicht!« Ich schaue sie beleidigt an.

Sie hebt eine Augenbraue an. »Ernsthaft? Nicht einmal ein kleines bisschen?«

»Warum sollte ich dieses Monster vermissen?«, zische ich sie an, und Ärger kocht plötzlich unkontrollierbar in mir hoch. »Nach allem, was er mir angetan hat? Und Jake?«

Sie lacht leise. »Ich denke, die Dame protestiert zu laut …«

Ich springe auf, da ich den spöttischen Ton ihrer Stimme nicht mehr länger ertragen kann. In diesem Moment hasse ich sie so sehr, dass ich sie gerne erstechen würde, wenn ich ein Messer griffbereit hätte. Ich war nie sehr temperamentvoll gewesen, aber irgendetwas an Beth bringt mich zur Weißglut.

Zum Glück bekomme ich mich wieder in den Griff, bevor ich davonstürme und mich vollständig lächerlich mache. Ich atme tief durch und tue so, als hätte ich schon die ganze Zeit vorgehabt, aufzustehen. Ich gehe zum Wasser, teste mit meinem Zeh die Temperatur und gehe dann wieder zu Beth zurück, um mich hinzusetzen.

»Das Wasser auf dieser Seite der Insel ist wirklich sehr warm«, sage ich ruhig, so als ob ich innerlich nicht immer noch vor Wut kochen würde.

»Ja, den Fischen scheint es hier zu gefallen«, entgegnet sie im gleichen Ton. »Ich fange hier immer sehr schöne Exemplare.«

Ich nicke und schaue über das Wasser. Das Geräusch der Wellen ist beruhigend und hilft mir dabei, das zu kontrollieren, was über mich gekommen war. Ich verstehe nicht, weshalb ich so stark auf ihr Sticheln reagiert habe. Ich hätte ihr besser nur einen verächtlichen Blick zuwerfen und ihre lächerliche Vermutung kalt zurückweisen sollen. Stattdessen habe ich ihren Köder geschluckt.

Könnte an ihren Worten etwas Wahres dran sein? War das der Grund dafür, weshalb sie mich so aufbrachten? Vermisse ich Julian wirklich?

Von der Idee wird mir so schlecht, ich möchte mich übergeben.

Ich versuche, ganz rational darüber nachzudenken, Ordnung in das Gefühlschaos in meiner Brust zu bringen.

Zugegeben, ein kleiner Teil von mir bedauert die Tatsache, dass er mich hier allein, nur in Beths Gesellschaft, auf dieser Insel zurückgelassen hat. Für jemanden, der mich offensichtlich genug wollte, um mich zu stehlen, ist Julian wirklich nicht sehr aufmerksam.

Nicht, dass ich seine Aufmerksamkeit möchte. Ich möchte, dass er sich so weit entfernt wie möglich von mir aufhält. Aber gleichzeitig bin ich komischerweise beleidigt, dass er weg ist. Es ist, als sei ich nicht begehrenswert genug für ihn, um hier sein zu wollen.

Sobald ich das alles logisch analysiert habe, sehe ich, wie absurd meine gegensätzlichen Gefühle sind. Das Ganze ist so dumm, dass ich mich in Gedanken selbst ohrfeige.

Ich werde nicht eines dieser Mädchen werden, die sich in ihren Entführer verlieben. Ich weigere mich. Ich weiß, dass mir der Aufenthalt auf dieser Insel meine Gedanken verwirrt, und ich bin entschlossen, das nicht zuzulassen.

Vielleicht kann ich Julian nicht entkommen, aber ich kann ihn davon abhalten, mich emotional zu berühren.

Zwei Tage später kommt Julian zurück.

Ich erfahre es, als er mich von meinem Nickerchen am Strand aufweckt.

Zuerst denke ich, ich träume. Im meinem Traum bin ich warm und sicher in meinem Bett. Zärtliche Hände beginnen, meinen Körper zu streicheln, mich zu liebkosen. Ich biege mich ihnen entgegen, liebe es, wie sie meine Haut berühren, und genieße diese schönen Gefühle, die sie in mir auslösen.

Dann fühle ich plötzlich heiße Lippen auf meinem Gesicht, meinem Hals und meinem Schlüsselbein. Ich stöhne sanft, und die Hände werden fordernder, ziehen die Träger meines Bikinioberteils hinunter und schieben mein Höschen von meinem Po …

Plötzlich dringt das, was passiert, bis zu meinem halb schlafenden Gehirn vor, und ich wache mit einem hörbaren Einatmen auf. Adrenalin rauscht durch meine Adern.

Julian ist über mich gebeugt und schaut mit seinem dunklen, engelsgleichen Lächeln auf mich hinab. Ich bin schon nackt und liege auf dem Handtuch, welches Beth mir heute Morgen gegeben hat. Er ist auch nackt – und zweifelsfrei erregt.

Ich sehe ihn an, und mein Herz rast aus einer Mischung von Erregung und Angst. »Du bist zurück«, sage ich, obwohl das ja offensichtlich ist.

»Das bin ich«, murmelt er und lehnt sich nach vorn, um wieder meinen Hals zu küssen. Bevor ich meine Gedanken sammeln kann, liegt er schon auf mir, sein Knie öffnet meine Oberschenkel und seine Erektion drückt gegen meine zarte Öffnung.

Ich kneife die Augen zusammen, als er beginnt, in mich einzudringen. Ich bin feucht, aber trotzdem fühlt es sich unangenehm eng an, als er vollständig in mich eindringt. Er macht eine kleine Pause, damit ich mich anpassen kann, und dann beginnt er erneut, sich zu bewegen. Zuerst ganz langsam, und dann immer schneller werdend.

Seine Stöße drücken mich in das Handtuch, und ich kann spüren, wie sich der Sand unter meinem Po bewegt. Ich halte mich an seinen kräftigen Schultern fest, da ich etwas brauche, an was ich mich klammern kann, während sich die vertraute Anspannung in meinem Unterleib aufbaut. Seine Eichel reibt gegen den empfindlichen Punkt irgendwo in mir, und ich schnappe nach Luft, biege mich ihm entgegen um ihn tiefer in mich aufzunehmen. Ich will mehr von diesem intensiven Gefühl, will, dass er mich zum Höhepunkt bringt.

»Hast du mich vermisst?«, haucht er in mein Ohr und wird gerade so langsam, um meinen Orgasmus zu verhindern.

Ich bin noch klar genug, um meinen Kopf zu schütteln.

»Lügnerin«, flüstert er, und seine Stöße werden härter, bestrafender. Erbarmungslos heizt er mich immer weiter an, bis ich schreie, meine Nägel frustriert über seinen Rücken kratzen, als die köstliche Erleichterung mir weiterhin vorenthalten wird.

Und dann bin ich endlich da, mein Körper wird zerrissen, als ein mächtiger Orgasmus durch mich hindurchrauscht und mich schwach und keuchend zurücklässt.

Mit einer Geschwindigkeit, die mich überrascht, zieht er sich aus mir zurück und dreht mich herum, auf meinen Bauch.

Ich schreie verängstigt auf, aber er dringt nur wieder in mich ein und fickt mich von hinten weiter. Sein Körper fühlt sich auf mir groß und schwer an. Ich bin von ihm umgeben; mein Gesicht ist in das Handtuch gedrückt, und ich kann kaum atmen. Alles, was ich fühle, ist er: wie sich sein dicker Schwanz in meinem Körper bewegt, die Hitze, die seine Haut ausstrahlt. In dieser Stellung ist er tief in mir. Ich kann nichts gegen das schmerzhafte Aufstöhnen machen, das mir jedes Mal entweicht, wenn seine Eichel durch seine Hüftbewegungen gegen meinen Gebärmutterhals stößt. Der leichte Schmerz scheint der neuerlich wachsenden Lust in mir allerdings keinen Abbruch zu tun, und ich komme noch einmal. Meine inneren Muskeln krampfen sich um sein Geschlecht.

Er stöhnt rau, und kurz danach spüre ich ihn kommen. Sein Schwanz pulsiert und zuckt in mir, seine Scham reibt sich an meinem Po. Das verstärkt meinen eigenen Orgasmus, steigert meine Lust. Es fühlt sich an, als seien wir miteinander verbunden, da meine Kontraktionen nicht aufhören, bevor sein Höhepunkt vollständig vorüber ist.

Danach rollt er sich auf den Rücken, lässt mich gehen, und ich atme zitternd ein. Mit meinen schwachen und schweren Schenkeln stelle ich mich auf alle viere und suche meinen Bikini. Er beobachtet mich dabei, wie ich ihn mir überziehe, und hat dabei ein faules Lächeln auf den Lippen. Er selbst scheint es nicht eilig damit zu haben, sich anzuziehen, und dadurch fühle ich mich verletzlich.

Die Ironie des Ganzen entgeht mir nicht. Ich bin natürlich verletzlich. Ich bin so verletzlich, wie eine Frau es nur sein kann: völlig der Gnade eines rücksichtslosen Irren ausgesetzt. Einige kleine Materialfetzen werden mich auch nicht vor ihm beschützen.

Nichts wird das, sollte er beschließen, mich ernsthaft zu verletzen.

Ich beschließe, nicht weiter darüber nachzudenken. Stattdessen frage ich ihn: »Wo bist du gewesen?«

Julians Lächeln wird stärker. »Du hast mich doch vermisst.«

Ich schaue ihn sardonisch an und versuche, die Tatsache zu ignorieren, dass er nackt und ausgestreckt nur etwa einen Meter von mir entfernt liegt. »Ja, ich habe dich vermisst.«

Er lacht, und meine schnippische Art scheint ihn kein bisschen zu stören. »Das wusste ich«, entgegnet er. Dann steht er auf und zieht sich eine Badehose über, die neben uns auf dem Sand liegt. Er dreht sich zu mir um und hält mir die Hand hin. »Lust zu schwimmen?«

Ich starre ihn an. Meint er das ernst? Er erwartet von mir, dass ich mit ihm schwimmen gehe? So als seien wir Freunde?

»Nein, danke«, lehne ich ab und gehe einen Schritt zurück.

Er runzelt die Stirn. »Warum nicht, Nora? Kannst du nicht schwimmen?«

»Natürlich kann ich schwimmen«, sage ich empört.

»Ich möchte nur einfach nicht mit dir schwimmen gehen.«

Er hebt seine Augenbrauen. »Warum nicht?«

»Na ja, … vielleicht, weil ich dich hasse?« Ich weiß nicht, warum ich heute so mutig bin, aber es scheint, dass ich während seiner Abwesenheit einen Teil meiner Angst verloren habe. Vielleicht ist es auch einfach, weil er heute guter und spielerischer Laune zu sein scheint und deshalb ein kleines bisschen weniger angsteinflößend ist.

Er lächelt erneut. »Du weißt nicht, was Hass ist, mein Kätzchen. Es kann sein, dass du meine Handlungen nicht magst, aber du hasst mich nicht. Das kannst du nicht. Das liegt nicht in deiner Natur.«

»Was weißt du über meine Natur?« Aus irgendeinem Grund finde ich seine Worte beleidigend. Wie kann er es wagen, zu behaupten, ich würde meinen Entführer nicht hassen? Wer, denkt er, ist er, mir sagen zu können, was ich fühle und was nicht?

Er schaut mich an, und seine Lippen lächeln immer noch. »Ich weiß, du hattest das, was man eine normale Kindheit nennt, Nora«, erklärt er mir sanft. »Ich weiß, du wurdest von einer Familie großgezogen, die dich liebt, hast gute Freunde und gehst mit vernünftigen Jungen aus. Wie solltest du wissen, was wirklicher Hass ist?«

Ich starre ihn an. »Und du weißt das? Du weißt, was wirklicher Hass ist?«

Sein Gesicht wird hart. »Leider ja«, antwortet er, und ich kann die Wahrheit in seiner Stimme hören.

Mir wird schlecht. »Bin ich diejenige, die du hasst?«, flüstere ich. »Ist das der Grund dafür, mir das alles hier anzutun?«

Zu meiner großen Erleichterung sieht er überrascht aus. »Dich hassen? Nein, natürlich hasse ich dich nicht, mein Kätzchen.«

»Warum dann?«, frage ich noch einmal und bin entschlossen, Antworten zu bekommen. »Warum hast du mich entführt und hierhergebracht?«

Er schaut mich mit diesen durch den Kontrast zu seiner gebräunten Haut unglaublich blauen Augen an. »Weil ich dich wollte, Nora. Das habe ich dir schon gesagt. Und weil ich kein sehr netter Mann bin. Aber das hast du ja schon herausgefunden, stimmt's?«

Ich schlucke und blicke nach unten auf den Sand. Er schämt sich überhaupt nicht für das, was er getan hat. Julian weiß, dass das, was er tut, falsch ist, und es interessiert ihn einfach nicht.

»Bist du ein Psychopath?« Ich weiß nicht, was mich dazu verleitet, ihm diese Frage zu stellen. Ich will ihn nicht wütend machen, aber ich möchte es verstehen. Ich halte die Luft an und schaue wieder zu ihm hoch.

Zum Glück scheint ihn meine Frage nicht beleidigt zu haben. Stattdessen sieht er nachdenklich aus, als er sich auf das Handtuch neben mir setzt. »Vielleicht«, meint er nach einigen Sekunden. »Ein Arzt dachte, ich könnte ein Soziopath mit Borderline sein. Da auf mich aber nicht alle Symptome zutreffen, gibt es keine definitive Diagnose.«

»Du hast einen Arzt aufgesucht?« Ich weiß nicht,

warum mich das so schockiert. Vielleicht, weil er nicht der Typ zu sein scheint, der zu einem Seelenklempner geht.

Er grinst mich an. »Ja, eine Zeit lang.«

»Warum?«

Er zuckt mit den Schultern. »Weil ich dachte, es könne helfen.«

»Dir helfen, weniger psychopathisch zu sein?«

»Nein, Nora.« Er wirft mir einen ironischen Blick zu. »Wenn ich ein echter Psychopath wäre, könnte das nicht geändert werden.«

»Warum dann?« Ich weiß, ich stecke meine Nase in seine persönlichen Sachen, aber ich fühle mich, als schulde er mir ein paar Antworten. Außerdem: wenn man nicht persönlich bei dem Mann werden kann, der einen gerade am Strand gefickt hat, bei wem dann?

»Du bist ein neugieriges kleines Kätzchen, nicht wahr?«, erwidert er sanft und legt seine Hand auf meinen Oberschenkel. »Bist du sicher, dass du das wirklich wissen möchtest, mein Kätzchen?«

Ich nicke und versuche die Tatsache zu ignorieren, dass sich seine Finger nur wenige Zentimeter von meiner Bikinizone entfernt befinden. Seine Berührung ist erregend und irritierend, bringt mein Gleichgewicht durcheinander.

»Ich ging zu einem Therapeuten, nachdem ich die Männer umgebracht hatte, die meine Familie getötet haben«, sagt er ruhig und schaut mich an. »Ich dachte, es würde mir helfen, damit zurechtzukommen.«

Ich blicke ihn an, ohne zu verstehen. »Damit zurechtzukommen, dass du sie umgebracht hast?«

»Nein«, sagt er. »Mit der Tatsache, dass ich weitere Menschen töten wollte.«

Mein Magen dreht sich, und meine Haut juckt an der Stelle, an der Julian sie berührt. Er hat gerade etwas so Schreckliches gestanden, dass ich nicht einmal weiß, wie ich darauf reagieren soll.

Wie aus weiter Entfernung höre ich meine eigene Stimme fragen: »Und, hat es dir geholfen?« Ich klinge ruhig, so als würden wir nichts Aufregenderes als das Wetter besprechen.

Er lacht. »Nein, mein Kätzchen, das hat es nicht. Ärzte sind nutzlos.«

»Hast du noch mehr Menschen umgebracht?« Die Taubheit, die mich einhüllt, vergeht langsam, und ich kann fühlen, wie ich beginne zu zittern.

»Das habe ich«, gibt er zu, und ein dunkles Lächeln zeichnet sich auf seinen Lippen ab. »Und, bist du jetzt glücklich, gefragt zu haben?«

Mein Blut verwandelt sich in Eis. Ich weiß, ich sollte aufhören zu reden, aber ich kann nicht. »Wirst du mich umbringen?«

»Nein, Nora.« Er hört sich kurz verzweifelt an. »Das habe ich dir schon einmal gesagt.«

Ich lecke mir die Lippen. »Richtig. Du wirst mir nur immer dann wehtun, wenn du Lust dazu hast.«

Er streitet das nicht ab. Stattdessen steht er wieder auf und schaut mich an. »Ich gehe schwimmen. Falls du möchtest, kannst du gerne mitkommen.«

»Nein, danke«, erwidere ich matt. »Mir ist gerade nicht nach schwimmen.«

»Wie du möchtest«, meint er und geht weg, verschwindet langsam im Wasser.

Immer noch in einem Schockzustand, betrachte ich seinen großen, breitschultrigen Körper, als er immer weiter in den Ozean geht. Sein dunkles Haar glänzt in der Sonne.

Der Teufel trägt wirklich eine wunderschöne Maske.

## 12

NACH JULIANS ENTHÜLLUNGEN VOM STRAND IST MIR
eine ganze Zeit lang nicht danach, ihn noch mehr zu
fragen. Ich wusste ja schon, dass ich von einem
Monster gefangen gehalten werde. Das, was ich heute
erfahren habe, hat diese Tatsache noch untermauert.
Ich weiß nicht, warum er so offen zu mir war, und das
macht mir Angst.

Beim Abendessen sage ich kaum etwas, beantworte
nur die Fragen, die er mir stellt. Beth isst heute mit
uns, und die zwei führen eine lebhafte Unterhaltung,
bei der es sich hauptsächlich um die Insel dreht und
darüber, wie wir unsere Zeit verbracht haben.

»Also, dir ist langweilig?«, möchte Julian von mir

wissen, nachdem Beth ihm davon berichtet hat, dass ich nicht die ganze Zeit über lesen möchte.

Ich zucke mit den Schultern, möchte keine große Sache daraus machen. Nach dem, was ich vorhin gelernt habe, ist Langeweile jederzeit Julians Gesellschaft vorzuziehen.

Er lächelt. »Okay, dagegen werde ich etwas unternehmen müssen. Von meiner nächsten Reise werde ich dir einen Fernseher und einen Stapel Filme mitbringen.«

»Danke«, sage ich automatisch und blicke auf meinen Teller. Ich fühle mich so schlecht, dass ich weinen möchte, aber ich habe zu viel Stolz, um es vor ihnen zu machen.

»Was ist mit dir los?«, fragt Beth, der schließlich mein ungewöhnliches Verhalten auffällt. »Geht es dir gut?«

»Nicht wirklich«, sage ich und bin froh über diese Entschuldigung, die sie mir zugespielt hat. »Ich denke, ich habe zu viel Sonne abbekommen.«

Beth seufzt. »Ich habe dich davor gewarnt, mittags am Strand zu schlafen. Es sind fünfunddreißig Grad dort draußen.«

Das stimmt, sie hatte mich gewarnt. Aber mein heutiges Elend hat nichts mit der Hitze zu tun, sondern alles mit dem Mann, der mir am Tisch gegenübersitzt. Ich weiß, dass er mich nach oben führen und mich ficken wird, sobald das Essen vorbei ist. Vielleicht wird er mir wehtun.

Und mein Körper wird auf ihn reagieren, wie immer.

Der letzte Teil ist der schlimmste. Er hat Jake vor meinen Augen zusammenschlagen lassen. Er hat zugegeben, ein mordender Soziopath zu sein. Er sollte mich anwidern. Ich sollte ihn ansehen und nichts als Angst und Verachtung fühlen. Die Tatsache, auch nur einen Funken Verlangen nach ihm zu empfinden, ist mehr als krank.

Sie ist abgrundtief pervers.

Also sitze ich hier, stochere in meinem Essen, und mein Magen fühlt sich an, als sei er mit Blei gefüllt. Ich würde aufstehen und in mein Zimmer gehen, aber ich habe Angst, das Unvermeidbare zu beschleunigen.

Schließlich ist das Essen vorbei. Julian nimmt meine Hand und führt mich nach oben. Ich fühle mich, als ginge ich zu meiner Hinrichtung, auch wenn das wahrscheinlich ein wenig zu dramatisch ist. Er hat gesagt, er würde mich nicht umbringen.

Als wir im Zimmer sind, setzt er sich auf das Bett und zieht mich zwischen seine Beine. Ich möchte mich wehren, wenigstens ein bisschen kämpfen, aber mein Kopf und mein Körper scheinen in letzter Zeit nicht miteinander zu reden. Stattdessen stehe ich schweigend da und zittere von Kopf bis Fuß, während er mich betrachtet. Seine Augen fahren über meine Gesichtszüge, halten sich ein wenig beim Mund auf, fahren dann hinunter auf meinen Ausschnitt, wo meine Nippel durch den dünnen Stoff meines Sommerkleides scheinen. Sie sind hart, so als sei ich erregt. Ich denke allerdings, es liegt daran, dass mir kalt ist. Beth muss die Klimaanlage für die Nacht angestellt haben.

»Sehr hübsch«, sagt er schließlich, hebt seine Hand und fährt die Konturen meines Kinns mit seinen Fingern entlang. »So eine weiche, goldene Haut.«

Ich schließe die Augen und will das Monster vor mir nicht anschauen. *Ich wollte weitere Menschen töten. Ich wollte weitere Menschen töten.* In meinem Kopf wiederholen sich seine Worte immer wieder, wie ein Mantra, das auf Endlosschleife gestellt ist. Ich weiß nicht, wie ich es ausschalten soll, wie ich die Zeit zurückdrehen kann und die Erinnerungen an diesen Nachmittag loswerde. Warum hatte ich darauf bestanden, es zu erfahren? Warum habe ich gestochert und gebohrt, bis ich diese Antworten bekam? Jetzt kann ich an nichts anderes denken als an die Tatsache, dass der Mann, der mich gerade berührt, ein kaltblütiger Mörder ist.

Er lehnt sich näher an mich, und ich kann seinen heißen Atem auf meinem Hals spüren. »Bereust du es, mir heute diese Fragen gestellt zu haben?«, flüstert er in mein Ohr. »Bereust du es, Nora?«

Ich zucke zusammen, und meine Augen springen auf. Kann er auch Gedanken lesen?

Auf meine Reaktion hin zieht er sich etwas zurück und lächelt. In seinem Lächeln ist etwas, was meine Kälte zehnmal schlimmer macht. Ich weiß nicht, was heute Nacht mit ihm los ist, aber was immer es ist, es macht mir mehr Angst als all das, was er bis jetzt mit mir gemacht hat.

»Du hast Angst vor mir, stimmt's mein Kätzchen?«, fragt er sanft und hält mich immer noch zwischen seinen Beinen gefangen. »Ich fühle, dass du wie Espenlaub zitterst.«

Ich möchte es abstreiten, aber ich kann nicht. Ich habe Angst und ich zittere. »Bitte«, flüstere ich und weiß nicht einmal, worum ich bitte. Er hat noch gar nichts mit mir gemacht.

Er gibt mir einen leichten Schubs und lässt mich los. Ich gehe ein paar Schritte zurück, erleichtert, ein wenig Abstand zwischen uns zu bringen.

Er steht vom Bett auf und geht aus dem Zimmer.

Ich blicke ihm nach und kann gar nicht glauben, dass er mich allein gelassen hat. Könnte es sein, dass er jetzt gerade keinen Sex möchte? Er hatte mich ja schon einmal vorhin am Strand.

Und gerade als ich meine Erleichterung zulassen möchte, kommt Julian zurück und hat einen schwarzen Turnbeutel in den Händen.

Mein Gesicht wird blutleer. Grauenvolle Gedanken gehen mir durch den Kopf. Was befindet sich darin – Messer, Waffen, andere Folterinstrumente?

Als er eine Augenbinde und einen kleinen Dildo hervorholt, bin ich fast dankbar. *Sexspielzeug.* Er hat nur Sexspielzeug in dem Beutel. Ich würde immer Sex vor Folter wählen.

Natürlich sind das bei Julian nicht unbedingt zwei getrennte Dinge, lerne ich heute Nacht.

»Zieh dich aus, Nora«, befiehlt er mir und geht wieder zum Bett, um sich hinzusetzen. Er legt die Augenbinde und den Dildo auf die Matratze. »Zieh deine Sachen langsam aus.«

Ich erstarre. Er möchte mir dabei zusehen, wie ich mich ausziehe? Einen Augenblick lang denke ich darüber nach, mich zu weigern, aber dann beginne ich, mich mit ungeschickten Fingern zu entkleiden. Er hat mich ja heute schon nackt gesehen. Was würde es bringen, jetzt prüde zu sein? Außerdem spüre ich immer noch diese komische Stimmung bei ihm. Seine Augen funkeln mit einer Erregung, die weit über normale Lust hinausgeht.

Es ist eine Erregung, die mein Blut gefrieren lässt.

Er beobachtet, wie mein Kleid von meinem Körper gleitet und ich meine Flipflops ablege. Meine Bewegungen sind hölzern, steif vor Angst. Ich bezweifle, dass ein normaler Mann diesen Striptease erregend finden würde, aber ich bemerke, wie er Julian anmacht. Unter dem Kleid trage ich ein cremefarbenes Spitzenhöschen. Die kühle Luft streicht über meine Haut, und meine Nippel werden noch härter.

»Jetzt die Unterwäsche«, befiehlt er.

Ich schlucke und ziehe das Höschen an meinen Beinen herunter. Danach trete ich aus ihm hinaus.

»Braves Mädchen«, sagt er beifällig. »Jetzt komm her.«

Dieses Mal kann ich ihm nicht gehorchen. Mein Selbsterhaltungstrieb schreit, ich solle rennen, aber ich kann nirgendwo hin. Julian würde mich fangen, sollte ich versuchen, jetzt aus der Tür zu rennen – und ich kann diese Insel ja sowieso nicht verlassen.

Also stehe ich einfach nur da. Nackt, zitternd und wie festgewachsen.

Julian steht auf. Entgegen meinen Erwartungen sieht er nicht verärgert aus. Stattdessen fast … erfreut. »Ich sehe, dass ich recht hatte, heute Nacht mit deinem Training zu beginnen«, bemerkt er und kommt zu mir. »Ich war zu sanft zu dir, weil du so unerfahren warst. Ich wollte dich nicht brechen, dir keinen irreparablen Schaden zufügen …«

Mein Zittern wird stärker, als er mich wie ein Hai umkreist.

»Aber ich muss beginnen, dich so zu formen, wie ich dich gerne hätte, Nora. Du bist schon nahe daran, perfekt zu sein, aber dann hast du diese gelegentlichen Aussetzer …« Er fährt mit seinen Fingern meinen Körper hinab und ignoriert, dass ich unter seiner Berührung wegzucke.

»Bitte«, flüstere ich, »bitte, Julian, es tut mir leid.« Ich weiß nicht, was mir leid tut, aber ich würde gerade alles sagen, um dieses Training zu verhindern, um was auch immer es sich dabei handeln sollte.

Er lächelt mich an. »Das ist keine Strafe, mein Kätzchen. Ich habe nur bestimmte Verlangen – und ich möchte, dass du sie befriedigst.«

»Was für Verlangen?« Meine Worte sind kaum zu hören. Ich möchte es nicht wissen, das möchte ich wirklich nicht, aber trotzdem kann ich es mir nicht verkneifen, zu fragen.

»Das wirst du gleich sehen«, entgegnet er, umfasst mit seinen Fingern meinen Oberarm und führt mich zum Bett. Als wir dort ankommen, greift er nach der Augenbinde und legt sie mir um. Meine Hände heben sich automatisch an, um mein Gesicht zu berühren, aber er zieht sie nach unten, so dass sie an meinen Seiten herabhängen.

Ich höre klappernde Geräusche, als er nach etwas in dem Beutel sucht. Angst durchfährt mich erneut, und ich mache eine krampfhafte Bewegung, um meine Augen zu befreien, aber er erwischt meine Handgelenke. Ich spüre, wie er sie hinter meinem Rücken zusammenbindet.

An diesem Punkt beginne ich zu weinen. Ich mache dabei kein Geräusch, aber ich fühle, wie die Augenbinde durch die Feuchtigkeit, die meinen Augen entweicht, ganz nass wird. Ich weiß, dass ich vorher auch hilflos war, ohne verbundene Augen und gefesselt, aber das Gefühl der Verletzlichkeit ist jetzt tausendmal schlimmer. Ich weiß auch, es gibt Frauen, die auf so etwas stehen, die diese Art von Spielen mit ihren Partnern spielen, aber Julian ist nicht mein Partner. Ich habe genug Bücher gelesen, um die Regeln zu kennen – und ich weiß, dass er ihnen nicht folgt. Es gibt an dem, was hier vor sich geht, nichts Sicheres, Gesundes oder Einvernehmliches.

Und trotzdem, als Julian zwischen meine Beine greift und mich dort streichelt, bemerke ich entsetzt, dass ich feucht bin.

Das gefällt ihm. Er sagt nichts, aber ich spüre die

Befriedigung, die von ihm ausstrahlt. Er beginnt, mit meiner Klitoris zu spielen und ab und an seine Fingerspitze in mich zu schieben, um meine körperliche Reaktion auf seine Stimulation zu überwachen. Seine Bewegungen sind sicher, kein bisschen zögerlich. Er weiß ganz genau, was er tun muss, um meine Erregung zu verstärken, wie er mich berühren muss, damit ich komme.

Ich hasse es, wie fachmännisch er mir Lust verschafft. Bei wie vielen Frauen hat er das schon getan? Mit Sicherheit braucht man eine Menge Erfahrung, um eine Frau trotz ihrer Angst und ihres Widerwillens zum Orgasmus zu bringen.

Natürlich interessiert nichts davon meinen Körper. Mit jedem Streicheln seiner geschickten Finger baut sich die Anspannung in mir weiter auf und wird stärker. Der hinterhältige Druck beginnt sich in meinem Unterleib zu sammeln. Ich stöhne, meine Hüften bewegen sich ungewollt in seine Richtung, als er weiter mit meinem Geschlecht spielt. Er berührt mich nirgendwo anders, nur da, aber das scheint auszureichen, um mich in den Wahnsinn zu treiben.

»Oh, ja«, murmelt er und beugt sich hinunter, um meinen Hals zu küssen. »Komm für mich, mein Kätzchen.«

Als ob sie auf seinen Befehl hören, ziehen sich meine inneren Muskeln zusammen ... Und dann durchfährt mich der Höhepunkt mit der Kraft eines Güterzugs. Ich vergesse, Angst zu haben; ich vergesse in diesem Moment alles, außer der Lust, die in meinen Nervenenden explodiert.

Bevor ich mich erholen kann, drückt er mich mit dem Gesicht nach unten aufs Bett. Ich höre, wie er sich bewegt, und dann hebt er mich an, um mich auf einem Berg Kissen zurechtzurücken, der meine Hüften anhebt. Jetzt liege ich auf dem Bauch, und mein Po ist nach oben gerichtet. Meine Hände sind immer noch hinter den Rücken gebunden, und ich fühle mich entblößter und verletzlicher als zuvor. Ich drehe meinen Kopf zur Seite, damit ich nicht in der Matratze ersticke.

Meine Tränen, die schon fast aufgehört hatten, beginnen wieder zu laufen. Ich habe die furchtbare Vermutung, zu wissen, was er jetzt mit mir machen wird.

Als ich etwas Kühles und Nasses zwischen meinen Pobacken spüre, wird meine Vorahnung bestätigt. Er trägt das Gleitgel auf, bereitet mich auf das vor, was gleich passieren wird.

Mein Zittern verstärkt sich, und er streichelt mit seiner großen Hand über die Rundungen meines Pos.

»Psst, Baby«, murmelt er. Sein Ton ist sanft und beruhigend. »Ich werde dir beibringen, auch das zu genießen.«

Ich höre weitere Geräusche, und dann fühle ich, wie etwas in mich hineingedrückt wird, in die andere Öffnung. Ich spanne mich an, ziehe meine Muskeln mit aller Kraft zusammen, aber der Druck ist zu groß, um gegen ihn anzukommen, und das Ding beginnt in mich einzudringen.

»Bitte«, stöhne ich, als der brennende Schmerz einsetzt, und diesmal hört Julian wirklich und hält einen Augenblick lang inne.

»Entspann dich, mein Kätzchen«, sagt er sanft und streichelt mein Bein mit einer Hand. »Das ist nur ein kleines Spielzeug. Es wird dir nicht wehtun, wenn du dich entspannst.«

»Ist es nicht Sinn der Sache, mir Schmerzen zuzufügen?«, frage ich bitter. »Ist es nicht das, was dir den Kick gibt?«

»Möchtest du, dass ich dir Schmerzen zufüge?« Seine Stimme ist sanft, fast hypnotisch. »Es würde mir den Kick geben, das stimmt … Möchtest du das? Von mir Schmerzen zugefügt bekommen?«

Nein, das möchte ich nicht. Ich möchte das überhaupt nicht. Ich schüttele fast unmerklich mit dem Kopf und gebe mein Bestes, mich zu entspannen. Ich denke nicht, dabei besonders erfolgreich zu sein. Es ist einfach zu falsch, dieses Gefühl, dass etwas von außen hineindrückt.

Julian scheint allerdings mit meinen Anstrengungen zufrieden zu sein. »Gut«, säuselt er. »Braves Mädchen, so ist es gut …« Er drückt gleichbleibend dagegen, und das Ding dringt tiefer in mich ein, überwindet den Widerstand meines Schließmuskels Stück für Stück. Als es sich vollständig in mir befindet, hält er inne und gibt mir Zeit, mich an dieses Gefühl zu gewöhnen.

Der brennende Schmerz ist immer noch da,

genauso wie das fast übelkeitserregende Gefühl der Fülle. Ich konzentriere mich darauf, flach und gleichmäßig zu atmen, ohne mich dabei zu bewegen. Nach einer Minute beginnt der Schmerz nachzulassen und hinterlässt nur ein irritierendes Gefühl eines fremden Objektes in meinem Körper.

Julian lässt das Spielzeug dort und beginnt, mich am ganzen Körper zu streicheln. Seine Berührungen sind eigenartigerweise zärtlich. Er beginnt mit meinen Füßen, reibt sie, findet alle Verspannungen und massiert sie weg. Dann bewegt er sich über meine Waden und Oberschenkel, die vor Anspannung fast schon vibrieren, nach oben. Seine Hände bewegen sich erfahren und sicher über meinen Körper; was er da gerade macht, ist besser als jede Massage, die ich jemals bekommen habe. Trotz allem fühle ich, wie ich unter seiner Berührung dahinschmelze, sich meine Muskeln in Pudding verwandeln. Als er bei meinem Hals und den Schultern ankommt, bin ich so entspannt, wie ich es seit meiner Ankunft auf der Insel nicht mehr gewesen bin. Wenn ich nicht verbundene Augen hätte, gefesselt wäre und anal missbraucht werden würde, könnte ich denken, ich sei in einem Spa.

Als er das Spielzeug zwanzig Minuten später entfernt, gleitet es ganz leicht hinaus, ohne auch nur die kleinste Unannehmlichkeit zu verursachen. Er drückt es wieder hinein, und diesmal ist es fast schmerzfrei. Wenn überhaupt, fühlt es sich … interessant an … besonders, als sein Finger meine Klitoris findet und sie wieder anregt.

Ich kann der Lust nicht widerstehen, die mir diese Finger verschaffen. Was soll's? Ich würde jederzeit die Lust dem Schmerz vorziehen. Julian macht, was immer er möchte, und ich kann genauso gut einige Teile davon genießen.

Also trenne ich meinen Kopf von der ganzen Falschheit und lass ihn einfach nur fühlen. Ich kann mit der Augenbinde nichts sehen und kann mich mit den auf den Rücken gebundenen Händen auch nicht wirklich wehren. Ich bin völlig hilflos – und es liegt etwas sonderbar Befreiendes darin. Es hat keinen Sinn, sich Sorgen zu machen oder zu denken. Ich treibe einfach in der Dunkelheit und bin noch völlig high von den Endorphinen, die bei der Massage freigesetzt worden waren.

Er fickt mich mit dem Spielzeug, drückt es hinein und zieht es wieder hinaus, während er gleichzeitig mit seinem Finger auf meine Klitoris drückt. Seine Bewegungen sind rhythmisch, koordiniert, und ich stöhne, als mein Geschlecht zu pochen beginnt, der Druck in mir sich mit jedem Stoß weiter aufbaut. Ohne Vorbereitung wird die Anspannung zu viel, und ich erlebe eine plötzliche, intensive Lustexplosion, die von innen heraus nach außen wandert. Meine Muskeln krampfen sich um das Spielzeug, und das ungewohnte Gefühl verstärkt meinen Orgasmus nur noch. Unfähig, mich zu beherrschen, schreie ich auf und reibe mich gegen Julians Finger. Ich will, dass diese Ekstase für immer andauert.

Zu schnell ist alles vorbei, und ich bleibe schwach

und zitternd zurück. Julian ist noch nicht fertig mit mir. Natürlich nicht, noch lange nicht. Gerade als ich anfange, mich zu erholen, entfernt er das Spielzeug und drückt ein anderes, größeres Objekt in meine hintere Öffnung. Es ist sein Schwanz, wird mir klar, und ich spanne mich wieder an, während er versucht, einzudringen.

»Nora …« Seine Stimme hat einen warnenden Unterton, und ich weiß, was er von mir möchte. Ich weiß allerdings nicht, ob ich das machen kann. Ich weiß nicht, ob ich mich genügend entspannen kann, um ihn hineinzulassen. Er ist zu viel; zu dick und zu lang. Ich verstehe nicht, wie so etwas Großes in mich eindringen kann, ohne mich auseinanderzureißen.

Aber er ist unnachgiebig, und ich merke, wie meine Muskeln langsam nachgeben, da sie sich dem Druck, den er ausübt, nicht länger widersetzen können. Seine Eichel passiert meinen engen Schließmuskel, und ich schreie wegen des brennenden, zerreißenden Gefühls auf. »Schscht«, sagt er beruhigend und streichelt meinen Rücken, während er tiefer eindringt. »Schscht … es ist alles schön …«

Als er vollständig in mir ist, bin ich ein zitterndes, schwitzendes Häufchen Elend. Ich habe Schmerzen, ja, aber es gibt da auch dieses neue Gefühl, etwas so Großes auf eine so komische, unnatürliche Art und Weise in mir zu haben. Ich weiß, manche Menschen machen das – und empfinden angeblich auch Lust dabei –, aber ich kann mir nicht vorstellen, das jemals freiwillig zu tun.

Er hält inne und gibt mir die Zeit, mich an diese Empfindungen zu gewöhnen. Ich schluchze leise in die Matratze und möchte nichts weiter, als das hinter mir zu haben. Er ist geduldig, seine starken Hände liebkosen und entspannen mich, bis meine Tränen versiegen. Ich fühle mich auch nicht mehr so, als würde ich jeden Moment ohnmächtig werden.

Als er spürt, dass mein Unbehagen nachlässt, fängt er an, sich langsam in mir zu bewegen. Langsam und vorsichtig. Ich kann sein angestrengtes Atmen hören und weiß, dass er sich sehr beherrscht, dass er mich wahrscheinlich härter ficken will, aber versucht, mir keinen »irreparablen Schaden« zuzufügen. Trotzdem führen seine Bewegungen dazu, mich innerlich zu verdrehen und durchzuschütteln. Ich weine bei jedem Stoß.

Und gerade als ich denke, es nicht mehr länger aushalten zu können, gleitet er mit einer Hand unter meine Hüften und findet wieder meine geschwollene Klitoris. Seine Finger sind zärtlich, seine Berührung schmetterlingssanft. Ich beginne erneut, die vertraute Wärme in meinem Bauch zu spüren, und mein Körper reagiert trotz der schmerzhaften Fülle auf ihn. Was er macht, ist nicht, den Schmerz auszuschalten, sondern mich von ihm abzulenken. Er erlaubt mir, mich auf die Lust zu konzentrieren. Ich habe niemals gewusst, dass Lust und Schmerz derart koexistieren können, aber diese Kombination hat etwas eigenartig Anziehendes, etwas Dunkles und Verbotenes, das in einem Teil von mir mitschwingt, von dem ich niemals wusste, ihn zu besitzen.

Er wird schneller, und irgendwie macht es das besser. Vielleicht sind jetzt schon einige Nervenenden taub – oder ich gewöhne mich einfach daran, ihn in mir zu haben – aber der Schmerz geht zurück und verschwindet fast völlig. Alles, was übrig bleibt, sind eine Menge anderer Empfindungen – fremde, ungewohnte Gefühle, die auf ihre Art faszinierend sind. Das, und die Lust durch seine talentierten Finger, die mit meinem Geschlecht spielen, mich erregen, bis ich aus einem anderen Grund aufschreie, Julian anflehe, mich wieder kommen zu lassen.

Und er lässt mich kommen. Mein ganzer Körper spannt sich an und explodiert, erschaudert durch die Kraft meiner Entladung. Er stöhnt, als meine Muskeln sich um ihn krampfen, und ich fühle die flüssige Wärme seines Samens, der in mir schwimmt, sein Salz auf meinem rohen Fleisch brennen.

»Braves Mädchen«, flüstert er, während sein Schwanz in mir an Härte verliert. Er küsst mein Ohrläppchen, und diese zärtliche Geste steht in einem solchen Kontrast zu dem, was er gerade getan hat, dass sie mich irritiert. Ist das das normale Verhalten eines Entführers? Als er sich von mir zurückzieht, fühle ich mich kalt und leer, so als vermisse ich die Hitze seines Körpers auf mir.

Er lässt mich allerdings nicht lange allein. Zuerst bindet er meine Hände los und reibt sie leicht, dann nimmt er mir die Augenbinde ab. Ich blinzele, und meine Augen passen sich langsam an das sanfte Licht des Raumes an. Ich bewege meine Arme und stütze mich auf meinen Ellenbogen ab.

»Komm«, sagt er sanft und umfasst mit seinen Fingern meinen Oberarm. »Ich bringe dich zur Dusche.«

Ich lasse mich von ihm hinstellen und ins Badezimmer führen. Meine Beine fühlen sich zittrig an, und ich bin froh, dass er mich stützt. Ich weiß nicht, ob ich es geschafft hätte, allein dorthin zu gehen.

Er macht das Wasser an und wartet einige Sekunden, bis es warm ist. Danach führt er uns in die große Kabine. Er wäscht gründlich jeden Teil meines Körpers, spült alle Überreste der Gleitcreme und des Spermas weg. Er wäscht und spült sogar mein Haar, seine Finger massieren mich und entspannen mich aufs Neue. Als er fertig ist, fühle ich mich sauber und umsorgt.

»Jetzt bist du dran«, meint er, dreht meine Handfläche nach oben und drückt mir ein wenig Waschlotion darauf.

»Du möchtest, dass ich dich wasche?«, frage ich ungläubig, und er nickt mit einem leichten Lächeln auf seinen Lippen. Mit dem Wasser, welches an seinem muskulösen Körper hinunterläuft sieht er noch umwerfender aus als sonst, wie eine Art Meeresgott.

Ein Seeungeheuer, korrigiere ich mich. Ein wunderschönes Seeungeheuer.

Er sieht mich weiterhin erwartungsvoll an und wartet, um zu sehen, ob ich machen werde, was er verlangt. In Gedanken zucke ich mit meinen Schultern. Warum sollte ich ihn eigentlich nicht waschen? Wenigstens wird es mir nicht wehtun. Und davon einmal ganz abgesehen, kann ich nicht verleugnen, dass ich neugierig auf seinen Körper bin, egal wie sehr ich ihn hasse. Ich finde es aufregend, ihn zu berühren.

Also verreibe ich das Duschbad zwischen meinen Händen und fahre damit über seine Brust, verteile die Seife auf seiner bronzefarbenen Haut. Er hebt seine Arme, und ich wasche seine Seiten und Unterarme, bevor ich mich dem Rücken zuwende.

Seine Haut ist größtenteils glatt und fühlt sich nur an den Stellen rau an, an denen er dunklen, männlichen Haarwuchs hat. Ich kann seine kräftigen Muskelpakete unter meinen Händen spüren und merke, dass ich es genieße. In diesem Moment kann ich fast so tun, als sei ich gerne hier, als sei dieses umwerfende Wesen mein Liebhaber und nicht mein Peiniger.

Ich wasche ihn so gründlich wie er mich, und meine seifigen Hände gleiten über seine Beine und seine Füße. Als ich bei seinem Geschlecht ankomme, versteift es sich wieder und ich versteinere, als mir klar wird, dass meine Berührung ihn unbeabsichtigterweise erregt.

Er interpretiert meine Reaktion völlig richtig als Angst. »Entspann dich, mein Kätzchen«, murmelt er, und seine Stimme hört sich amüsiert an. »Ich bin auch nur ein Mensch. So köstlich du auch bist, ich brauche mehr Zeit als nur ein paar Minuten, um mich vollständig zu erholen.«

Ich schlucke und wende mich ab, um meine Hände unter dem Wasserstrahl abzuspülen. Was zum Teufel mache ich hier? Er hat mich nicht gezwungen, ihn zu berühren. Ich habe es aus freien Stücken getan. Er hatte mich gefragt, aber ich bin mir ziemlich sicher, ich hätte es auch ablehnen können, ohne dass er darauf bestanden hätte. Diese dunkle, unterschwellige Strömung, die ich früher am Abend bei ihm gespürt hatte, ist nicht mehr da. Julian scheint sogar bester Laune zu sein, und sein Verhalten ist fast spielerisch.

Ich möchte jetzt die Dusche verlassen, also bewege ich mich ein wenig zur Seite, um an ihm vorbeizukommen. Er hält mich mit seinem Arm auf und blockiert mir den Weg.

»Warte«, sagt er sanft und hebt mein Kinn mit seinen Fingern an. Danach beugt er seinen Kopf herunter und küsst mich ganz zärtlich auf die Lippen. Eine vertraute Reaktion wärmt meinen Körper und macht, dass ich mich an ihm reiben möchte, wie eine rollige Katze. Er lässt es allerdings nicht so weit kommen. Nach etwa einer Minute hebt er seinen Kopf und lächelt mich an. Seine blauen Augen leuchten voller Befriedigung. »Jetzt kannst du gehen.«

Völlig verwirrt trete ich aus der Duschkabine, trockne mich ab und flüchte, so schnell ich kann, in mein Zimmer.

## 13

Nora

IN DIESER NACHT ERFAHRE ICH VON JULIANS Albträumen.

Nach der Dusche kommt er in mein Bett. Sein muskulöser Körper legt sich von hinten um mich, und sein schwerer Arm umfasst mich. Zuerst versteife ich mich, da ich nicht weiß, was mich erwartet. Aber alles, was er macht, ist, mich beim Schlafen an sich zu drücken. Ich kann sein rhythmisches Atmen hören, während ich in die Dunkelheit starre, und dann schlafe ich auch langsam ein.

Ich wache von einem komischen Geräusch auf. Es schreckt mich aus meinem Schlaf und bringt mich dazu, meine Augen aufzureißen. Mein Herz hämmert durch den Adrenalinrausch.

Was war das? Einen Moment lang traue ich mich kaum zu atmen, aber dann wird mir klar, dass diese Geräusche von der anderen Seite des Bettes kommen – von dem Mann, der neben mir schläft.

Ich setze mich auf und blicke ihn an. Es scheint, als habe er sich während der Nacht von mir weggerollt und die ganze Decke mitgenommen. Ich bin völlig nackt und unbedeckt, und mir ist auch ein wenig kalt, da die Klimaanlage läuft.

Die Geräusche, die er macht, sind undeutlich, aber haben etwas an sich, von dem ich Gänsehaut bekomme. Sie erinnern mich an ein Tier, welches Schmerzen erleidet. Er atmet hart, ringt schon fast nach Luft.

»Julian?«, spreche ich ihn unsicher an. Ich weiß nicht so recht, was ich in dieser Situation machen soll. Sollte ich ihn aufwecken? Offensichtlich hat er einen Albtraum. Ich erinnere mich daran, dass er mir erzählt hat, seine Familie sei umgebracht worden, und ich muss einfach Mitleid mit diesem wunderschönen, perversen Mann haben.

Er schreit mit leidender und rauer Stimme auf und dreht sich auf den Rücken. Einer seiner Arme schlägt das Kissen, welches nur einige Zentimeter neben mir liegt.

»Julian?« Ich berühre vorsichtig seinen Arm.

Er murmelt etwas und dreht seinen Kopf weg, immer noch im Tiefschlaf. Wenn wir uns nicht gerade auf einer Insel befinden würden, wäre das jetzt der perfekte Augenblick für mich, zu verschwinden. So, wie die Dinge liegen, ist es einfach sinnlos, irgendwohin zu gehen. Ich beobachte Julian also einfach weiterhin misstrauisch und frage mich, ob er von allein aufwachen wird oder ob ich es noch einmal angestrengter versuchen sollte.

Einen Moment lang scheint es so, als würde er sich beruhigen, und sein Atem geht nicht mehr ganz so schwer. Dann schreit er plötzlich wieder auf.

Diesmal ist es ein Name.

»Maria«, krächzt er. »Maria …«

Einen schockierenden Moment lang überkommt mich eine kochend heiße Eifersuchtswelle. Maria … Er träumt von einer anderen Frau.

Dann gewinnt meine rationale Seite wieder die Oberhand. Maria könnte auch seine Mutter oder seine Schwester sein – und selbst, wenn nicht, was interessiert es mich, ob er von ihr träumt? Er ist ja nicht mein Freund oder sonst etwas in der Art.

Also schlucke ich, unterdrücke meinen kleinen Anfall von Eifersucht und beuge mich erneut zu ihm hinüber. »Julian?«

Sobald meine Finger seinen Arm berühren, halten seine Finger mich fest. Seine Bewegung ist so schnell und überraschend, dass ich nur leicht aufschreie, als er mich zu sich zieht. Seine Arme halten mich erbarmungslos fest, und ich ersticke fast. Ich fühle, wie er zittert, als er mich kraftvoll an sich presst, mein Gesicht an seine Schulter drückt. Seine Haut ist kalt und schweißnass, und ich kann hören, wie sein Herz rast.

»Maria«, murmelt er in mein Haar, und seine Finger bohren sich mit einer solchen Kraft in meinen Rücken, dass ich mir sicher bin, dort Morgen blaue Flecken zu haben. Aber irgendwie stört mich das nicht, weil ich weiß, er tut es nicht mit Absicht. Er hat einen Albtraum und sucht Nähe – und ich bin die Einzige, die sie ihm gerade geben kann.

Nach einer Weile höre ich, wie sein Atem gleichmäßiger wird. Seine Arme entspannen sich ein wenig, drücken mich nicht mehr mit einer solchen Verzweiflung, und sein rasender Herzschlag normalisiert sich auch. »Maria«, flüstert er wieder, aber jetzt klingt weniger Schmerz mit, so als erlebe er gerade glücklichere Zeiten mit ihr, was auch immer sie sein mögen.

Ich lasse seine Umarmung zu und bewege mich nicht, um ihn nicht aus seinem endlich friedlichen Schlaf zu reißen. Er ist nicht der Einzige, dem gerade Trost gespendet wird. Trotz allem, was er mir angetan hat, kann ich nicht leugnen, dass ein Teil von mir das hier von ihm möchte, dieses Gefühl der Nähe, der Sicherheit. Er ist das Einzige, vor dem ich Angst haben muss; theoretisch weiß ich das natürlich. Das ist aber egal, da ich mich gerade fühle, als halte er das Böse ab, als schütze er mich vor allen Monstern, die dort draußen lauern.

So wie ich ihn vor seinen Albträumen schütze.

∼

ALS ICH AM NÄCHSTEN MORGEN AUFWACHE, IST JULIAN wieder weg.

»Wo ist er?«, frage ich Beth beim Frühstück und sehe ihr dabei zu, wie sie für mich eine Mango aufschneidet. Manchmal fühlt es sich noch ein wenig unangenehm an, wenn ich mich bewege, was mich an die exotischeren Vorlieben meines Peinigers erinnert.

»Ein Notfall, seine Arbeit betreffend«, antwortet sie mir, und ihre Hände bewegen sich so anmutig und effizient, dass ich sie dafür bewundern muss. »Er sollte in einigen Tagen zurück sein.«

»Was für ein Notfall?«

Beth zuckt mit den Schultern. »Das weiß ich nicht. Du kannst Julian ja fragen, wenn er wieder zurückkommt.«

Ich schaue sie an und versuche zu verstehen, was ihre Motivation ist … und Julians. »Du hast mir gesagt, ich sei das erste Mädchen, welches er hier auf diese Insel gebracht hat«, sage ich und versuche, meine Stimme locker klingen zu lassen. »Was hat er dann mit den anderen gemacht?«

»Es gab keine anderen.« Sie ist fertig mit der Mango und stellt den Teller vor mir ab, bevor sie sich selbst hinsetzt, um auch zu frühstücken.

»Also, warum macht er das mit mir? Ich weiß, er hat einen speziellen Geschmack, aber ich bin mir sicher, dass es Frauen gibt, die auf so etwas stehen …«

Beth grinst mich an, und ihre gleichmäßigen, weißen Zähne kommen dabei zum Vorschein. »Natürlich. Aber er will dich.«

»Warum? Was ist an mir so besonders?«

»Das musst du Julian fragen.«

Schon wieder keine Antwort. Ich möchte schreien, weil sie mir immer ausweicht. Ich spieße mit meiner Gabel ein Stück Mango auf und kaue es langsam, während ich darüber nachdenke.

»Ist es wegen Maria?« Ich bin mir nicht sicher, weshalb ich das frage, außer aus dem Grund, dass ich den Namen nicht aus meinem Kopf bekomme.

Es ist aber ganz offensichtlich die richtige Frage, denn Beth hält sofort inne bei dem, was sie tut. »Julian hat dir von Maria erzählt?« Sie hört sich schockiert an.

»Er hat sie erwähnt.« Das ist nicht wirklich gelogen. Ihr Name ist gefallen, auch wenn Julian das nicht weiß. »Warum überrascht dich das?«

Sie zuckt mit den Schultern und sieht nicht länger so entsetzt aus. »Ich denke, das tut es nicht, wenn ich darüber nachdenke. Sollte er es überhaupt jemandem erzählen, dann dir.«

Mir? Warum? Ich sterbe fast vor Neugier, aber ich versuche, meinen Gesichtsausdruck neutral zu halten, so als sei das alles nichts Neues für mich. »Natürlich«, erwidere ich ruhig und esse meine Mango.

»Dann verstehst du es ja, Nora«, sagt sie und schaut mich an. »Du musst es zumindest ein bisschen verstehen. Deine Ähnlichkeit zu ihr ist verblüffend. Ich habe das Foto gesehen – und sie könnte deine kleinere Schwester gewesen sein.«

»So ähnlich?« Ich versuche krampfhaft, das Entsetzen aus meiner Stimme herauszuhalten. Mein

Herz hämmert in der Brust. Das ist mehr Information, als ich erwartet habe, und Beth hat sie mir gerade auf einem Silbertablett serviert.

Sie runzelt die Stirn. »Das hat er dir nicht erzählt?«

»Nein«, antworte ich. »Er hat mir nicht viel erzählt. Nur ein kleines bisschen.« Nur ihren Namen, den er während eines Albtraums gerufen hat.

Beths Augen weiten sich, als sie bemerkt, wahrscheinlich mehr gesagt zu haben, als sie sollte. Sie sieht einen Moment lang unglücklich aus, aber dann glättet sich ihr Gesicht. »Na gut«, sagt sie. »Ich denke, jetzt weißt du es. Ich werde natürlich Julian davon erzählen müssen.«

Ich schlucke, und das Stück Mango rutscht wie ein Stein in meinem Hals hinunter. Ich möchte nicht, dass sie Julian etwas erzählt. Ich weiß nicht, was er machen wird, wenn er herausfindet, dass ich etwas über Maria weiß – dass ich ihn gesehen habe, als er am verletzlichsten war.

Meine dumme Neugier.

»Warum?«, möchte ich wissen und versuche, nicht verängstigt zu klingen. »Du bist diejenige, auf die er wütend sein wird, nicht ich.«

»Da wäre ich mir nicht so sicher, Nora«, erwidert Beth und lächelt mich leicht boshaft an. »Und davon mal ganz abgesehen habe ich nie Geheimnisse vor Julian. Er ist sehr gut darin, sie aus Menschen herauszubekommen.«

Und damit steht sie auf und beginnt, die Teller abzuwaschen.

~

Ich verbringe die nächsten zwei Tage abwechselnd damit, über Maria nachzudenken und mir Sorgen wegen Julians Rückkehr zu machen.

Wer ist sie? Offensichtlich jemand, der mir sehr ähnlich sieht. So ähnlich, dass sie meine kleinere Schwester gewesen sein könnte. Wie alt ist das Mädchen? Was ist sie für Julian? Diese Fragen nagen in mir, lassen mich nicht in Ruhe schlafen. Er hat mich genommen, weil ich ihr so ähnlich sehe – so viel ist mir klar. Aber warum? Was ist mit ihr passiert? Warum ist sie in seinen Albträumen?

Ich möchte das wissen, ich möchte das verstehen. Aber trotzdem habe ich Angst vor Julians Reaktion, wenn er zurückkommt und herausfindet, dass ich geschnüffelt habe. Ich könnte versuchen, ihm zu erklären, das alles zufällig herausgefunden zu haben, dass ich nicht in seine Privatsphäre eindringen wollte, aber ich habe die starke Vermutung, dass mein Peiniger nicht der verständnisvolle Typ ist.

Beth erzählt mir nichts weiter über Maria. Eigentlich redet sie gar nicht mehr viel mit mir. Sie ist eines dieser seltenen Individuen, die glücklich mit sich selbst zu sein scheinen. Wenn ich sie wäre, würde ich verrückt werden, hier auf dieser Insel festzusitzen und nichts anderes zu machen als zu kochen, zu putzen und nach Julians Sexspielzeug zu sehen. Für sie scheint das allerdings völlig in Ordnung zu sein.

Ich, auf der anderen Seite, bin überhaupt nicht in

Ordnung. Ich denke permanent an mein altes Leben und vermisse meine Familie und meine Freunde. Wahrscheinlich denken sie jetzt schon, dass ich tot bin. Ich vermute, es gab eine großangelegte Suche nach mir, aber ich bezweifle, dass sich daraus etwas ergeben hat.

Ich denke auch an Jake und frage mich, ob er sich von den Schlägen erholt hat. Das, was Julian ihm angetan hat, sah so brutal aus. Weiß Jake, dass es meine Schuld ist? Dass er meinetwegen in seinem Haus angegriffen wurde?

Ich atme tief ein und sage mir, dass es egal ist, ob er es weiß oder nicht. Was auch immer Jake und ich gehabt haben könnten, jetzt ist es vorbei. Ich gehöre jetzt Julian, und es hat keinen Sinn, über einen anderen Mann nachzudenken.

Auf eine Art habe ich auch Glück gehabt. Das weiß ich. Ich bin mir sicher, viele Mädchen enden in sehr viel schlimmeren Situationen als ich. Ich habe einmal eine Dokumentation über Sexsklaven gesehen, und die Bilder dieser Frauen mit den ausdruckslosen Augen hatten mich tagelang verfolgt. Sie schienen gebrochen zu sein, völlig und unwiderruflich zerstört durch das, was man ihnen angetan hat. Selbst die Tatsache, dass sie gerettet worden waren, schien das Leid, welches sich auf ihren Gesichtern abzeichnete, nicht zu mindern.

Meine Gefangenschaft ist anders. Sie ist viel netter, viel gemütlicher. Julian versucht nicht, mich zu brechen, und dafür bin ich ihm dankbar. Ich mag zwar sein Sexsklave sein, aber wenigstens ist er mein einziger Meister. Das alles könnte definitiv schlimmer sein.

Das rede ich mir zumindest ein, während ich auf seine Rückkehr warte und verzweifelt hoffe, dass seine Reaktion auf mein Schnüffeln weniger schlimm sein wird, als ich befürchte.

 ora

JULIAN KOMMT MITTEN IN DER NACHT ZURÜCK. ICH muss nur ganz leicht geschlafen haben, denn ich wache sofort auf, als ich das leise Gemurmel einer Unterhaltung höre, die unten geführt wird. Die tiefe Stimme meines Peinigers ist vermischt mit Beths weiblicheren, und ich vermute zu wissen, worüber sie reden.

Ich setze mich mit rasendem Herzen in meinem Bett auf. Ich stehe auf, ziehe schnell die Sachen von gestern an und renne ins Bad, um mich frisch zu machen. Ich weiß nicht, warum ich mir jetzt die Zähne putze, aber ich mache es. Ich möchte so wach und vorbereitet wie möglich sein für das, was Julian mit mir machen wird.

Dann setze ich mich auf mein Bett und warte.

Endlich öffnet sich die Tür zu meinem Zimmer, und Julian tritt ein. Er sieht ungewöhnlich müde aus, mit dunklen Ringen unter den Augen und einem Hauch von Stoppeln auf seinem sonst so glatt rasierten Gesicht. Diese Fehler sollten seine Schönheit verringern, aber sie machen ihn einfach nur menschlicher und irgendwie noch attraktiver.

»Du bist wach.« Er klingt überrascht.

»Ich habe Stimmen gehört«, erkläre ich ihm und schaue ihn vorsichtig an.

»Und dann hast du dich dazu entschlossen, mich zu begrüßen. Wie nett von dir, mein Kätzchen.«

Ich weiß, er zieht mich auf, also antworte ich nichts, schaue ihn einfach nur an. Meine Handflächen schwitzen, und ich gebe mein Bestes, um Ruhe auszustrahlen.

Er setzt sich auf mein Bett und hebt seine Hand, um mein Haar zu berühren. »So ein süßes Kätzchen«, murmelt er und nimmt sich eine dicke Strähne, um mich damit am Hals zu kitzeln. »So ein neugieriges, kleines Kätzchen …«

Ich schlucke und atme schnell und flach. Was wird er mit mir machen?

Er steht auf und beginnt, sich auszuziehen, während ich ihm dabei zusehe. Ich bin durch die Mischung aus Angst und eigenartiger Vorfreude wie gelähmt. Unter den Sachen kommt sein kräftiger, männlicher Körper zum Vorschein, und ich fühle, wie eine Lustwelle durch mich hindurchschwappt, mich bis ins Mark erhitzt.

Ich will ihn. Trotz allem möchte ich ihn, und das ist das Schlimmste daran. Wahrscheinlich wird er etwas Furchtbares mit mir machen, aber trotzdem will ich ihn mehr, als ich mir jemals vorgestellt habe, jemanden wollen zu können.

Wer A sagt, muss auch B sagen. »Hast du das mit Maria gemacht?«, frage ich ihn ruhig. »Hast du sie auch als dein Kätzchen gehalten?«

Er sieht mich an, und seine Augen sind so blau und geheimnisvoll wie der Ozean. »Bist du sicher, dass du dahin möchtest, Nora?« Seine Stimme ist sanft und täuschend ruhig.

Ich blicke ihn an und fühle mich ungewöhnlich mutig. »Ja, Julian, das möchte ich.« Mein Ton ist bitter und sarkastisch. Mir wird klar, dass mich Eifersucht dazu treibt, so direkt zu sein, dass ich den Gedanken hasse, dass diese Maria für Julian etwas Besonderes ist. Aber selbst diese Erkenntnis reicht nicht aus, um mich zu stoppen. »Wer ist sie? Ein weiteres Mädchen, das du missbraucht hast?«

Sein Gesicht wird düster, und ich halte die Luft an, während ich auf das warte, was er als Nächstes machen wird. Irgendwie möchte ich ihn provozieren. Ich möchte, dass er mich bestraft, mir Schmerzen zufügt. Ich möchte das, weil er nichts weiter als ein Monster für mich sein darf – weil ich ihn hassen muss, damit ich nicht durchdrehe.

Er kommt zu mir und setzt sich neben mich aufs

Bett. Ich bekämpfe den Drang, zurückzuweichen, und er greift nach mir, umfasst mit seinen starken Fingern meinen Hals. Er hält mich an der Kehle fest, beugt sich herüber und streichelt mit seiner Wange über meine. Hin und her, so als würde er die Zartheit meiner Haut an seinem stoppeligen Kinn genießen. Seine Finger drücken nicht zu, aber die Drohung steht im Raum, und ich kann fühlen, wie ich zittere und mein Atem in ängstlicher Erwartung schneller wird.

Er lacht leise, und ich fühle den Hauch seines Atems an meinem Ohr. Trotz seiner müden Erscheinung ist sein Atem frisch und süß, so als hätte er gerade einen Kaugummi gekaut. Ich schließe meine Augen und versuche mich selbst davon zu überzeugen, dass Julian mich wirklich nicht töten würde, dass er gerade einfach nur mit mir spielt.

Er küsst mein Ohr und knabbert an meinem Läppchen. Seine Berührung auf dieser empfindlichen Stelle sendet Lustschauer meinen Rücken hinunter, und meine Atmung verändert sich erneut, wird langsamer und tiefer, je erregter ich werde. Ich kann den warmen Moschusduft seiner Haut riechen, und meine Brustwarzen verhärten sich, reagieren auf seine Nähe. Das Verlangen zwischen meinen Beinen wächst, und ich zappele ein wenig, versuche, die Spannung zu entladen, die sich in mir aufbaut.

»Du willst mich, stimmt's?«, flüstert er in mein Ohr, und seine Hand gleitet unter mein Kleid, um leicht mein Geschlecht zu streicheln. Ich weiß, dass er die Feuchtigkeit dort fühlen kann, und ich unterdrücke ein

Stöhnen, als ein langer Finger in mich eindringt und an meiner rutschigen Wand entlangfährt. »Willst du mich nicht, Nora?«

»Doch«, stöhne ich, als er einen besonders empfindlichen Punkt berührt.

»Doch, was?« Seine Stimme ist grob, verlangend. Er möchte, dass ich aufgebe.

»Doch, ich will dich«, gebe ich mit einem gebrochenen Flüstern zu. Ich kann es nicht länger leugnen. Ich will Julian. Ich will den Mann, der mich entführt und mir Schmerzen zugefügt hat. Ich will ihn, und dafür hasse ich mich.

Er zieht seinen Finger aus mir und lässt meinen Hals los. Überrascht öffne ich die Augen, und unsere Blicke treffen sich. Er hebt seine Hand zu meinem Gesicht und drückt seinen Finger gegen meine Lippen. Denselben Finger, der gerade noch in mir war. »Saug an ihm«, befiehlt er, und ich öffne gehorsam meinen Mund und sauge den Finger ein. Ich kann mich selbst schmecken, mein eigenes Verlangen riechen, und werde noch erregter.

Als er zufrieden damit ist, wie sauber ich seinen Finger geleckt habe, zieht er ihn aus meinem Mund. Er umfasst mit seiner Hand mein Kinn und zwingt mich, ihm in die Augen zu schauen. Ich blicke ihn an, bin von der dunkelblauen Färbung seiner Iris wie hypnotisiert. Mein Körper pocht vor Verlangen und sehnt sich danach, von ihm in Besitz genommen zu werden. Ich möchte, dass er mich nimmt, die schmerzende Leere in mir ausfüllt.

Aber alles, was er macht, ist, mich mit einem spöttischen Halblächeln auf seinen wunderschönen Lippen anzusehen. »Du denkst, ich werde dich heute Nacht bestrafen, Nora?«, fragt er sanft. »Ist es das, was du von mir erwartest?«

Ich blinzele und bin von dieser Frage überrascht. Natürlich habe ich das von ihm erwartet. Ich habe etwas getan, was ihn verärgert hat, und er ist ja auch nicht schüchtern, mich zu bestrafen, wenn ich mich anständig benehme.

Offensichtlich kann er die Antwort von meinem Gesicht ablesen, und sein Lächeln wird breiter. »Es tut mir leid, dich enttäuschen zu müssen, aber ich bin viel zu erschöpft, um dich heute Nacht angemessen bestrafen zu können. Alles, was ich möchte, ist dein Mund.« Und mit diesen Worten greift er mit seiner Hand in mein Haar und drückt mich nach unten, so dass ich zwischen seinen Beinen knie, und seine Erektion sich auf meiner Augenhöhe befindet.

»Nimm ihn in den Mund«, murmelt er und schaut mich an. »Mach das, was du gerade mit meinem Finger gemacht hast.«

Das ist für mich nichts Neues, da ich das auch mit meinem Ex-Freund einige Male getan habe. Ich weiß also, was ich machen muss. Ich schließe meine Lippen um seinen dicken Ständer und kreise mit meiner Zunge um seine Eichel. Er schmeckt ein wenig salzig, und ich schaue auf, um sein Gesicht zu beobachten, als ich seine Eier in meine Hände nehme und sie leicht zusammendrücke. Er stöhnt auf, und seine Hand zieht fester an meinem Haar. Ich mache weiter und bewege meinen Mund an seinem Schwanz hinunter, nehme ihn jedes Mal tiefer in mir auf.

Mir macht es überhaupt nichts aus, ihm auf diese Weise Lust zu verschaffen. Ich finde es eigentlich sogar seltsam schön. Auch wenn das eine Illusion ist, fühle ich mich, als sei er gerade meiner Gnade ausgesetzt und als habe ich gerade die Macht. Ich liebe dieses hilflose Stöhnen, das seiner Kehle entweicht, als ich meine Hände, Lippen und Zunge benutze, um ihn bis zum Orgasmus zu bringen und kurz vorher langsamer werde. Ich liebe diesen gequälten Ausdruck auf seinem Gesicht, wenn ich seine Eier in meinen Mund nehme und an ihnen sauge, fühle, wie sie sich in meinem Mund zusammenziehen. Ich liebe es, wie er erzittert, wenn ich mit meinen Fingernägeln auf der Unterseite seiner Eier entlangfahre und er schließlich explodiert. Ich liebe es, wie er meinen Kopf anfasst, ihn festhält, während er kommt und sein Schwanz in meinem Mund pocht und pulsiert.

Als er mich loslässt, lecke ich meine Lippen ab, säubere sie von den letzten Samenresten und schaue ihn dabei die ganze Zeit an.

Er betrachtet mich und atmet immer noch schwer. »Das war gut, Nora.« Seine Stimme ist leise und heiser. »Sehr gut. Wer hat dir das beigebracht?«

Ich zucke mit den Schultern. »Ich war ja keine Nonne, bevor ich dich getroffen habe«, sage ich, ohne vorher darüber nachgedacht zu haben.

Seine Augen verengen sich, und mir fällt auf, gerade

einen Fehler begangen zu haben. Er ist der Mann, der die Tatsache zu genießen scheint, mein erstes Mal gewesen zu sein, der den Gedanken mag, dass ich ihm und nur ihm gehöre. Ex-Freunde behalte ich am besten für mich.

Zu meiner Erleichterung scheint er nicht vorzuhaben, mich für diesen Fehler zu bestrafen. Stattdessen hebt er mich hoch, zurück aufs Bett. Dann zieht er mich aus, macht das Licht aus und legt seinen Arm um mich. Er hält mich an sich gedrückt, während er einschläft.

～

Meine Bestrafung lässt bis zur folgenden Nacht auf sich warten. Julian verbringt den Tag wieder in seinem Büro, und ich sehe ihn bis zum Abendessen nicht.

Aus einem unerklärlichen Grund habe ich weniger Angst vor ihm. Dieses kleine Intermezzo letzte Nacht – und das Schlafen in Julians Armen danach – hat meine Furcht beruhigt, lässt mich denken, dass die Bestrafung nicht so schlimm sein wird, wie ich anfangs befürchtete. Er schien nicht besonders verärgert darüber zu sein, dass ich etwas über Maria herausgefunden habe, und das ist eine große Erleichterung. Ich hoffe, er wird komplett darüber hinwegsehen, mich zu bestrafen, erst recht dann, wenn ich heute besonders brav bin.

Wir essen wieder zu dritt, und ich höre Julian und

Beth dabei zu, wie sie über die neuesten Entwicklungen im Nahen Osten sprechen. Es überrascht mich, wie gut die beiden über dieses Thema informiert zu sein scheinen. Vor meiner Entführung verfolgte ich diese Entwicklungen regelmäßig, aber ich habe den Großteil der Namen von Politikern, die sie erwähnen, noch nie gehört. Andererseits, wenn Julian wirklich eine internationale Import-Export-Firma leitet, ergibt es Sinn, wenn er auf dem neuesten Stand der politischen Entwicklungen ist.

Meine Neugier gewinnt schon wieder die Oberhand, und ich frage, ob Julians Firma viel im Nahen Osten macht.

Er lächelt mich an, während er ein Stück Garnele auf seine Gabel spießt. »Ja, mein Kätzchen, das macht sie.«

»Ging deine letzte Reise dorthin?«

»Nein«, antwortet er und beißt in die saftige Garnele. »Diesmal war ich in Hong Kong.«

Ich speichere das in meinem Hinterkopf ab. Hong Kong musste sich nahe genug an dieser Insel befinden, um dorthin zu fliegen, seinen Geschäften nachzugehen und zurückzukommen – und das alles in zwei Tagen. Ich rufe in meinem Kopf die Karte des Pazifischen Ozeans auf. Sie ist ein wenig ungenau, da Geographie nicht gerade eine meiner Stärken ist, aber diese Insel muss sich nicht allzu weit von den Philippinen entfernt befinden.

Beth bietet mir Currykartoffeln zu meiner Garnele an. Mir ist aufgefallen, dass die Essensauswahl immer größer ist, wenn Julian gerade vom Festland zurückkehrt. Ich denke, er bringt uns jedes Mal Lebensmittelvorräte von seinen Reisen mit.

Beth erwidert mein Lächeln, und ich kann sehen, dass sie gute Laune hat. Sie scheint generell glücklicher zu sein, wenn Julian hier ist, fröhlicher. Ich bin mir sicher, dass es für sie kein Spaß ist, die ganze Zeit mit meiner Stimmung zurechtzukommen. Man könnte fast Mitleid mit ihr haben – »fast« ist in diesem Fall das Schlüsselwort.

»Ich war noch nie in Asien«, erzähle ich Julian. »Ist Hong Kong wirklich so, wie sie es in den Filmen zeigen?«

Julian grinst mich an. »Eigentlich schon. Es ist fantastisch. Wahrscheinlich eine meiner Lieblingsstädte. Die Architektur ist faszinierend, und das Essen ...« Er leckt sich übertrieben die Lippen. »Für das Essen könnte ich sterben.« Er reibt sich seinen Bauch, und ich kann mir das Lachen nicht verkneifen.

Der Rest des Essens vergeht genauso angenehm. Julian erzählt lustige Geschichten über die verschiedenen Orte in Asien, an denen er schon gewesen ist, und ich höre ihm fasziniert zu. Bei den unglaublicheren Geschichten schnappe ich nach Luft und lache. Beth fällt manchmal ein, aber die meiste Zeit ist es so, als hätten Julian und ich eine schöne Verabredung.

Wie dieses eine Mal, als wir allein zu Abend gegessen haben, lasse ich mich von Julian verzaubern.

Er ist mehr als charmant, er ist faszinierend. Seine Anziehungskraft geht weit über sein gutes Aussehen hinaus, auch wenn ich dieses körperliche Begehren zwischen uns beiden nicht bestreiten kann. Wenn er lacht oder mich spontan anlächelt, fühle ich ein warmes Glühen, so als sei er die Sonne und ich badete mich in seinen Strahlen. Alles an ihm zieht mich an – die Art, wie er spricht, wie er gestikuliert, um einen Punkt zu unterstreichen, die Art und Weise, wie seine Augenwinkel Falten werfen, wenn er mich angrinst. Er ist auch ein ausgezeichneter Geschichtenerzähler, und die drei Stunden vergehen wie im Fluge, während er mich mit seinen Erlebnissen und Abenteuern in Japan unterhält, wo er als Teenager einige Jahre gelebt hat.

Ich möchte nicht, dass dieses Essen endet, und deshalb zögere ich es so weit hinaus, wie ich kann. Ich nehme mir eine zweite, dritte und vierte Portion des Obstes, welches Beth als Nachtisch vorbereitet hat. Ich bin mir sicher, Julian erkennt meine Verzögerungstaktiken, aber sie scheinen ihn nicht zu stören.

Schließlich ist alles aufgegessen, und Beth steht auf, um die Teller abzuwaschen. Julian lächelt mich an, und zum ersten Mal an diesem Abend blitzt Angst in mir auf. Ich kann in seinem Lächeln wieder diese dunkle Unternote spüren, und mir wird klar, dass sie die ganze Zeit über dort war – dass sie immer ein Teil Julians ist. Der charmante Mann, mit dem ich gerade drei Stunden verbracht habe, ist genauso real wie ein Hirngespinst.

Immer noch lächelnd, hält er mir seine Hand hin. Es ist eine höfliche Geste, aber ich kann den Schauer nicht unterdrücken, der meine Wirbelsäule hinunterläuft, als ich ein vertrautes Glitzern in seinen Augen entdecke. Er sieht wieder wie ein dunkler Engel aus, unglaublich schön, mit einem Hauch des Bösen.

Ich schlucke, um den plötzlichen Knoten in meinem Hals loszuwerden, und lege meine Hand auf seine, um mich von ihm nach oben führen zu lassen. So ist es besser, zivilisierter. Es erlaubt mir, meine Illusionen noch ein wenig länger aufrechtzuerhalten – an dieser Einbildung festzuhalten, als hätte ich eine Wahl.

Als wir das Zimmer betreten, muss ich mich ausziehen und mich auf meinem Bauch aufs Bett legen. Danach fesselt er mich wieder, bindet mir meine Handgelenke fest hinter den Rücken. Eine Binde legt sich über meine Augen und ein Kissen unter meine Hüften. Es ist genau die gleiche Stellung, in der er mich das letzte Mal genommen hat, und ich kann nichts dagegen tun, dass ich mich bei der Erinnerung an diese Qualen – und die Ekstase – seiner Besitznahme anspanne.

Wird er das mit mir machen? Wird er wieder Analverkehr mit mir haben? Wenn ja, wäre das nicht so schlimm. Ich habe es das letzte Mal überlebt, und ich bin mir sicher, es auch diesmal wieder zu überstehen.

Als ich die Kühle des Gleitgels zwischen meinen Pobacken spüre, versuche ich, mich zu entspannen und ihn machen zu lassen, was immer er möchte. Ein Spielzeug gleitet hinein. Das Eindringen ist unangenehm, aber nicht besonders schmerzhaft. Ich kann es definitiv ertragen. Wie das Mal zuvor lässt er das Spielzeug in mir und massiert mich, entspannt mich, erregt mich mit seiner Berührung. Er küsst meinen Nacken und knabbert an dem empfindlichen Punkt nahe meiner Schulter. Danach wandert sein Mund meine Wirbelsäule hinunter und küsst jeden Wirbel. Gleichzeitig gleitet sein Finger in meine vordere Öffnung und erhöht die Spannung, die sich in meinem Unterleib aufbaut.

Als meine Entladung stattfindet, ist sie so stark, dass ich mich in die Matratze drücke, mein ganzer Körper bebt und zuckt. Als ich mich von den Nachwirkungen erhole, entfernt Julian seinen Finger, und ich fühle die kalte Luft auf meiner Rückseite, als er sich für einen Moment von mir entfernt.

Dieser Feuerstreifen auf meinem Po brennt genauso stark wie unerwartet. Überrascht schreie ich auf und versuche, mich wegzuwinden, aber ich komme nicht weit. Der zweite Schlag ist noch schmerzvoller als der erste, da er auf meinem Schenkel landet. Er peitscht mich mit etwas aus, begreife ich. Ich weiß nicht, was es ist, aber ich kann ganz deutlich das Zischen in der Luft hören, als er es immer wieder auf meinen wehrlosen Po knallen lässt, während ich schluchze und wegzurollen versuche.

Offensichtlich ermüdet, mich über das ganze Bett zu jagen, bindet er meine Hände los und befestigt sie über meinem Kopf, bindet meine Handgelenke am hölzernen Kopfende des Bettes fest.

»Julian, bitte, es tut mir leid!« Ich bettele, will ihn verzweifelt dazu bringen, aufzuhören. »Bitte, es tut mir leid, dass ich geschnüffelt habe. Bitte, ich werde das nie wieder tun, wirklich nicht …«

»Natürlich wirst du das, mein Kätzchen«, flüstert er in mein Ohr, und sein Atem fühlt sich warm auf meinem Hals an. »Du bist genauso neugierig wie eine kleine Katze. Aber manchmal solltest du Sachen einfach auf sich beruhen lassen. Zu deinem eigenen Besten, verstehst du?«

»Ja! Ja, das mache ich. Bitte, Julian …«

»Schscht«, beruhigt er mich und küsst erneut meinen Hals. »Du musst deine Bestrafung wie ein braves Mädchen hinnehmen.« Und mit diesen Worten zieht er sich wieder zurück, mein nackter Rücken und Po sind ihm zugewandt.

Ich versuche wegzukriechen, aber er greift nach meinen Beinen, hält meine Knöchel mit einer Hand zusammen. Er ist stark, viel stärker, als ich es mir jemals vorgestellt habe. Er kann meine sich wehrenden Beine mit nur einem Arm kontrollieren, während er mich mit dem anderen auspeitscht.

Ich kann das sausende Geräusch seiner Requisite hören und kann nichts anderes dagegen machen als jedes Mal zu schreien, wenn sie auf meinem Po landet. Mein Hintern und meine Schenkel fühlen sich an, als würden sie brennen, und meine Augenbinde ist tränennass. Ich möchte, dass das aufhört, aber Julian ist immun gegen mein Betteln.

Es scheint ewig anzudauern, bis ich zu heiser bin,

um zu schreien, zu erschöpft, um zu kämpfen. Ich habe nicht einmal mehr die Energie, meine Muskeln anzuspannen, und das scheint irgendwie gegen den Schmerz zu helfen. Ich entspanne mich weiter, lasse meinen Körper hängen, und der Schmerz wird erträglicher. Jeder Hieb fühlt sich weniger wie ein Schlag und mehr wie ein Streicheln an.

Als das Auspeitschen anhält, scheint sich meine Welt so weit zu verengen, dass außerhalb des jetzigen Moments nichts mehr existiert. Ich denke nicht mehr; ich fühle einfach nur, bin einfach nur. Das ist irgendwie eine surreale, dennoch unglaublich anziehende Erfahrung. Jeder Hieb steuert ein neues, brennendes Gefühl bei, das mich weiter in diesen eigenwilligen Zustand versetzt, mich fühlen lässt, als triebe ich. Der Schmerz ist nicht länger unerträglich; stattdessen ist er auf eine perverse Weise beruhigend. Er gibt mir Sicherheit, versorgt mich mit allem, was ich in diesem Moment brauche. Ein warmes Glühen durchströmt meinen Körper, und alle meine Sorgen, alle meine Ängste verschwinden. Es ist ein Rausch, der anders ist als alles, was ich bis jetzt erlebt habe.

Als Julian endlich aufhört und mich losbindet, klammere ich mich an ihn und zittere dabei am ganzen Körper. Ohne die Augenbinde und die Fesseln fühle ich mich verloren, überwältigt. Als ob er weiß, was ich brauche, setzt er mich auf seinen Schoß und wiegt mich zärtlich in seinen Armen. Er lässt mich an seiner Schulter weinen, bis ich mich nicht länger so fühle, als würde ich gleich zerbrechen.

Nach einer ganzen Weile bemerke ich die harte Erektion, die sich in meinen Hintern bohrt, der von den Peitschenhieben wund ist und pocht. Das kleine Spielzeug, welches er vorher in meinen Po eingeführt hat, ist immer noch dort, sicher in mir verstaut, und ich spüre, dass das warme Glühen in mir jetzt anders ist, eher sexueller Natur.

Julian, der offensichtlich meinen Stimmungswechsel bemerkt, hebt mich vorsichtig an und positioniert mich so, dass ich ihn anschaue, während ich mit gespreizten Beinen auf seinem Schoß sitze. Meine Hände liegen auf seinen Schultern, und ich kann die kräftigen Muskeln spüren, die unter seiner Haut spielen. Bei meinen weit geöffneten Schenkeln drückt seine Eichel gegen mein Geschlecht. Der zarte Kopf gleitet zwischen meine Falten, reibt gegen meine Klitoris und intensiviert meine Erregung. Ich stöhne, werfe meinen Kopf zurück, und er dringt langsam in mich ein, arbeitet sich ohne Hast Stück für Stück vor. Mit dem Spielzeug in meinem Hintern fühlt er sich noch größer als sonst an, und ich schnappe nach Luft, als er immer tiefer hineingleitet, mich mit seiner Dicke ausfüllt.

Es fühlt sich gut an, so unglaublich gut, und ich stöhne wieder, ziehe meine inneren Muskeln um ihn zusammen. Er stöhnt und schließt seine Augen. Ich wiederhole das Anspannen, da ich mehr von diesem Gefühl will.

Er öffnet die Augen und blickt mich an. Sein Gesicht ist vor Lust verzogen, und seine Augen glitzern. Ich erwidere seinen Blick und bin fasziniert von der Leidenschaft, die ich dort sehe. Er ist gerade genauso mein Sklave wie ich seiner, und diese Erkenntnis steigert mein Verlangen, bringt mein Mark zum Kochen.

Er hebt seine Hand und legt sie um meine Wange, um die verbliebenen Tränen mit dem Daumen wegzuwischen. Dann beugt er sich hinunter und küsst mich so zärtlich, wie ich noch nie geküsst worden bin. Ich aale mich in diesem Kuss; seine Zuneigung ist für mich gerade wie eine Droge – ich brauche sie mit einer Verzweiflung, die ich nicht ganz verstehe.

Ich schließe die Augen, und meine Hände fahren seine Schultern hinauf, finden ihren Weg in sein Haar. Es fühlt sich dick und weich an, wie dunkler Satin. Ich drücke mich näher an ihn und reibe meine nackten Brüste an seiner kräftigen, muskulösen Brust, genieße das Gefühl seiner rauen, behaarten Haut an meinen empfindlichen Brustwarzen. Seine Lippen fühlen sich auf meinen fest und warm an, und sein Schwanz in mir ist unglaublich hart, dehnt mich, füllt mich bis zum Zerbersten aus.

Er küsst mich immer noch und beginnt, vor und zurück zu wippen, wodurch sein Kolben in mir sich pausenlos leicht bewegt und Hitzewellen durch meinen Körper sendet. Jede Bewegung dient gleichzeitig als eine Erinnerung an das vorangegangene Schlagen, und schmerzerfülltes Stöhnen entweicht meinen Lippen, als mein wunder Po gegen seine harten Oberschenkel reibt. Er schluckt das Geräusch, da sein Mund den meinen mit ungebremstem Hunger verschlingt.

Seine Hand gleitet in mein Haar und hält es leicht, als er mich mit einem Kuss verspeist. Seine Hüftbewegungen werden härter und verstärken den Druck, der sich in mir aufbaut. Seine andere Hand wandert an meinem Körper hinunter und drückt dann auf das Spielzeug, schiebt es tiefer in meinen engen Kanal.

Ich zerreiße. Mein Orgasmus ist so stark, dass ich nicht einmal ein Geräusch machen kann. Einige glückselige Sekunden lang werde ich völlig von Lust überwältigt, von einer so intensiven Ekstase, die schon fast quälend ist. Mein Körper erschaudert und schwankt auf Julians hin und her. Meine Bewegungen lassen ihn mir folgen.

Als alles vorbei ist, hält er mich in seinen Armen und streichelt mein schweißgetränktes Haar. Ich kann fühlen, wie er in mir an Härte verliert, und dann greift er zwischen meine Pobacken und zieht an dem Spielzeug, um es vorsichtig aus mir zu entfernen.

Dann hilft er mir aufzustehen und führt mich zur Dusche.

## 15

Nora

ER KÜMMERT SICH IN DER DUSCHE WIEDER UM MICH, wäscht mich, beruhigt mich mit seiner Berührung. Er ist besonders vorsichtig an meinen empfindlichen Bereichen rund um meinen Po und meine Schenkel, versichert sich, mir keine weiteren Schmerzen zuzufügen. Zu meiner Erleichterung scheint die Haut intakt zu sein. Mein Hintern ist rosa mit rötlichen Streifen, und ich bin mir sicher, dass er blau werden wird, aber er zeigt keine Spur von Blut.

Als ich sauber und trocken bin, begleitet er mich zum Bett zurück. Er schweigt, und ich auch. Ich bin noch nicht wieder ganz aus diesem eigenartigen Zustand herausgekommen, in den ich mich vorhin begeben habe. Es fühlt sich an, als sei mein Kopf teilweise von meinem Körper losgelöst. Das Einzige, was mich zusammenhält, ist Julian mit seiner seltsam zärtlichen Berührung.

Wir legen uns zusammen hin, und Julian macht das Licht aus, umhüllt uns mit Dunkelheit. Ich liege auf meinem Bauch, weil jede andere Stellung zu schmerzhaft ist. Er zieht mich näher zu sich heran, so dass mein Kopf auf seiner Brust und mein Arm über seinem Brustkorb liegen. Ich schließe die Augen und möchte nichts weiter, als das alles im Schlaf zu vergessen.

»Mein Vater war einer der mächtigsten Drogenbosse Kolumbiens.« Julians Stimme ist kaum zu hören, sein Atem streift das feine Haar nahe meiner Stirn. Ich war schon dabei gewesen, einzuschlafen, aber plötzlich bin ich wieder hellwach, und mein Herz hämmert in meiner Brust.

»Er hat begonnen, mich zu seinem Nachfolger zu formen, als ich vier Jahre alt war. Mit sechs Jahren hielt ich meine erste Waffe in den Händen.« Julian hält inne, und seine Hand streicht leicht über mein Haar. »Mit acht Jahren habe ich meinen ersten Mann erschossen.«

Ich bin so schockiert, dass ich einfach nur versteinert daliege.

»Maria war die Tochter einer der Männer, die der Organisation meines Vaters angehörten«, fährt Julian mit leiser und gefühlloser Stimme fort. »Ich traf sie, als ich dreizehn war und sie zwölf. Sie war alles das, was ich nicht war. Wunderschön, süß … unschuldig. Im Gegensatz zu meinem Vater behüteten ihre Eltern sie nämlich vor der Wirklichkeit ihres Lebens. Sie wollten, dass sie ein Kind sein konnte, ohne etwas über die Hässlichkeit der Welt zu wissen.

Aber sie war intelligent, so wie du. Und neugierig. So, so neugierig …« Er verstummt einen Augenblick lang, so als habe er sich in einer Erinnerung verloren. Dann schüttelt er sie ab und erzählt weiter. »Eines Tages folgte sie ihrem Vater, um zu sehen, was er tat. Versteckte sich hinten in seinem Auto. Dort fand ich sie, da es mein Job war, Schmiere zu stehen, um den Treffpunkt zu beobachten.«

Ich kann kaum atmen, kann gar nicht glauben, dass Julian mir das alles erzählt. Warum jetzt? Warum heute Nacht?

»Ich hätte es ihrem Vater erzählen können, was sie in Schwierigkeiten gebracht hätte, aber sie bettelte so schön, schaute mich so süß mit ihren großen, braunen Augen an, dass ich es nicht fertigbrachte. Stattdessen ließ ich sie von einem der Wächter meines Vaters nach Hause bringen.

Danach kam sie extra, um mich zu sehen. Sie wollte mich besser kennenlernen, meinte sie. Sich mit mir anfreunden.« In Julians Stimme schwingt bei dieser Erinnerung Ungläubigkeit mit, so als ob niemand, der bei Verstand ist, so etwas wollen könnte.

Ich schlucke, mein dummes Herz sehnt sich nach dem Jungen, der er einst gewesen war. Hatte er überhaupt Freunde gehabt oder hatte sein Vater das auch von ihm gestohlen, genauso, wie er Julians Kindheit zerstört hatte?

»Ich versuchte, ihr klarzumachen, dass das keine gute Idee war, dass ich niemand war, in dessen Nähe man sich aufhalten sollte, aber sie wollte nicht auf mich hören. Sie würde mich fast jede Woche irgendwo aufspüren, bis ich keine andere Wahl hatte als anzufangen, Zeit mit ihr zu verbringen. Wir gingen zusammen fischen, und sie hat mir beigebracht zu zeichnen.« Er macht eine kurze Pause. Seine Hand streicht immer noch über mein Haar. »Sie konnte sehr gut zeichnen.«

»Was ist mit ihr geschehen?«, frage ich, als er auch nach einer weiteren Minute nichts sagt. Meine Stimme ist eigenartig rau. Ich räuspere mich und versuche es noch einmal. »Was ist mit Maria geschehen?«

»Einer der Rivalen meines Vaters erfuhr, dass wir uns trafen. Wir hatten gerade sein Lager überfallen, und er war wütend. Also beschloss er, meinem Vater eine Lektion zu erteilen … über mich.«

Jedes noch so kleine Haar auf meinem Körper stellt sich auf, und ich spüre eine Kälte, die mir eine Gänsehaut verschafft. Ich kann schon erkennen, wohin diese Geschichte führt, und ich möchte Julian sagen, er solle aufhören. Aber ich kann nicht ein Wort aus meiner zugeschnürten Kehle pressen.

»Sie haben ihren Körper in einer Straße nahe einem Gebäude meines Vaters gefunden.« Seine Stimme ist ruhig, aber ich kann den tief vergrabenen Schmerz heraushören. »Sie war vergewaltigt und danach verstümmelt worden. Es sollte eine Nachricht an meinen Vater sein. Verpiss dich, war der Inhalt.«

Ich kneife die Augen zusammen und versuche, die Tränen zurückzuhalten, aber es ist ein sinnloses Unterfangen. Ich weiß, dass Julian wahrscheinlich die Nässe auf seiner Brust spüren kann. »Eine Nachricht? An einen dreizehn Jahre alten Jungen?«

»Zu diesem Zeitpunkt war ich schon vierzehn.« Ich kann Julians bitteres Lächeln nicht sehen, aber ich kann es spüren. »Und das Alter war egal. Meinem Vater zumindest … und seinem Rivalen auch.«

»Das tut mir leid.« Ich weiß nicht, was ich sonst sagen soll. Ich möchte weinen – um ihn, um Maria, um diesen Jungen, der seine Freundin auf eine so brutale Art und Weise verloren hat. Ich möchte um mich selbst weinen, weil ich jetzt meinen Peiniger besser verstehe – und mir klar wird, dass die Dunkelheit in seiner Seele schlimmer ist, als ich gedacht hatte.

Julian bewegt sich unter mir, und mir fällt auf, dass meine Hand jetzt auf seiner Schulter liegt und meine Nägel sich in seine Haut bohren. Ich zwinge mich dazu, meine Finger zu entspannen, und atme tief ein. Ich muss mich zusammenreißen – oder ich fange an zu schluchzen.

»Ich habe diese Männer getötet.« Sein Ton ist beiläufig, fast unterhaltsam, auch wenn ich die Anspannung in seinem Körper spüren kann. »Diejenigen, die sie vergewaltigt haben. Ich habe sie aufgespürt und sie einen nach dem anderen umgebracht. Es waren sieben. Danach hat mich mein Vater weggeschickt, erst nach Amerika, und dann nach Asien und Europa. Er hatte Angst, die Morde könnten schlecht fürs Geschäft sein. Ich bin erst Jahre später zurückgekommen, als er und meine Mutter von einem anderen Rivalen umgebracht worden waren.«

Ich konzentriere mich darauf, meine Atmung zu kontrollieren und die Galle nicht den Hals aufsteigen zu lassen. »Hast du deshalb keinen spanischen Akzent?« Meine Frage ist völlig unpassend. Ich weiß auch gar nicht, weshalb ich in diesem Moment so etwas Unwichtiges wissen möchte.

Aber offensichtlich ist es genau das Richtige, denn Julian entspannt sich etwas, und seine Muskeln werden weicher. »Ja. Das ist zum Teil der Grund dafür, mein Kätzchen. Außerdem war meine Mutter Amerikanerin und hat mit mir von Anfang an Englisch gesprochen.«

»Eine Amerikanerin?«

»Ja. In ihrer Jugend war sie ein Model, eine große, wunderschöne Frau. Sie haben sich in New York kennengelernt, als mein Vater sich dort auf einer Geschäftsreise befand. Sie hat sich Hals über Kopf in ihn verliebt, und sie haben geheiratet, bevor mein Vater ihr irgendetwas über seine Geschäfte erzählt hat.«

»Und was hat sie gemacht, als sie es herausfand?« Ich weiß, wahrscheinlich konzentriere ich mich hier gerade auf die falschen Sachen, aber ich muss mich von den grausamen Bildern ablenken, mit denen mein Kopf gerade überschwemmt wird – Bilder eines toten Mädchens, das eine jüngere Version von mir war …

»Es gab nichts, was sie tun konnte«, entgegnet Julian. »Sie war schon mit ihm verheiratet und lebte in Kolumbien.«

Er erklärt nichts weiter dazu, aber das muss er auch nicht. Mir ist klar, dass seine Mutter genauso eine Gefangene war wie ich es bin – nur dass sie sich, zumindest anfangs, dafür entschieden hatte.

Einige Minuten lang liegen wir schweigend da, niemand spricht. Ich bin nicht mehr benommen. Ich weiß nicht, ob ich heute Nacht überhaupt schlafen werde. Die Schmerzen meines Körpers sind nichts im Gegensatz zu dem, was mein Herz fühlt.

»Und jetzt machst du weiter? Mit dem Drogengeschäft?«, frage ich und beende endlich das Schweigen. Das ist nicht weit von meiner ursprünglichen Vermutung entfernt, dass er der Mafia angehört oder einer anderen kriminellen Organisation.

»Nein«, entgegnet er zu meiner Überraschung. »Dieser Teil meines Lebens endete, als meine Eltern getötet wurden. Ich habe den Familienbetrieb in eine andere Richtung gelenkt.«

»Was für eine Richtung?« Ich erinnere mich daran, dass er mir etwas über ein Import-Export-Unternehmen erzählt hat, aber ich kann mir nicht vorstellen, dass Julian so etwas Harmloses wie Elektroartikel verkauft. Nicht nach dem, was ich gerade über seine Kindheit erfahren habe.

Er lacht leise, so als amüsiere er sich über meine

Hartnäckigkeit. »Waffen«, antwortet er. »Ich bin ein Waffenhändler, Nora.«

Ich blinzele überrascht. Dank einiger beliebter Fernsehshows weiß ich ein wenig – oder zumindest denke ich, etwas zu wissen – über Drogendealer. Waffenhändler sind jedoch ein unbeschriebenes Blatt für mich. Ich vermute ganz stark, dass Julian hier nicht nur über ein paar Waffen redet.

Ich habe eine Million Fragen zu seinem Beruf, aber es gibt da etwas, was ich zuerst wissen muss, solange Julian noch so mitteilungsfreudig ist. »Warum hast du mich geraubt? Weil ich dich an Maria erinnere?«

»Ja«, erwidert er sanft, und seine Stimme umhüllt mich wie ein Kaschmirschal. »Als ich dich das erste Mal in diesem Club sah, hast du so sehr wie sie ausgesehen, dass es fast schon unheimlich war. Du warst nur älter – und noch schöner. Und ich wollte dich. Ich brauchte dich. Zum ersten Mal seit Jahren empfand ich wirkliche Gefühle. Natürlich waren die Empfindungen, die du in mir hervorgerufen hast, nicht so wie die, die ich einst für sie hatte. Sie war meine Freundin, aber du …« Er atmet tief ein, und seine Brust bewegt sich unter meinem Kopf. »Ich musste dich einfach für mich haben, Nora. Als ich dich an diesem Tag berührte, als ich die Seidigkeit deiner Haut gespürt habe, wollte ich dich einfach nur nehmen, dir diese engen Sachen, die du trugst, vom Leib reißen, und dich bis zur Bewusstlosigkeit ficken, gleich dort, auf dem Boden dieses Clubs. Und ich wollte dir wehtun … So wie ich manchmal gerne

Frauen wehtue, wenn sie mich darum bitten ... Ich wollte dich schreien hören – vor Schmerzen und vor Lust.«

Seine Hand spielt weiterhin mit meinem Haar, und die liebkosende Berührung beruhigt mich genug, um ihm zuhören zu können. In der Dunkelheit ist nichts davon real. Es gibt nur Julian und seine Stimme, die mir Dinge erzählt, die eine normale Person beängstigend finden würde – Dinge, von denen ich stattdessen feucht werde.

»Ich habe dich hierher auf meine Insel gebracht, weil es der sicherste Ort für dich ist. Meine Geschäftspartner suchen immer nach Schwachstellen, und du, mein Kätzchen, bist eine von mir. Ich habe noch nie so für eine Frau empfunden. Ich war niemals so ...«, er hält einen kurzen Augenblick inne, so als suche er nach dem richtigen Wort, »so besessen. Allein der Gedanke, ein anderer Mann könnte dich küssen, hat mich wahnsinnig gemacht. Ich habe versucht, mich von dir fernzuhalten, dich zu vergessen, aber ich musste dich einfach wiedersehen. Das war das eine Mal bei deinem Abschluss. Als ich dich dort sah, wusste ich, dass du sie auch fühlst, diese Verbindung zwischen uns – und ich wusste, es war unausweichlich ... Ich musste dich mitnehmen, damit du für immer mir gehören würdest.«

Seine Worte rollen wie eine warme Ozeanwelle über mich hinweg und bringen Angst und eine ungesunde Erregung mit sich. Ein perverser Teil von mir genießt die Tatsache, für Julian etwas Besonderes zu sein und zu wissen, dass er sich genauso zu mir hingezogen fühlt, wie ich mich zu ihm.

Irgendwie fühle ich mich verpflichtet, seine Offenheit zu erwidern. »In dem Club hatte ich Angst vor dir«, erzähle ich ihm ruhig, »und als ich dich auf meiner Abschlussveranstaltung sah, auch. Ich habe Angst gefühlt.«

»Nur Angst?« Er kling belustigt und leicht ungläubig.

»Ich hatte Angst und wurde angezogen«, gab ich zu. Diese scheint die Nacht der Enthüllungen zu sein. Davon ganz abgesehen kennt er die Wahrheit ja auch schon. Trotz meiner Furcht begehre ich ihn. Ich habe ihn von Anfang an gewollt, und nichts hat sich seitdem an dieser Tatsache geändert.

»Gut.« Er fährt mit seiner Hand über meinen Rücken. »Das ist sehr gut, mein Kätzchen. Das macht es für uns beide einfacher.«

Einfacher? Ich denke über diese Aussage nach. Für ihn mit Sicherheit. Aber für mich? Da bin ich mir nicht so sicher.

»Hast du jemals Kontakt zu meiner Familie aufgenommen?«, frage ich und denke dabei an das Versprechen, das er mir vor einiger Zeit gegeben hat. »Weiß sie, dass ich am Leben bin?«

»Ja« Seine Hand hält an der Wölbung meiner Wirbelsäule inne. »Sie weiß es.«

Ich frage mich, was er meinen Eltern erzählt hat und wie sie reagiert haben. Ich frage mich, ob es das für sie besser oder schlimmer gemacht hat.

»Wirst du mich jemals gehen lassen?« Ich kenne die Antwort schon, aber ich muss es trotzdem von ihm hören.

»Nein, Nora«, antwortet er, und ich kann in der Dunkelheit sein Lächeln spüren. »Niemals.«

Damit zieht er mich noch näher an sich heran und hält mich fest, bis wir beide irgendwann einschlafen.

## 16

Nora

WÄHREND DER NÄCHSTEN MONATE ENTWICKELT MEIN Leben auf der Insel eine Art Routine. Wenn Julian da ist, dreht sich für mich alles um ihn. Seine Stimmungen, seine Bedürfnisse, seine Wünsche bestimmen meine Tage und Nächte.

Er ist ein unberechenbarer Liebhaber – einen Tag zärtlich, den nächsten grausam. Manchmal ist er eine Mischung aus beidem, eine Kombination, die ich besonders verstörend finde. Ich verstehe, was er mit mir macht, aber es zu verstehen macht es nicht weniger effektiv. Er trainiert mich, Schmerzen mit Lust zu verbinden, alles zu genießen, was er mit mir anstellt, ohne Rücksicht darauf, wie schockierend oder pervers es ist. Und darauf folgt jedes Mal diese beunruhigende Zärtlichkeit. Er krempelt mich um, nimmt mich auseinander und setzt mich wieder zusammen – das alles innerhalb einer Nacht.

Und sein Training hat den gewünschten Erfolg. Ich begebe mich jetzt freiwillig in seine Arme, sehne mich nach der Ekstase, die ich besonders bei den brutalen Begegnungen erlebe. Julian erklärt mir, ich sei von Natur aus unterwürfig, mit latenten masochistischen Tendenzen. Ich weiß nicht, ob ich ihm glauben soll – ich weiß mit Sicherheit, dass ich ihm nicht glauben möchte – aber ich kann nicht abstreiten, dass diese Art, Liebe zu machen, mich auf einer bestimmten Ebene anspricht. Spielzeug, Peitschen, Ruten – er hat alles bei mir benutzt, und ich habe bei allem, was er gemacht hat, auch Lust empfunden.

Natürlich ist er nicht immer sadistisch. Manchmal ist er fast süß, massiert mich am ganzen Körper, küsst mich, bis ich dahinschmelze, und dann liebt er mich, bis ich vor Verlangen fast außer mir bin. An solchen Tagen möchte ich die Insel nie wieder verlassen. Alles, was ich dann möchte, ist, dass Julian mich weiterhin behält und mich liebkost … mich liebt, auf alle Arten, auf die er dazu fähig ist.

Wahrscheinlich ist das das Beunruhigendste daran, dass ich mich mittlerweile nach der Liebe meines Peinigers sehne. Ich weiß nicht einmal, ob er zu einer solchen Empfindung überhaupt fähig ist, aber ich brauche das einfach von ihm. Er will mich, das weiß ich, aber das reicht mir nicht. Irgendwann habe ich aufgehört, ihn zu hassen, und ich habe nicht einmal mitbekommen, wie oder wann das passiert ist. Meine Gefangenschaft stört mich immer noch, aber dieses Gefühl hat nichts mit dem zu tun, was ich für Julian empfinde.

Stattdessen sehne ich mich nach seinen Besuchen auf der Insel, warte ungeduldig auf ihn. Seine Geschäfte halten ihn länger von mir fern, als mir recht ist, und ich beginne zu verstehen, wie sich Haustiere fühlen, die darauf warten, dass ihr Herrchen nach Hause kommt.

»Warum kannst du nicht mehr Geschäfte von hier aus erledigen?«, frage ich ihn eines Morgens nach dem Aufwachen. Er schläft jetzt immer bei mir. Er mag es, mich nachts zu umarmen; es hilft ihm gegen seine Albträume.

»Das mache ich schon, sooft ich nur kann. Warum möchtest du, dass ich mehr Zeit hier verbringe, mein Kätzchen?« Sein Blick ist spöttisch kühl, als er seinen Kopf zu mir dreht und mich anschaut. Er mag es nicht, wenn ich ihn zu seinen Geschäften befrage. Sie sind ein Teil seines Lebens, den er von mir trennen möchte. Ich habe allgemein den Eindruck, dass er mich und Beth vor den hässlicheren Seiten der Welt behüten möchte. Beth ist sich völlig im Klaren darüber, was Julian macht, aber ich weiß nicht, ob sie mehr über Waffenhandel weiß als ich.

»Ja«, erwidere ich ehrlich. »Ich möchte dich hier haben.« Es hat keinen Sinn, ihm etwas anderes vorzumachen. Er ist sehr gut darin, mich zu lesen – und mich zu manipulieren. Ich bezweifle nicht, dass er meine wachsende Zuneigung zu ihm genießt und wahrscheinlich sein Bestes gibt, diese Entwicklung zu fördern.

Auf jeden Fall erscheint bei meinem Eingeständnis ein Lächeln auf seinen Lippen. »In Ordnung, Baby«, sagte er sanft, »Ich werde versuchen, öfter hier zu sein.« Dann streckt er sich nach mir aus und zieht mich zu sich heran, um mich auf eine Art und Weise zu küssen, die mich in seiner Umarmung dahinschmelzen lässt.

~

MIT JEDEM TAG, DER VERGEHT, SCHEINT MEIN ALTES Leben in weitere Entfernung zu rücken und verschwindet in diese verschwommene Zeit, die man als Vergangenheit kennt. Wenn Julian weg ist, vertreibe ich mir die Zeit mit lesen, schwimmen, auf der Insel umherwandern und einigen Angelausflügen mit Beth. Julian hat uns einen Großbildfernseher mit einem DVD-Player und Hunderten von Filmen mitgebracht, also haben wir auch bei Regenwetter etwas zu tun.

Beth und ich sind immer noch keine wirklichen Freunde, aber wir sind uns definitiv nähergekommen. Ich denke, das liegt zum Teil daran, dass ich nicht länger versuche, zu flüchten. Nach meinem misslungenen Versuch, ihr eine Vase über den Kopf zu schlagen – und dem furchtbaren Zwischenfall mit Jake, der daraufhin folgte –, bin ich eine vorbildliche Gefangene gewesen.

Natürlich wäre es auch dumm, etwas anderes zu sein. Selbst während Julians Aufenthalten, wenn sich das Flugzeug hier befindet, ist es im Hangar auf der anderen Seite der Insel eingeschlossen. Ich bin mir ziemlich sicher, dass Julian die Schlüssel zum Hangar in seinem Büro aufbewahrt, und zu dem hat nur er Zugang. Selbst wenn ich irgendwie die Schlüssel in meine Hände bekäme, bezweifle ich, dass eine Bedienungsanleitung im Flugzeug bereitläge, die mir erklärte, wie ich es fliegen müsse.

Nein, mein Peiniger wusste genau, was er tat, als er mich auf seine Insel brachte. Sie ist so sicher wie jedes Gefängnis, das ich mir vorstellen kann.

Als aus Tagen Wochen und Monate werden, versuche ich neue Aktivitäten zu finden, um meine Freizeit zu füllen – und mich davon abzuhalten, Julian nachzuweinen, wenn er nicht da ist.

Als Erstes beginne ich zu laufen.

Zuerst renne ich nur kurze Strecken, um meine Knie auf keinen Fall zu überanstrengen. Dann erhöhe ich langsam meine Geschwindigkeit und die Länge meiner Strecke. Ich laufe entweder morgens oder nachts, wenn es kühler ist, und es dauert nicht lange, bis ich wieder genauso gut in Form bin wie zu meinen Zeiten im Leichtathletikteam. Ich kann fünf Kilometer in unter siebzehn Minuten laufen – eine Leistung, die mich lächerlich glücklich macht.

Ich beginne auch, zu malen. Nicht weil ich mich daran erinnere, dass Julian erwähnt hat, wie gut Maria zeichnen konnte, sondern weil ich es unterhaltsam und entspannend finde. In der Schule hatte ich viel Spaß im Kunstunterricht, aber ich war immer zu beschäftigt mit Freunden und anderen Aktivitäten, um mich ernsthaft mit dem Malen auseinanderzusetzen. Jetzt dagegen habe ich eine Menge Zeit, und deshalb fange ich an, richtig malen und zeichnen zu lernen. Julian bringt mir einen Haufen Materialien und einige Videoanleitungen mit. Schon bald bemerke ich, wie ich damit beschäftigt bin, die Schönheit der Insel auf Leinwand einzufangen.

»Weißt du eigentlich, dass du sehr gut darin bist?«, sagt Beth eines Tages nachdenklich, als sie zu mir auf die Veranda kommt, während ich ein Bild mit dem Sonnenuntergang über dem Ozean beende. »Du hast die Farben genau getroffen – das glühende Orange, welches von dem satten Rosa überschattet wird.«

Ich drehe mich zu ihr herum und lächele sie strahlend an. »Denkst du das wirklich?«

»Ja, das tue ich«, antwortet Beth ernsthaft. »Das machst du sehr gut, Nora.«

Ich habe den Eindruck, dass sie über mehr redet als nur über das Malen. »Danke«, sage ich trocken. Ich sollte das zu der Auflistung meiner Fähigkeiten hinzufügen – ein erfolgreicher Gefangener sein zu können.

Sie grinst, und zum ersten Mal fühlt es sich so an, als würden wir uns wirklich verstehen. »Gerne!«

Sie geht zu dem Sofa hinüber, rollt sich darauf zusammen und holt ihr Buch heraus. Ich beobachte sie einen Augenblick lang und widme mich dann wieder dem Bild. Ich versuche, den multidimensionalen Schimmer auf dem Wasser einzufangen – und denke über das Puzzle nach, das Beths Gehirn für mich darstellt.

Sie hat mir immer noch nichts über ihre Vergangenheit erzählt, aber ich habe den Eindruck, dass die Insel für sie eine Art Rückzugsort ist, ein Schutzgebiet. Sie sieht Julian als ihren Retter an und die Außenwelt als unangenehm und feindselig. »Vermisst du es nicht, ab und an in ein Einkaufszentrum zu gehen?«, habe ich sie einmal gefragt. »Ein Essen mit Freunden zu haben? Tanzen zu gehen? Du bist hier nicht gefangen, du könntest jederzeit weg von hier. Warum lässt du dich nicht von Julian mit auf eine Reise nehmen? Hast ein wenig Spaß, bevor du wieder hierher zurückkommst?«

Als Antwort lachte sie einfach nur über mich. »Tanzen? Spaß? Männer, die ihre Hände auf meinen Körper legen – das soll Spaß sein?« Ihre Stimme wurde ironisch. »Sollte ich auch sexy Klamotten und Make-up kaufen gehen, um gut für sie auszusehen? Und was ist mit Verschmutzung, den Schüssen aus vorbeifahrenden Autos und mit Überfällen – sollte mir so etwas auch fehlen?« Sie lachte erneut und schüttelte ihren Kopf. »Nein, danke. Ich bin hier völlig zufrieden.«

Und das war alles, was sie zu diesem Thema zu sagen hatte.

Ich weiß nicht, was passiert ist, was sie so verbittern ließ, aber ich vermute ganz stark, dass Beth nicht immer ein einfaches Leben geführt hat. Als wir uns Pretty Woman angeschaut haben, machte sie laufend abfällige Bemerkungen darüber, dass echte Prostitution nichts mit dem Märchen gemeinsam habe, was sie gerade zeigten. Ich habe damals nicht nachgefragt, aber bin seitdem neugierig. War sie in der Vergangenheit eine Prostituierte?

Ich lege meinen Pinsel zur Seite und drehe mich um, um Beth anzuschauen. »Darf ich dich malen?«

Sie schaut überrascht von ihrem Buch hoch. »Du möchtest mich malen?«

»Ja.« Das wäre eine nette Abwechslung zu den ganzen Landschaften, auf die ich mich in der letzten Zeit konzentriert habe – und es könnte mir auch die Möglichkeit geben, sie besser kennenzulernen.

Sie blickt mich noch einen Moment lang an und zuckt dann mit den Schultern. »In Ordnung. Denke ich.«

Sie scheint sich unsicher zu sein, also lächle ich sie aufmunternd an. »Du musst nichts machen – einfach nur genauso dasitzen, mit deinem Buch. Das ist ein schönes Motiv.«

Und es stimmt. Die Strahlen der untergehenden Sonne verwandeln ihre roten Locken in lodernde Flammen, und mit ihren unter den Po geschlagenen Beinen sieht sie jung und verletzlich aus. Viel zugänglicher als sonst.

Ich stelle das Bild, an dem ich gerade gearbeitet habe, beiseite und baue eine frische Leinwand auf. Dann beginne ich zu entwerfen, versuche das symmetrische Profil ihres Gesichts, die schlanke Figur und die Rundungen ihres Körpers einzufangen. Es ist eine fesselnde Aufgabe, und ich höre nicht auf, bevor es zu dunkel wird, um noch etwas zu sehen.

»Bist du fertig für heute?«, möchte Beth wissen, und mir fällt auf, dass sie die ganze vergangene Stunde in der gleichen Stellung verharrt hat.

»Oh, ja klar«, antworte ich ihr. »Danke schön, dass du so ein tolles Modell warst.«

»Kein Problem.« Sie lächelt mich an, als sie aufsteht. »Bereit fürs Essen?«

DIE NÄCHSTEN DREI TAGE arbeite ich an BETHS Portrait. Sie ist ein sehr geduldiges Modell, und ich bin so beschäftigt, dass ich kaum an Julian denke. Nur nachts habe ich die Gelegenheit, ihn zu vermissen – die kalte Leere meines Kingsize-Betts zu spüren, wenn ich darin liege und mich nach seiner Umarmung sehne. Er hat mich so abhängig gemacht, dass eine Woche ohne ihn sich wie eine grausame Bestrafung anfühlt – eine, die ich definitiv schlimmer finde als jede sexuelle Folter, die mein Peiniger mir bis jetzt auferlegt hat.

»Hat Julian gesagt, wann er wieder zurückkommt?«, frage ich Beth, als ich die letzten Feinheiten am Bild beende. »Er ist jetzt schon sieben Tage lang weg.«

Sie schüttelt den Kopf. »Nein, aber er wird wieder

so schnell wie möglich hier sein. Er kann nicht von dir getrennt sein, Nora, das weißt du doch.«

»Wirklich? Hat er dir das gesagt?« Ich kann den Wunsch danach in meiner Stimme hören und trete mich in Gedanken dafür. Wie tief kann man sinken? Ich könnte mir auch einen Stempel auf die Stirn setzen: *Noch ein dummes Mädchen, das sich in ihren Entführer verliebt hat.* Natürlich bezweifle ich, dass viele Entführer Julians tödlichen Charme besitzen, deshalb sollte ich vielleicht nachsichtiger mit mir sein.

Zum Glück zieht mich Beth nicht mit meiner offensichtlichen Verliebtheit auf. »Das braucht er mir nicht zu sagen«, meint sie stattdessen. »Das ist ziemlich eindeutig.«

Ich lege für einen Moment meinen Pinsel zur Seite. »Inwiefern eindeutig?« Diese Unterhaltung erfüllt ein Bedürfnis, von dem ich nicht einmal wusste, es zu haben – nämlich das nach einem echten Mädchengespräch über Männer und ihre unerklärlichen Gefühle.

»Jetzt komm schon!« Beth beginnt, verzweifelt zu klingen. »Du weißt, dass Julian völlig verrückt nach dir ist. Jedes Mal, wenn ich mit ihm rede, geht es: Nora dies, Nora das … Braucht Nora irgendetwas? Isst Nora ordentlich?« Sie spricht mit einer komisch verstellten tieferen Stimme, um Julians tiefere Töne zu imitieren.

Ich grinse sie an. »Wirklich? Das wusste ich nicht.« Und das habe ich wirklich nicht. Ich meine, ich wusste, dass Julian völlig verrückt nach mir ist – und er hat definitiv zugegeben, wegen meiner Ähnlichkeit zu

Maria, besessen von mir zu sein –, aber ich wusste nicht, dass er auch außerhalb des Schlafzimmers so viel an mich denkt.

Beth verdreht die Augen. »Ja, bestimmt. Du bist nicht ansatzweise so naiv, wie du gerade tust. Ich habe dich beim Essen diese langen Wimpern aufschlagen sehen, als du versucht hast, ihn um den Finger zu wickeln.«

Ich reiße die Augen ganz weit auf und werfe ihr meinen besten unschuldigen Blick zu. »Wie bitte? Nein!«

»Ja, ja.« Beth scheint sich nicht ansatzweise täuschen zu lassen.

Natürlich hat sie recht; ich flirte mit Julian. Jetzt, da ich keine Angst mehr vor meinem Entführer habe, tue ich mein Bestes, um ihn für mich einzunehmen. Irgendwo in meinem Hinterkopf habe ich immer noch diese hartnäckige Hoffnung, dass er mich von der Insel mitnehmen würde, wenn er mir ausreichend vertraut – mich ausreichend gerne mag.

Als mir dieser Plan zuerst in den Sinn kam – in diesen furchtbaren ersten Tagen meiner Gefangenschaft –, habe ich Theater gespielt. Sobald ich mich außerhalb dieser Insel befunden hätte, hätte ich sofort alles darangesetzt zu fliehen, ohne auf irgendwelche gegebenen Versprechen zu achten. Jetzt dagegen weiß ich gar nicht, was ich machen würde, sollte Julian mich mit sich nehmen. Würde ich versuchen, ihn zu verlassen? Möchte ich ihn überhaupt verlassen? Ich habe ehrlich gesagt keine Ahnung.

»Warst du jemals verliebt?«, möchte ich von Beth wissen und nehme meinen Pinsel wieder zur Hand.

Zu meiner Überraschung überzieht ein dunkler Schatten ihr Gesicht. »Nein«, entgegnet sie kurz angebunden. »Niemals.«

»Aber du hast … jemanden geliebt, stimmt's?« Ich weiß nicht, warum ich das frage, aber ich habe offensichtlich einen wunden Punkt getroffen. Beths ganzer Körper spannt sich an, so als hätte ich sie geschlagen.

Überraschenderweise nickt sie einfach nur, anstatt mir etwas Unfreundliches zu antworten. »Ja«, antwortet sie leise. »Ja, Nora, ich habe geliebt.« Ihre Augen sind unnatürlich leuchtend, so als glänzten sie von unvergossenen Tränen.

Und dann erst wird mir klar, dass sie leidet – das, was immer auch mit ihr passiert ist, hat tiefe, unauslöschliche Narben auf ihrer Seele zurückgelassen. Ihr dorniges Auftreten ist ihre Art, sich vor weiteren Verletzungen zu schützen. Und genau in diesem Moment, aus welchem Grund auch immer, ist diese Maske verrutscht und gibt einen Blick auf die wahre Frau darunter frei.

»Was ist mit dieser Person passiert?«, frage ich mit einer weichen und sanften Stimme. »Was passierte mit demjenigen, den du geliebt hast?«

»Sie starb.« Beths Stimme ist ausdruckslos, aber ich kann den bodenlosen Schmerz in dieser einfachen Antwort fühlen. »Meine Tochter starb, als sie zwei war.«

Ich hole hörbar Luft. »Das tut mir leid, Beth. So unglaublich leid …« Ich lege den Pinsel wieder zur Seite und gehe zu Beths Sofa hinüber. Ich setze mich zu ihr und lege meine Arme um sie.

Zuerst ist sie steif und unbeweglich, so als sei sie nicht an menschliche Berührungen gewöhnt. Aber sie stößt mich nicht weg. Sie braucht das in diesem Moment: Ich weiß besser als jeder andere, wie beruhigend eine warme Umarmung sein kann, wenn die Gefühle völlig aufgewühlt sind. Julian genießt es, mich auseinanderfallen zu lassen, damit er derjenige sein kann, der sich um mich kümmert und mich wieder zusammensetzt.

»Es tut mir leid«, wiederhole ich und reibe ihr sanft mit kreisenden Bewegungen den Rücken. »Es tut mir so wahnsinnig leid.«

Langsam lässt die Anspannung in Beths Körper nach. Sie lässt sich von meiner Berührung beruhigen. Nach einer Weile scheint sie ihr Gleichgewicht wiederzuerlangen, und ich lasse sie los, möchte nicht, dass sie sich wegen der Umarmung komisch fühlt.

Sie rückt ein Stück ab und lächelt mich ein wenig leicht unangenehm berührt an. »Es tut mir leid, Nora. Ich wollte nicht …«

»Nein, das ist völlig in Ordnung«, unterbreche ich sie. »Es tut mir leid, nachgefragt zu haben. Ich wusste nicht …«

Und dann schauen wir uns an, und uns fällt auf, dass wir uns bis in alle Ewigkeit gegenseitig entschuldigen könnten, ohne dass es irgendetwas ändern würde.

Beth schließt für einen kurzen Augenblick die Augen, und als sie sie wieder öffnet, sitzt ihre Maske erneut sicher an ihrem Platz. Sie ist wieder mein Gefängniswärter, so unabhängig und verschlossen wie immer.

»Essen?«, fragt sie und steht auf.

»Ein wenig von dem heutigen Fang wäre toll«, antworte ich beiläufig und gehe weg, um meine Sachen abzulegen.

Und wir machen so weiter, als sei nichts passiert.

## 17

Nora

NACH DIESEM TAG VERÄNDERT SICH MEINE BEZIEHUNG zu Beth unterschwellig, aber bemerkbar. Sie ist nicht mehr so entschlossen, mich aus allem herauszuhalten, und langsam lerne ich die Person hinter den dornigen Mauern kennen.

»Ich weiß, du denkst du hast es schwer«, sagt sie eines Tages, als wir angeln sind, »aber glaub mir Nora, Julian mag dich wirklich. Du solltest froh sein, jemanden wie ihn zu haben.«

»Froh? Warum?«

»Weil, egal, was Julian getan hat, er ist kein wirkliches Monster«, erwidert Beth ernst. »Er handelt nicht immer so, wie es in unserer Gesellschaft akzeptabel ist, aber er ist nicht böse.«

»Nein? Was ist dann böse?« Ich bin wirklich neugierig, wie Beth dieses Wort definiert. Julians Handlungen sind für mich der Inbegriff dessen, was ein böser Mann machen würde – ungeachtet meiner dummen Gefühle für ihn.

»Böse ist jemand, der ein Kind umbringt«, erklärt Beth und blickt dabei in das leuchtend blaue Wasser. »Böse ist jemand, der seine dreizehn Jahre alte Tochter an ein mexikanisches Bordell verkauft ...« Sie macht eine kurze Pause und fügt dann hinzu: »Julian ist nicht böse. Du kannst mir vertrauen, was das anbelangt.«

Ich weiß nicht, was ich sagen soll, also schaue ich nur den Wellen dabei zu, wie sie gegen das Ufer schlagen. Meine Brust fühlt sich an, als würde sie in einem Schraubstock stecken. »Hat Julian dich vor dem Bösen gerettet?«, frage ich nach einer ganzen Weile, als ich mir sicher bin, dass meine Stimme halbwegs sicher klingt.

Sie dreht ihren Kopf zu mir und sieht mich an. »Ja«, bestätigt sie ruhig. »Das hat er. Er hat für mich das Böse zerstört. Er hat mir eine Waffe gegeben und ließ sie mich gegen diese Männer benutzen – diejenigen, die meine kleine Tochter ermordet hatten. Du siehst, Nora, er nahm sich einer aufgebrauchten, gebrochenen Straßennutte an und gab ihr ihr Leben zurück.«

Ich erwidere Beths Blick und fühle, wie ich innerlich zusammenbreche. Mein Magen krampft sich zusammen, und mir ist schlecht. Sie hatte recht. Ich kenne die wahre Bedeutung des Wortes *leiden* nicht.

Das, was sie erlebt hat, ist nichts, was ich begreifen kann.

Sie lächelt mich an und genießt ganz offensichtlich mein schockiertes Schweigen. »Das Leben ist nichts weiter als ein beschissenes Roulette«, sagt sie sanft, »in dem das Rad sich immer weiterdreht und immer wieder die falschen Nummern gewinnen. Du kannst darüber so viel weinen, wie du möchtest, aber die Wahrheit ist, dass dies hier so nah an dem Gewinnerlos ist, wie es jemals sein wird.«

Ich schlucke und versuche, den Knoten in meinem Hals loszuwerden. »Das stimmt nicht«, sage ich, und meine Stimme hört sich ein wenig rau an. »Es ist nicht immer so. Es gibt auch eine andere Welt dort draußen – die Welt, in der normale Menschen leben, in der niemand versucht, dir wehzutun …«

»Nein«, wirft Beth harsch ein. »Du träumst. Diese Welt ist etwa so echt wie ein Disney-Märchen. Du magst wie eine Prinzessin gelebt haben, aber die meisten Menschen tun das nicht. Normale Menschen leiden. Sie haben Schmerzen, sie sterben und verlieren diejenigen, die sie lieben. Und sie fügen sich gegenseitig Schmerzen zu. Sie ziehen aneinander wie die wilden Raubtiere, die sie sind. Es gibt kein Licht ohne Dunkelheit, Nora; und letztendlich wird die Dunkelheit uns alle einholen.«

»Nein.« Das glaube ich nicht. Das möchte ich nicht glauben. Diese Insel, Beth, Julian – das ist alles nicht normal, nicht so, wie Dinge normalerweise sind. »Nein, das ist nicht …«

»Es ist wahr«, entgegnet Beth. »Du magst das noch nicht verstehen, aber es stimmt. Julian braucht dich genauso sehr wie du ihn. Er kann dich beschützen. Er kann dir Sicherheit geben.«

Sie scheint von dieser Tatsache völlig überzeugt zu sein.

~

»Guten Morgen, mein Kätzchen«, flüstert eine vertraute Stimme in mein Ohr und weckt mich auf. Ich öffne die Augen und sehe Julian bei mir sitzen, der sich über mich beugt. Er muss direkt von einem formellen Geschäftstreffen gekommen sein, weil er ein Hemd an Stelle seiner normalerweise legereren Kleidung trägt. Eine Welle des Glücks überkommt mich. Lächelnd hebe ich meine Arme und schlinge sie um seinen Hals, um ihn näher an mich zu ziehen.

Er kuschelt sich an mich, und sein warmes, schweres Gewicht drückt mich in die Matratze. Ich biege mich ihm entgegen und spüre das gewohnte Aufflammen des Verlangens. Meine Nippel verhärten sich, und mein Mark verwandelt sich in flüssiges Verlangen, mein ganzer Körper schmilzt durch seine Nähe dahin.

»Ich habe dich vermisst«, haucht er in mein Ohr, und ich erschaudere vor Lust. Ich kann ein Stöhnen kaum unterdrücken, als sein talentierter Mund meinen Hals heruntergleitet und an meinem empfindlichen

Punkt bei meinem Schlüsselbein knabbert. »Ich liebe es, wenn du so bist«, murmelt er und lässt zärtlich Küsse auf meinen oberen Brustbereich und meine Schultern regnen, »ganz warm, weich und schläfrig ... und mein ...«

Ich stöhne, als sein Mund sich um meinen rechten Nippel schließt und fest an ihm saugt, genau mit der richtigen Stärke. Seine Hand gleitet unter die Decke und zwischen meine Beine. Mein Stöhnen verstärkt sich noch mehr, als er beginnt, meine Falten zu streicheln, mit seinem Finger im Kreis um meine Klitoris zu fahren.

»Komm für mich, Nora«, befiehlt er sanft, drückt auf meine Klitoris, und ich zerbreche in tausend Stücke. Mein Körper spannt sich an und erreicht wie auf sein Kommando hin den Höhepunkt. »Braves Mädchen«, flüstert er und spielt weiter mit meinem Geschlecht, verlängert meinen Orgasmus. »So ein braves, süßes Mädchen ...«

Als meine Nachbeben abgeklungen sind, tritt er zurück und beginnt, sich auszuziehen. Ich sehe ihm hungrig dabei zu, bin unfähig, meine Augen von diesem Anblick zu lösen. Er ist mehr als umwerfend, und ich will ihn unbedingt. Zuerst zieht er sein Shirt aus, legt seine breiten Schultern und seinen Waschbrettbauch frei. Ich kann mich nicht länger beherrschen. Ich setze mich auf, greife nach dem Reißverschluss seiner Anzughose, und meine Hände zittern vor Ungeduld.

Er atmet hörbar ein, als meine Hand an seinem erregten Geschlecht entlangfährt. Sobald ich es befreit habe, umfasse ich es mit meinen Fingern und beuge meinen Kopf nach vorn, um ihn in meinen Mund zu nehmen.

»Fuck, Nora!«, stöhnt er, hält meinen Kopf fest und stößt mir seine Hüften entgegen. »Oh, fuck, Baby, das ist gut …« Seine Finger gleiten durch mein Haar, bleiben in den ungekämmten Strähnen hängen. Ich sauge ihn immer tiefer ein, öffne meinen Rachen, so weit ich kann, um so viel von ihm wie möglich in mir aufzunehmen.

»Oh, ja …« Sein raues Stöhnen erfüllt mich mit Lust, und ich drücke ganz leicht seine Hoden, genieße das warme Gefühl von ihnen in meiner Hand. Sein Schwanz wird noch härter, und ich weiß, er ist kurz davor, zu kommen. Zu meiner Überraschung zieht er sich aus meinem Mund zurück und macht einen Schritt von mir weg.

Er atmet schwer, seine Augen glitzern wie blaue Diamanten, aber er schafft es, sich lange genug unter Kontrolle zu halten, um sich vollständig zu entkleiden und auf mich zu steigen. Seine starken Hände umfassen meine Handgelenke und ziehen sie bis über meinen Kopf. Seine Hüften kommen schwer zwischen meinen gespreizten Beinen auf, und sein dickes Geschlecht reibt gegen meinen empfindlichen Eingang. Ich schaue ihn mit einer Mischung aus dunkler Vorahnung und Erregung an; er sieht umwerfend und wild aus, sein dunkles Haar ist durcheinander und sein wunderschönes Gesicht lustverzogen. Er wird heute wohl nicht zärtlich sein – das kann ich schon erkennen.

Und ich habe recht. Mit einem kräftigen Stoß dringt er ein, gleitet so tief in mich, dass ich nach Luft schnappe und mich fühle, als würde er mich aufreißen. Und trotzdem reagiert mein Körper auf ihn, produziert mehr Feuchtigkeit, um ihm seinen Weg zu ebnen. Er fickt mich rücksichtslos, ohne Gnade. Aber meine Schreie sind Lustschreie, die Anspannung in mir gerät noch einmal außer Kontrolle, bevor er schließlich kommt.

ZUM FRÜHSTÜCK BIN ICH ETWAS WUND, ABER DENNOCH glücklich. Julian ist hier, und in meiner Welt ist alles schön. Er scheint auch gute Laune zu haben und macht sich darüber lustig, dass ich in einer Woche eine ganze Staffel Friends geschaut habe. Danach erkundigt er sich nach meinen Laufzeiten. Er mag es, dass ich in letzter Zeit so viel Sport treibe – oder besser gesagt mag er das Resultat.

Körperlich bin ich besser in Form als jemals zuvor, und das sieht man. Mein Körper ist schlank und muskulös. Ich bin das lebende Beispiel für die positiven Effekte einer gesunden Ernährung, viel frischer Luft und regelmäßigem Sport. Mein dickes, braunes Haar wächst, ohne Anzeichen von Spliss zu zeigen, und meine Haut ist perfekt. Glatt und gebräunt. Ich kann mich gar nicht mehr an das letzte Mal erinnern, an dem ich einen Pickel hatte.

»Mein letzter Lauf über fünf Kilometer war 16:20«, erkläre ich Julian ohne falsche Bescheidenheit. »Ich wette, nicht viele Männer können das schlagen.«

»Das stimmt«, pflichtet er mir bei, und seine blauen Augen strahlen vor Lachen. »Wahrscheinlich könnte ich das auch nicht.«

»Wirklich nicht?« Ich bin fasziniert von dem Gedanken, in etwas besser zu sein als Julian. »Hast du Lust, es auszutesten? Ich würde gerne ein Rennen gegen dich laufen.«

»Mach das nicht, Julian«, wirft Beth lachend ein. »Sie ist schnell. Sie war schon davor schnell, aber jetzt ist sie wie eine verdammte Rakete.«

»Ach ja?« Er hebt eine Augenbraue, während er zu mir schaut. »Eine verdammte Rakete also?«

»Das stimmt.« Ich werfe ihm einen herausfordernden Blick zu. »Willst du ein Rennen oder hast du zu viel Schiss?«

Beth fängt an, unterdrückt zu lachen, und Julian grinst, während er sie mit einem Stück Brot bewirft. »Sei ruhig, Verräterin.«

Ich muss über ihren Übermut lachen und werfe ein Stückchen Brot nach Julian. Beth schimpft mit uns beiden. »Ich bin diejenige, die dieses ganze Chaos sauber machen muss«, grummelt sie, und Julian verspricht, ihr mit den Brotkrumen zu helfen, während er ihr eines seiner Megawatt-Lächeln schenkt, um sie zu beruhigen.

Wenn er so ist, scheint sein Charme ein eigenständiges Lebewesen zu sein. Er zieht mich an und lässt mich die Realität dieser ganzen Situation vergessen. In meinem Hinterkopf weiß ich, dass nichts davon wahr ist – dass dieses Gefühl der Verbundenheit, diese Kameradschaft nichts weiter als eine Illusion ist –, aber mit jedem Tag, der vergeht, interessiert mich das weniger. Auf eine seltsame Art und Weise fühle ich mich wie zwei Menschen: Die Frau, die dabei ist, sich in den umwerfenden, erbarmungslosen Killer zu verlieben, der am Frühstückstisch sitzt, und diejenige, die das Ganze entsetzt und ungläubig beobachtet.

Nach dem Frühstück ziehe ich mir meine Laufsachen an – ein Paar Shorts und einen Sport-BH – und gehe auf die Veranda, um ein Buch zu lesen. Auf diese Weise kann ich mein Essen verdauen, bevor wir laufen. Julian geht wie immer in sein Büro. Seine Geschäfte machen keine Pause, nur weil er auf der Insel ist; ein illegales Waffenimperium muss ständig überwacht werden.

Obwohl Julian kaum über seine Arbeit spricht, ist es mir gelungen, in den letzten Monaten einige Sachen herauszufinden. Laut dem, was ich verstehe, ist mein Entführer der Kopf einer internationalen Organisation, die sich auf die Herstellung und den

Vertrieb modernster Waffen und bestimmter Elektroniken spezialisiert hat. Seine Kunden sind solche Organisationen und Einzelpersonen, die mit legalen Mitteln keine Waffen erstehen können.

»Er hat mit einigen wirklich gefährlichen Arschlöchern zu tun«, hat mir Beth einmal erzählt. »Viele von ihnen sind Psychopathen. Denen würde ich nicht einmal so weit trauen, wie ich sie werfen kann.«

»Also, warum macht er das?«, will ich von ihr wissen. »Er ist so reich. Ich bin mir sicher, er braucht das Geld nicht …«

»Es ist nicht wegen des Geldes«, erklärt mir Beth. »Es ist wegen der Spannung, der Herausforderung. Männer wie Julian brauchen das.«

Manchmal frage ich mich, ob es das ist, was Julian an mir mag – die Herausforderung, mich seinem Willen zu unterwerfen, mich zu dem zu formen, von dem er denkt, dass er es braucht. Findet er es aufregend, zu wissen, dass ich seine Gefangene bin und er mit mir machen kann, was immer er möchte? Findet er den illegalen Aspekt dieser ganzen Sache aufregend?

»Bist du fertig?« Julians Stimme unterbricht meine Überlegungen, und ich schaue von meinem Buch auf. Er steht dort, mit einem Paar schwarzer Laufshorts und Turnschuhen. Sein nackter Oberkörper ist mit starken, perfekt geformten Muskeln überzogen, und seine glatte, goldene Haut glänzt im Sonnenlicht. Ich möchte ihn am ganzen Körper berühren.

»Ähm, ja.« Ich stehe auf, lege mein Buch zur Seite und beginne, mich zu dehnen. Ich beobachte aus den

Augenwinkeln Julian dabei, wie er das Gleiche macht. Sein Körper ist unglaublich, und ich frage mich, was er tut, um in einer solchen Form zu sein. Ich habe ihn hier auf der Insel niemals Sport machen sehen.

»Trainierst du, wenn du auf deinen Reisen bist?«, frage ich und beobachte ihn schamlos, als er sich nach vorn beugt und seine Zehen mit einer überraschenden Dehnbarkeit berührt. »Wie bleibst du derart in Form?«

Er richtet sich wieder auf und grinst mich an. »Ich trainiere sooft ich kann mit meinen Männern. Ich denke, man könnte das Sporttreiben nennen.«

»Deine Männer?« Ich muss sofort an diesen Schläger denken, der Jake verprügelt hat. Von dieser Erinnerung wird mir schlecht, und ich schiebe sie beiseite, da ich jetzt nicht an solche düsteren Dinge denken möchte. Ich muss das manchmal machen, um mein neues Leben in diese sauberen, kleinen Bereiche einzuteilen, die guten Sachen von den schlechten zu trennen. Das ist mein persönlich patentierter Mechanismus, mit dieser ganzen Situation zurechtzukommen.

»Meine Bodyguards und bestimmte andere Angestellte«, erklärt mir Julian, während wir hinaus und in Richtung Strand gehen. Wir bewegen uns schnell, um uns aufzuwärmen. »Einige von ihnen sind ehemalige Navy SEALs, und mit ihnen zu trainieren ist kein Spaziergang, glaub mir.«

»Du trainierst mit Navy SEALs?« Ich halte an und werfe Julian einen bösen Blick zu. »Du hast vorhin nur einen Witz gemacht, stimmt's? Darüber, mich in einem Rennen nicht schlagen zu können?«

Auf seinen Lippen erscheint ein leicht schelmisches – und unglaublich verführerisches – Lächeln. »Ich weiß nicht, mein Kätzchen«, sagt er sanft. »Habe ich das? Warum laufen wir kein Rennen und finden es heraus?«

»In Ordnung«, stimme ich zu und bin entschlossen, mein Bestes zu geben. »Dann los.«

WIR BEGINNEN UNSER RENNEN IN DER NÄHE EINES Baumes, der genau zu diesem Zweck markiert ist. Auf der anderen Seite der Insel gibt es einen zweiten Baum, der als Ziellinie dient. Wenn wir auf dem Sand am Ozean entlanglaufen, sind es genau fünf Kilometer von hier bis zu diesem Punkt.

Julian zählt bis fünf, ich stelle meine Stoppuhr, und wir laufen los, beide mit einer überschaubaren Geschwindigkeit, die nicht unsere schnellste ist. Während ich laufe, fühle ich, wie meine Muskeln in den Rhythmus meiner Bewegungen fallen und ich stetig schneller werde, mich mehr fordere, als ich es normalerweise an diesem Punkt der Strecke machen würde. Julian läuft neben mir, seine größeren Schritte ermöglichen es ihm, problemlos mit mir mitzuhalten.

Wir laufen stillschweigend, und ich werfe Julian aus den Augenwinkeln verstohlene Blicke zu. Wir haben die halbe Strecke hinter uns, und ich schwitze und atme schwer. Meinen umwerfenden Entführer dagegen scheint das Laufen kaum anzustrengen. Er ist in einer phänomenalen Form, seine glatten Muskeln glitzern mit leichten Schweißtropfen, spannen und entspannen sich mit jeder Bewegung. Er läuft leicht, kommt auf den Fußballen auf, und ich beneide ihn um seinen leichten Schritt. Ich wünsche mir, nur ein Viertel seiner offensichtlichen Stärke und Ausdauer zu besitzen.

Als wir zum letzten halben Kilometer kommen, beginne ich einen Sprint, da ich entschlossen bin, ihn trotz der Sinnlosigkeit meiner Anstrengungen zu schlagen. Er ist noch nicht einmal außer Atem und ich keuche schon. Er wird auch schneller, und egal, wie sehr ich mich anstrenge, ich kann keinen Vorsprung erlangen. Er klebt quasi neben mir.

Als der Baum nur noch etwa hundert Meter von mir entfernt ist, bin ich schweißgebadet, und jeder Muskel in meinem Körper schreit nach Sauerstoff. Ich bin kurz davor, umzukippen, und weiß das auch, unternehme aber trotzdem noch einen allerletzten heldenhaften Versuch, zu gewinnen, und sprinte auf die Zielgerade zu.

Und gerade als meine Hand dabei ist, den Baum zu berühren und mich zum Sieger des Rennens zu machen, schlägt Julians gegen das Zeichen, wortwörtlich in der allerletzten Sekunde.

Frustriert drehe ich mich herum und stehe mit dem Rücken gegen den Baum gedrückt. Julian ist über mich gebeugt. »Ich hab' dich«, sagt er mit glänzenden Augen, und ich bemerke, dass er fast normal atmet.

Ich schnappe nach Luft und schiebe ihn beiseite, aber er bewegt sich keinen Zentimeter. Stattdessen kommt er näher heran, und sein Knie schiebt sich zwischen meine Oberschenkel. Gleichzeitig fahren seine Hände in meine Kniekehlen und heben mich hoch, drücken mich gegen ihn. Meine Beine sind weit gespreizt, und seine Erektion streicht an meinem Schambereich entlang.

Unser kleines Rennen hat ihn offensichtlich angemacht.

Keuchend sehe ich ihn an, und meine Hände krallen sich in seine Schultern. Ich kann kaum stehen und er will ficken?

Die Antwort ist offensichtlich »Ja«, denn er stellt mich einen Augenblick auf meine Füße und zieht mir die Hose und Unterwäsche herunter, bevor er das Gleiche bei sich macht. Ich schwanke, da meine Beine vor Anstrengung zittern. Ich kann gar nicht glauben, dass das wirklich passiert. Wer fickt gleich nach einem Rennen? Alles, was ich möchte, ist, mich hinzulegen und einen Liter Wasser zu trinken.

Aber Julian hat da andere Vorstellungen. »Geh auf deine Knie«, befiehlt er mir mit rauer Stimme und drückt mich nach unten, bevor ich die Möglichkeit habe, zu reagieren.

Ich lande hart auf meinen Knien und stütze mich auf meinen Händen ab. Diese Stellung ermöglicht es mir sogar, ein wenig zu Luft zu kommen, und ich atme sie dankbar ein. Mein Kopf dreht sich von der Hitze – und von dem anstrengenden Lauf –, und ich hoffe, nicht ohnmächtig zu werden.

Ein harter, muskulöser Arm gleitet unter meine Hüften und hält mich fest. Ich spüre, wie sein Schwanz sich gegen meine Pobacken drückt. Benommen und zitternd warte ich auf den Stoß, der uns vereinigen wird. Mein verräterisches Geschlecht ist nass und pocht voller Vorfreude. Es ist krank, wie mein Körper auf Julian reagiert, lächerlich, wenn man meinen allgemeinen Zustand bedenkt.

Er streicht das nassgeschwitzte Haar von meinem Rücken und lehnt sich nach vorne, um meinen Hals zu küssen, mich mit seinem schweren Körper zu bedecken. »Weißt du eigentlich«, flüstert er, »dass du wunderschön bist, wenn du rennst? Seit dem ersten Kilometer kann ich es kaum erwarten, das hier mit dir anzustellen.« Und mit diesen Worten dringt er tief in mich ein. Seine Dicke dehnt mich aus, füllt mich vollständig.

Ich schreie auf, meine Hände bohren sich in den Dreck, als er beginnt, sich zu bewegen. Jetzt hält er meine Hüfte mit beiden Händen fest, während er sich in mich hineinrammt. Meine Wahrnehmung verengt sich, konzentriert sich nur auf das – die rhythmischen Bewegungen seiner Hüften, der lustvolle Schmerz seiner harten Inbesitznahme. Ich fühle mich, als würde ich innerlich brennen von dem aggressiven Gemisch aus Hitze und Lust. Der Druck, der sich in mir aufbaut, ist zu viel, unerträglich, und ich werfe den Kopf mit einem Schrei zurück, als mein gesamter Körper explodiert. Die Erleichterung überkommt mich mit so einer Stärke, dass ich ohnmächtig werde, und das nicht im übertragenen Sinne.

Als ich mein Bewusstsein wiedererlange, liege ich zusammengerollt auf Julians Schoß. Er lehnt mit seinem Rücken an dem Zielbaum und gibt mir kleine Schlucke Wasser zu trinken, damit ich mich nicht verschlucke. »Geht es dir gut, Baby?«, möchte er wissen und schaut mich mit etwas an, was wie echte Besorgnis auf seinem wunderschönen Gesicht aussieht.

»Ähm, ja.« Mein Hals fühlt sich immer noch trocken an, aber mir geht es definitiv besser – allerdings ist mir meine Bewusstlosigkeit mehr als nur ein wenig unangenehm.

»Mir ist nicht aufgefallen, dass du so dehydriert warst«, sagt er, und eine steile Falte erscheint auf seiner Stirn. »Warum hast du dich so sehr angestrengt?«

»Weil ich gewinnen wollte«, gebe ich zu und schließe die Augen, während ich den Geruch seiner Haut einatme. Er riecht nach Sex und Schweiß, was eine eigenartig anziehende Kombination ist.

»Hier, trink ein wenig Wasser«, sagt er, und ich öffne die Augen wieder, um gehorsam zu trinken, während er eine Flasche an meine Lippen hält. Sie ist aus der Kühlbox, die ich auf dieser Seite der Insel deponiert habe, um nach meinen Rennen genügend Wasser zu bekommen.

Nach ein paar Minuten – und einer ganzen Flasche

Wasser – fühle ich mich gut genug, um langsam mit dem Nachhauseweg zu beginnen. Aber Julian lässt mich nicht laufen. Sobald ich mich hinstelle, beugt er sich stattdessen nach unten und hebt mich so leicht in seine Arme, als sei ich eine Puppe. »Halt dich an meinem Hals fest«, befiehlt er, und ich schlinge meine Arme um ihn, um mich von ihm nach Hause tragen zu lassen.

## 18

AM NÄCHSTEN MORGEN WACHE ICH VON DEM luxuriösen Gefühl auf, wie mir jemand meine Füße massiert. Das ist so unglaublich, dass ich einige Sekunden lang der Meinung bin, zu träumen, und deshalb versuche, das Aufwachen zu verzögern. Das Gefühl dieser starken Finger, die meine Füße durchkneten, ist allerdings zu real, und ich stöhne, als jeder einzelne Zeh mit genau dem richtigen Druck durchgeknetet und gestreichelt wird.

Als ich die Augen öffne, sehe ich Julian, der mit einer Flasche Massageöl prächtig und nackt auf dem Bett sitzt. Er gießt sich etwas davon auf die Handfläche und beugt sich dann über mich, um als Nächstes meinen Knöchel und meine Waden zu massieren.

»Guten Morgen«, schnurrt er und schaut mich an. Ich starre zurück und bekomme vor Überraschung kein Wort heraus. Julian hat mich auch in der Vergangenheit schon massiert, aber normalerweise macht er das nur, damit ich entspannt bin, bevor er etwas mit mir anstellt, von dem ich schreien werde. Er hat mich noch niemals zuvor so schön aufgeweckt.

Auf seinen Lippen ist ein leichtes Lächeln zu sehen, und ich beginne, nervös zu werden. »Julian«, sage ich unsicher, »was … was machst du da?«

»Ich massiere dich«, antwortet er, und seine Augen leuchten vor Belustigung. »Warum entspannst du dich nicht und genießt es einfach?«

Ich blinzele und sehe ihm dabei zu, wie er seine Hände langsam zu meinen Waden wandern lässt. Er hat große Hände – stark und männlich. Meine Beine sehen in seiner Berührung unglaublich zierlich und weiblich aus, auch wenn ich durch das Rennen sehr starke Muskeln habe. Ich kann die Hornhaut auf seinen Handflächen spüren, die leicht an meiner Haut kratzt, und ich schlucke, als mir der ungewollte Gedanke kommt, dass diese Hände einem Mörder gehören.

»Dreh dich herum«, sagt er und klopft auf meine Beine. Ich lege mich auf den Bauch und bin immer noch nervös. Was hat er vor? Ich mag keine Überraschungen, wenn sie von Julian kommen.

Er beginnt, die Rückseite meiner Beine zu kneten und findet problemlos die Stellen, die von dem gestrigen Rennen am angegriffensten sind. Ich stöhne, als die verkrampften Muskeln sich unter seinen geschickten Fingern lockern. Ich kann mich immer noch nicht vollständig entspannen; Julian ist für meinen Geschmack einfach zu unvorhersehbar.

Da er offensichtlich mein Unbehagen spürt, beugt er sich über mich und flüstert in mein Ohr: »Es ist nur eine Massage, mein Kätzchen. Du musst dir keine Sorgen machen.«

Etwas beruhigter, entspanne ich mich und sinke in die gemütliche Matratze. Julian hat magische Hände. Ich hatte auch schon professionelle Massagen, die nicht ansatzweise so gut waren. Er geht vollkommen auf mich ein, bemerkt jede noch so kleine Veränderung in meiner Atmung, jedes noch so kleine Zucken meiner Muskeln ... Nach einigen Minuten mache ich mir keine Gedanken mehr über sein eigenartiges Verhalten; ich schwelge einfach in diesem Erlebnis.

Als mein ganzer Körper gründlich massiert ist und ich entspannt daliege, hört Julian auf und treibt mich unter die Dusche. Dann fährt er an meinem Körper hinunter und liebkost mich mit seinem Mund, bis ich explodiere.

Beim Frühstück summe ich schon fast vor Zufriedenheit. Das ist mein bester Morgen seit Monaten, vielleicht sogar seit Jahren. Durch einen eigenartigen Zufall bereitet Beth sogar mein Lieblingsfrühstück zu – pochierte Eier mit Schinken und Sauce Hollandaise auf Muffins, dazu Krabbenküchlein. Ich habe seit meiner Ankunft auf dieser Insel nichts so Dekadentes gegessen. Das Essen, welches Beth für uns kocht, ist gut, aber normalerweise auch sehr gesund. Früchte, Gemüse und Fisch machen den Großteil unseres Essens aus. Ich kann mich nicht an das letzte Mal erinnern, so etwas Schweres und Befriedigendes wie diese Sauce Hollandaise gegessen zu haben, die Beth heute gekocht hat.

»Mmm, das ist wirklich gut«, stöhne ich zwischen zwei Bissen. »Beth, das ist fantastisch. Das sind wahrscheinlich die besten Eier Benedikt, die ich jemals gegessen habe.«

Sie grinst mich an. »Sie sind wirklich gut geworden, stimmt's? Ich war mir mit dem Rezept nicht ganz sicher, aber es sieht so aus, als hätte ich alles richtig gemacht.«

»Oh ja, das hast du«, versichere ich ihr, bevor ich mir zu einem Nachschlag verhelfe. »Das ist großartig.«

Julian lächelt, und seine Augen funkeln mit warmer Belustigung. »Hungrig, mein Kätzchen?« Er hat auch schon eine riesige Portion davon gegessen, aber fast habe ich ihn eingeholt.

»Ausgehungert«, erwidere ich und schiebe mir noch eine Gabel in den Mund. »Ich vermute, dass ich gestern jede Menge Kalorien verbrannt habe.«

»Mit Sicherheit hast du das«, sagt er, und sein Lächeln wird breiter, als er Beth davon berichtet, wie ich fast das Rennen gewonnen hätte. Unseren Sex danach und meine darauf folgende Ohnmacht lässt er unter den Tisch fallen.

Nach dem Frühstück bin ich so vollgestopft, dass ich keinen einzigen Krümel mehr herunterbekommen würde. Ich bedanke mich bei Beth für das Essen und stehe auf. Ich will mir gerade mein Buch holen, um damit zum Lesen auf die Veranda zu gehen, als Julian unerwartet seine Hand um mein Handgelenk legt. »Warte, Nora«, bittet er sanft und schiebt mich auf meinen Stuhl zurück. »Es gibt da noch eine Sache, die Beth heute zubereitet hat.« Er wirft Beth einen unleserlichen Blick zu, woraufhin sie sofort aufsteht und in die Küche geht.

»Okay.« Ich bin mehr als verwirrt. Sie hat etwas zubereitet, es aber nicht zum eigentlichen Essen mit auf den Tisch gestellt?

In diesem Moment kommt Beth zum Tisch zurück und trägt ein Tablett mit einem großen Schokoladenkuchen – einem Kuchen mit brennenden Kerzen darauf.

»Herzlichen Glückwunsch zum Geburtstag, Nora«, sagt Julian lächelnd, als Beth den Kuchen vor mir abstellt. »Jetzt wünsche dir etwas und puste die Kerzen aus.«

~

ICH PUSTE DIE KERZEN WIE FERNGESTEUERT AUS UND bekomme gar nicht mit, dass ich drei Anläufe dafür brauche. Beth jubelt, klatscht in die Hände, und ich höre diese ganzen Geräusche, als kämen sie aus einer großen Entfernung. Mein Kopf dreht sich, und ich fühle mich seltsam taub, so als käme gerade nichts an mich heran. Alles, an was ich denken kann, auf was ich mich konzentrieren kann, ist die Tatsache, dass heute mein Geburtstag ist.

Mein Geburtstag. Ich habe Geburtstag. Heute bin ich neunzehn geworden.

Ich möchte bei dieser Erkenntnis schreien.

Ich habe Julian kurz vor meinem letzten Geburtstag getroffen – und kurz danach hat er mich auf diese Insel gebracht. Wenn ich heute Geburtstag habe, dann ist seit meiner Entführung fast ein ganzes Jahr vergangen – so lange bin ich schon hier, Julians Erbarmen ausgesetzt und völlig isoliert vom Rest der Welt.

Ein Jahr meines Lebens hat sich in Gefangenschaft abgespielt.

Ich fühle mich, als würde ich ersticken, als gäbe es in dem Zimmer keine Luft mehr. Ich weiß aber, dass es nur eine Illusion ist. Hier gibt es jede Menge Sauerstoff, ich kann nur einfach nichts davon einatmen.

»Nora?« Beth Stimme dringt irgendwie durch das Rauschen in meinen Ohren. »Nora, geht's dir gut?«

Schließlich gelingt es mir, die so dringend benötigte Luft einzuatmen, und ich schaue von dem Kuchen hoch. Beth blickt mich verständnislos mit gerunzelter Stirn an, und auch Julian lacht nicht mehr. Stattdessen sieht er wieder wie ein gefährlicher Unbekannter aus, und sein Blick ist erfüllt mit etwas Dunklem und Beunruhigendem.

Ich reiße mich mit übermenschlichen Anstrengungen zusammen und ringe mir ein zitterndes Lächeln ab. »Natürlich. Vielen Dank für den Kuchen, Beth.«

»Wir wollten dich überraschen«, sagt sie, da sie meinen Worten glaubt. »Ich hoffe, du hast noch ein wenig Platz für einen Nachtisch. Schokoladenkuchen ist doch dein Lieblingskuchen, richtig?«

Das Klingeln in meinen Ohren verstärkt sich. »Ja.« Trotz meiner Anstrengungen hört sich meine Stimme abgeschnürt an. »Und ihr habt mich definitiv überrascht.«

»Geh, Beth«, unterbricht Julian scharf und schaut sie an. »Nora und ich müssen jetzt alleine sein.«

Beth blinzelt, von Julians Ton ganz unvorbereitet getroffen. Ich habe ihn niemals zuvor so mit ihr reden hören. Trotzdem gehorcht sie auf der Stelle und rennt quasi nach oben in ihr Zimmer.

Ich habe Julian lange nicht so verärgert gesehen, und ich weiß, ich sollte Angst haben. Aber in diesem Moment kann ich mich einfach nicht um das kümmern, was passieren wird. Jeder Muskel in meinem Körper zittert durch die Anstrengung, den furchtbaren Sturm, der sich in mir zusammenbraut, unter Kontrolle zu halten, und ich bin erleichtert, dass Beth weggegangen ist. Ein Jahr. Ein verdammtes Jahr. Ich habe noch niemals so viel Wut verspürt wie die, die sich gerade in mir ansammelt. Es fühlt sich an, als sei ein Damm gebrochen, und jetzt kann es nicht mehr aufgehalten werden. Ein roter Nebel hüllt mich langsam ein und legt sich vor meinen Blick. Das

Klingeln in meinen Ohren wird lauter, je mehr ich die Kontrolle über meine Gefühle verliere.

Sobald Beth außer Sichtweite ist, explodiere ich. Ich bin nicht länger rational oder gesund, stattdessen bin ich der personifizierte Zorn. Ich greife mir das mir am nächsten stehende Objekt – den Schokoladenkuchen – und werfe es durch den Raum. Der dunkle Überzug spritzt überall hin. Mein Teller und meine Tasse folgen. Sie prallen gegen die Wand und zerspringen in Millionen Teile. Die ganze Zeit über höre ich aus weiter Entfernung ein Schreien. Ein kleiner Teil meines Gehirns, der noch zu funktionieren scheint, bemerkt, dass ich das bin – dass ich mein eigenes Geschrei und meine Flüche höre –, aber ich kann es genauso wenig stoppen wie einen Taifun. Der ganze Ärger, das Grauen und die Frustration des letzten Jahres, die unter der Oberfläche brodelten, brechen als eine Lavawelle purer Wut heraus.

Ich weiß nicht, wie lange ich mich in diesem unbewussten Zustand befinde, bevor Arme aus Stahl sich von hinten um mich legen und mich in eine vertraute Umarmung einsperren. Ich trete und schreie, bis meine Stimme heiser wird, aber meine Gegenwehr ist sinnlos. Julian ist um einiges stärker als ich, und jetzt nutzt er diese Stärke, um mich zu unterwerfen, mich festzuhalten, bis ich völlig erschöpft bin und geschlagen gegen ihn falle. Tränen laufen mir über das Gesicht.

»Bist du fertig?«, flüstert er in mein Ohr, und ich kann die vertraute dunkle Note aus seiner Stimme heraushören. Wie immer finde ich sie beängstigend und erregend, da mein Körper jetzt darauf trainiert ist, sich nach dem Schmerz zu sehnen, der folgen wird – und diese kopflose Glückseligkeit, die ihn jedes Mal begleitet.

Auf seine Frage hin schüttele ich den Kopf, aber ich weiß, dass ich fertig bin, dass was auch immer über mich gekommen war, vergangen ist, mich ausgelaugt und leer zurückgelassen hat.

Julian dreht mich herum, so dass ich ihm zugewandt bin. Ich sehe zu ihm hinauf, und mein tränenverschwommener Blick wird hilflos von der Symmetrie seiner Gesichtszüge angezogen. Seine hohen Wangenknochen haben einen Hauch von Farbe, und die Art, wie er mich anschaut, hat etwas Beunruhigendes – so als wolle er mich verspeisen, meine Seele herausreißen und sie in einem Stück verschlingen. Unsere Augen treffen sich, und ich weiß, dass ich gerade an der Kante eines Abgrunds stehe, dass sich ein Erdloch unter mir auftut.

In diesem Moment kann ich die Dinge ganz klar erkennen.

Ich bin nicht wütend, weil ich seit einem Jahr auf dieser Insel gefangen gehalten werde. Nein, meine Wut hat viel, viel tiefergehende Gründe. Was mich innerlich verbrennt, ist nicht die Tatsache, die ganze Zeit eine Geisel zu sein – sondern dass ich begonnen habe, meine Gefangenschaft zu mögen.

In den letzten Monaten habe ich mich irgendwie mit meinem neuen Leben abgefunden. Ich genieße jetzt den ruhigen, entspannenden Rhythmus dieser Insel. Der Ozean, der Sand, die Sonne – das kommt so nahe an ein Paradies heran, wie ich es mir vorstellen kann. Freiheit und alles, was dazugehört, ist mittlerweile nur ein undeutlicher, unmöglicher Traum. Ich kann mich kaum noch an die Gesichter erinnern, die ich zurückließ; sie sind nur verschwommene, schattige Umrisse in meinem Kopf. Das Einzige, was jetzt wichtig für mich ist, ist der Mann, der mich in einer festen Umarmung hält.

Julian – mein Entführer, mein Liebhaber.

»Warum, Nora?«, fragt er fast stimmlos. Seine Arme spannen sich an, und seine Finger graben sich in die weiche Haut auf meinem Rücken. Als ich ihm nicht antworte, wird sein Gesichtsausdruck noch düsterer. »Warum?«

Ich bleibe stumm, weigere mich, diesen letzten, unwiderruflichen Schritt zu gehen. Ich kann mich vor Julian nicht so entblößen. Ich kann es einfach nicht. Er hat sich schon viel zu viel von mir genommen; ich kann ihn das jetzt nicht auch noch haben lassen.

»Sag es mir«, befiehlt er, und eine Hand gräbt sich in mein Haar, hält es fest und zwingt meinen Hals, sich nach hinten zu biegen. »Sag es mir jetzt.«

»Ich hasse dich«, krächze ich mit dem letzten Funken Trotz. Meine Stimme ist wie Sandpapier, rau von dem ganzen Schreien. »Ich hasse dich …«

In seinen Augen blitzt blaues Feuer. »Stimmt das?«, flüstert er und beugt sich über mich. Er hält mich immer noch hilflos an sich gedrückt. »Du hasst mich, mein Kätzchen?«

Ich erwidere seinen Blick und weigere mich zu blinzeln. Wer A sagt, muss auch B sagen. »Ja«, fauche ich, »ich hasse dich!« Ich muss mich selbst davon überzeugen, ihn zu hassen. Die Alternative ist undenkbar. Er darf die Wahrheit nicht wissen. Das darf er einfach nicht.

Julians Gesicht wird hart, verwandelt sich in Eis. In einer Bewegung fegt er die verbliebenen Teller vom Tisch auf den Boden und drückt mich an den Tisch. Er zwingt mich dazu, mich nach vorn überzubeugen, so dass mein Gesicht auf der glatten, hölzernen Oberfläche entlangrutscht. Ich versuche mit meinen Beinen nach hinten zu treten, aber das ist sinnlos. Er greift mit seiner starken Hand meinen Nacken, und dann höre ich das bedrohliche Geräusch eines Gürtels, der aufgemacht wird.

Ich trete härter nach hinten und schaffe es sogar, sein Bein zu berühren. Natürlich habe ich nichts davon. Ich kann Julian nicht entkommen. Ich werde Julian niemals entkommen können.

Er lehnt sich über mich, presst mich auf den Tisch, und seine harten Finger spannen sich um meinen Nacken an. »Du bist meine Nora«, sagt er harsch. Sein großer Körper beherrscht mich, erregt mich. »Du gehörst mir, verstehst du das? Jeder einzelne Teil von dir gehört mir.« Seine Erektion drückt sich gegen meinen Po, seine unnachgiebige Härte ist eine Drohung und gleichzeitig ein Versprechen.

Er zieht sich zurück, hält mich aber weiterhin mit einer Hand um meinen Nacken nach unten gedrückt. Ich höre das zischende Flüstern eines Gürtels, der aus seinen Schlaufen gezogen wird. Einen Augenblick später wird mein Kleid nach oben geschoben und mein Unterleib freigelegt. Ich drücke meine Augen fest zusammen und bereite mich auf das vor, was jetzt kommen wird.

Klatsch. Klatsch. Der Gürtel kommt immer wieder auf meinem Po auf, und jeder Schlag fühlt sich an wie Feuer, das an meinen Oberschenkeln und an meinem Po leckt. Ich kann meine eigenen Schreie hören, fühlen, wie sich mein Körper bei jedem Mal anspannt und mich der Schmerz in diesen eigenartigen Zustand befördert, in dem alles auf dem Kopf steht – in dem Schmerz und Lust aufeinander treffen, nicht mehr zu unterscheiden sind und mein Peiniger mein einziger Trost ist. Mein Körper wird weich, schmilzt dahin. Jeder Schlag beginnt sich mehr wie ein Streicheln anzufühlen, und ich weiß, dass ich genau das jetzt gerade brauche – dass Julian diesen dunklen, geheimen Teil von mir angezapft hat, der ein Spiegel seiner eigenen perversen Wünsche ist. Es ist ein Teil von mir, der sich danach sehnt, die Kontrolle zu verlieren. Ich möchte mich selbst völlig aufgeben, nur noch ihm gehören.

Als Julian aufhört und mich umdreht, ist überhaupt kein Trotz mehr in mir vorhanden. Mein Kopf schwimmt durch einen Endorphineinschuss, den ich so stark noch nie erlebt habe, und ich hänge mich an ihn, suche verzweifelt nach Trost, Sex, allem, was Liebe und Zuneigung ähnelt. Meine Arme schlingen sich um Julians Nacken, ziehen ihn zu mir auf den Tisch herunter. Ich genieße seinen Geschmack in den innigen, hungrigen Küssen, mit denen er meinen Mund in Besitz nimmt. Mein Po brennt wie Feuer, aber das verringert die Lust kein bisschen; wenn überhaupt, wird sie dadurch verstärkt. Julian hat mich gut trainiert. Mein Körper sehnt sich nach der Lust, von der er weiß, dass sie jetzt kommen wird.

Er fasst an seine Jeans, öffnet den Reißverschluss, und dann ist er auch schon in mir, dringt mit einem kräftigen Stoß in mich ein. Ich erschaudere erleichtert und mit einer Ekstase, die schon fast schmerzhaft ist. Ich schlinge meine Beine um seine Taille, nehme ihn tiefer in mich auf, muss von ihm gefickt werden, muss von ihm auf die primitivste Weise beansprucht werden.

»Sag's mir, Baby«, flüstert er in mein Ohr, und seine Lippen streichen über meine Schläfen. Seine Hand gleitet in mein Haar, fixiert mich. »Sag mir, wie sehr du mich hasst.« Seine andere Hand findet den Ort, an dem wir vereint sind und reibt dort, bevor sie sich weiter nach unten, zu meiner anderen Öffnung bewegt. »Sag's mir ...«

Ich schnappe nach Luft, als sein Finger in meinen Anus eindringt und meine Sinne von den ganzen gegensätzlichen Gefühlen überwältigt werden. Benebelt öffne ich meine Augen und blicke Julian an, sehe mein eigenes dunkles Verlangen, welches von seinem Gesicht reflektiert wird. Er möchte mich besitzen, mich brechen, damit er mich wieder zusammensetzen kann. Und ich kann mich ihm nicht länger widersetzen.

»Ich hasse dich nicht.« Meine Worte klingen leise und rau. Ich schlucke, um meine trockene Kehle zu befeuchten. »Ich hasse dich nicht, Julian.«

Etwas wie Triumph blitzt auf seinem Gesicht auf. Seine Hüften schieben sich nach vorne, und seine Erektion bohrt sich tiefer in mich. Ich unterdrücke ein Stöhnen und halte immer noch seinen Blick.

»Sag's mir«, befiehlt er erneut mit noch tieferer Stimme. Seine Augen brennen sich in mich und ich kann dem Verlangen, das ich dort sehe, nicht länger widerstehen. Er will alles von mir, und ich habe keine andere Wahl, als es ihm zu geben.

»Ich liebe dich.« Meine Stimme ist kaum hörbar, und jedes Wort fühlt sich an, als würde es aus meiner Seele gewrungen werden. »Ich hasse dich nicht, Julian … Ich kann nicht … Ich kann es nicht, weil ich dich liebe.«

Ich kann sehen, wie seine Pupillen sich weiten und seine Augen dunkler erscheinen lassen. Er schwillt in mir an, wird noch härter und dicker als zuvor, und dann zieht er ihn ein Stück heraus und rammt ihn wieder hinein. Seine Besitznahme ist so wild, dass ich nach Luft ringen muss.

»Sag es mir noch einmal«, stöhnt er, und ich wiederhole, was ich gesagt habe. Die Worte kommen mir das zweite Mal leichter über die Lippen. Es hat keinen Sinn, die Wahrheit weiterhin vor ihm zu verstecken, es gibt keinen Grund mehr, ihn anzulügen. Ich habe mich Hals über Kopf in meinen Entführer verliebt, und nichts auf der Welt kann diese Tatsache ändern.

»Ich liebe dich«, flüstere ich, und meine Hand bewegt sich nach oben, um seine Wange zu streicheln. »Ich liebe dich, Julian.«

Seine Augen werden noch dunkler, und er beugt seinen Kopf nach unten, um meinen Mund so innig zu küssen, dass mir fast die Luft wegbleibt.

Jetzt gehöre ich ihm wirklich, und er weiß das.

Nora

DIE NÄCHSTEN DREI MONATE VERGEHEN WIE IM FLUG.

Nach diesem Tag – nach dem, was ich als den Geburtstagszwischenfall betrachte – verändert sich meine Beziehung zu Julian entscheidend, wird … romantischer. Mir fehlt das passende Wort dafür.

Es ist eine verkorkste Liebesgeschichte, das weiß ich. Ich mag von Julian abhängig sein, aber ich bin noch nicht so weit weggetreten, nicht zu merken, wie ungesund das ist. Ich bin in den Mann verliebt, der mich entführt hat, in den Mann, der mich immer noch gefangen hält.

In den Mann, der meine Liebe genauso stark zu brauchen scheint wie meinen Körper.

Ich weiß nicht, ob er mich auch liebt. Ich weiß nicht

einmal, ob er so ein Gefühl überhaupt empfinden kann. Wie kann man jemanden lieben, dessen Freiheit man leichtfertig gestohlen hat? Und trotzdem bin ich davon überzeugt, dass er etwas für mich empfindet, dass seine Besessenheit von mir nicht nur rein sexuell ist. Da ist etwas. Manchmal kann ich es an der Art erkennen, wie er mich ansieht, wie er versucht, alle meine Wünsche vorauszuahnen.

Er bringt mir andauernd meine Lieblingsessen, meine Lieblingsbücher und meine Lieblingsmusik mit. Falls ich erwähnen sollte, eine Handcreme zu brauchen, besorgt er sie sofort auf seiner nächsten Reise. Ich werde so verwöhnt, wie ein Mädchen es sich nur wünschen kann. Er ist sogar stolz auf die Sachen, die ich erreiche, lobt meine Kunstwerke und geht sogar so weit, einige meiner Bilder mit von der Insel zu nehmen, um sie sich in sein Büro in Hong Kong zu hängen.

Außerdem vermisst er mich, wenn wir nicht zusammen sind. Ich weiß das, weil er es mir sagt – und weil er jedes Mal, wenn er zurückkommt, wie ein verhungernder Mann aus einem Gefängnis über mich herfällt. Das, mehr als alles andere, gibt mir die Hoffnung, dass seine Gefühle über die eines Besitzers für sein Eigentum hinausgehen.

»Triffst du dich mit anderen Frauen? Dort draußen, in der wahren Welt?«, frage ich ihn am Frühstückstisch nach einer Nacht, in der er mich dreimal hintereinander genommen hat. Diese Frage beschäftigt mich schon seit Monaten, und ich kann mich einfach nicht länger zurückhalten. Mein Entführer ist mehr als umwerfend; er besitzt diese gefährliche, magnetische Anziehungskraft, die Frauen wahrscheinlich in Scharen zu ihm hinzieht. Ich kann mir leicht vorstellen, dass er jede Nacht mit einer anderen Schönheit schläft – eine Vorstellung, bei der ich am liebsten jemanden ermorden möchte. Ich weiß, dass er selbst mit seinen sadistischen Vorlieben keine Probleme hätte, Bettgefährten zu finden. Es gibt wahrscheinlich eine Menge Frauen wie mich, die bei erotischem Schmerz Lust empfinden.

Er lächelt mich mit düsterem Amüsement an und scheint sich nicht im Geringsten an meiner offensichtlichen Eifersucht zu stören. »Nein, mein Kätzchen«, sagt er sanft. Er streckt sich aus und nimmt meine Hand. Er streichelt meinen Puls mit seinem Daumen. »Warum sollte ich jemand anders ficken wollen, wenn ich doch dich habe? Seit dem Tag, an dem wir uns getroffen haben, war ich mit keiner anderen Frau mehr zusammen.«

»Warst du nicht?« Ich kann meine Überraschung nicht verbergen. Julian ist die ganze Zeit treu gewesen?

Er schaut mich an, und auf seinen Lippen erscheint ein sündiges, köstliches Lächeln. »Nein, Baby, das war ich nicht«, antwortet er – und in diesem Moment bin ich die glücklichste Frau auf der ganzen Welt.

Ich liebe es, wenn er mich »Baby« nennt. Es ist ein weitverbreitetes Kosewort, ich weiß, aber wenn Julian es sagt, klingt es irgendwie anders – so, als würde er mich mit dem Wort streicheln. Ich bevorzuge es eindeutig, »Baby« und nicht »mein Kätzchen« genannt zu werden.

In der letzten Zeit weiß ich allerdings, dass ich genau das für ihn bin – sein Kätzchen, sein Eigentum. Er mag den Gedanken, dass ich ihm gehöre, dass er der einzige Mann ist, der mich berühren kann, mich sehen kann. Er mag es, mich mit den Sachen anzuziehen, die er für mich besorgt, mir das Essen zu geben, das er mitbringt. Ich bin komplett abhängig von ihm, vollständig seinem Erbarmen ausgesetzt. Ich denke, dass ihm irgendetwas daran gefällt, die Dämonen besänftigt, die ich oft unter seiner Oberfläche spüre.

Mir macht es ehrlich nichts aus, sein Besitz zu sein. Das ist eine beunruhigende Erkenntnis, aber ein Teil von mir scheint diese Dynamik zu mögen. Ich fühle mich geborgen und umsorgt, auch wenn die Logik mir sagt, dass ich bei dem Mann, der ein Waffenhändler ist, alles andere als in Sicherheit bin – einem Mann, der zugegeben hat, ohne Reue zu töten. Diese Hände, die mich nachts berühren, haben anderen den Tod gebracht, aber darin liegt eine gewisse Würze. Irgendwie macht es das alles intensiver, hilft mir dabei, mich lebendiger zu fühlen.

Außerdem hat Julian mir, abgesehen von seinem Verlangen, mir wehzutun, nie wirklichen Schaden zugefügt – zumindest nicht körperlich. Wenn er in einer seiner sadistischen Stimmungen ist, ende ich mit Kratzern und blauen Flecken auf meiner Haut, aber diese verschwinden schnell. Er achtet darauf, keine Wunden auf meinem Körper zu hinterlassen, auch wenn ich weiß, dass Blut und Tränen – meine Tränen – ihn erregen, ihn anmachen.

Als ich Beth einige meiner Gefühle mitteile, scheint sie überhaupt nicht überrascht zu sein.

»Ich wusste vom ersten Moment an, als ich euch zusammen sah, dass ihr füreinander geschaffen seid«, meint sie und schaut mich komisch an. »Wenn ihr, Julian und du, in einem Raum seid, knistert quasi die Luft. Ich habe noch niemals eine solche Chemie zwischen zwei Menschen gesehen. Was ihr habt, ist selten und etwas sehr Besonderes. Kämpfe nicht dagegen an, Nora. Er ist dein Schicksal – und du bist seines.«

Sie scheint davon völlig überzeugt zu sein.

Die Nacht, in der sich mein Leben unwiderruflich verändert, fängt völlig normal an.

Julian ist auf der Insel, und wir genießen zusammen ein köstliches Abendessen, bevor er mich nach oben bringt, um ausgiebig Liebe mit mir zu machen. Es ist eines dieser Male, an denen er zärtlich ist, mich mit seinem Körper anbetet, so als sei ich eine Göttin. Ich schlafe entspannt und zufrieden in seiner festen Umarmung ein.

Als ich mitten in der Nacht aufwache, um das Badezimmer zu benutzen, bemerke ich einen Schmerz in der Nähe meines Bauchnabels. Ich gehe auf die Toilette, wasche mir die Hände und krabbele zurück ins Bett, um mich neben Julians schlafendem Körper auszustrecken. Mir ist leicht schlecht, und ich frage mich, ob das eine Magenverstimmung ist. Könnte ich mir irgendwie eine Lebensmittelvergiftung zugezogen haben?

Ich versuche einzuschlafen, aber die Schmerzen scheinen mit jeder Minute, die vergeht, schlimmer zu werden. Sie ziehen hinunter in meinen rechten Unterbauch, werden stark und quälend. Ich möchte Julian nicht aufwecken, aber ich halte es nicht mehr aus. Ich brauche irgendwelche Schmerzmittel.

»Julian«, flüstere ich und strecke mich nach ihm aus. »Julian, ich denke, ich bin krank.«

Er wacht sofort auf, setzt sich hin und macht die Nachttischlampe an. Auf seinem Gesicht zeigt sich nicht die leichteste Verwirrung; er ist so aufmerksam, als sei es gerade mitten am Tag anstatt drei Uhr morgens. »Was ist los?«

Ich rolle mich zu einem kleinen Ball zusammen, als die Schmerzen schlimmer werden. »Ich weiß es nicht«, ist alles, was ich herausbekomme. »Mein Bauch tut weh.«

Seine Augenbrauen ziehen sich zusammen. »Wo tut es weh, Baby?«, fragt er sanft und dreht mich auf den Rücken.

»Meine … meine Seite«, stoße ich heraus, und Schmerzenstränen beginnen, mein Gesicht hinunterzulaufen.

»Hier?«, will er wissen, während er auf eine Seite drückt, und ich schüttele den Kopf.

»Hier?«

»Ja!« Irgendwie hat er exakt die Stelle gefunden, an der ich Schmerzen habe.

Er steht sofort auf und zieht sich an. »Beth!«, brüllt er. »Beth, ich brauche dich sofort hier!«

Dreißig Sekunden später kommt sie in das Zimmer gerannt und zieht sich dabei einen Bademantel über ihren Schlafanzug. »Was ist passiert?«

Sie hört sich verängstigt an, und ich fürchte mich auch. Ich habe Julian noch nie so gesehen. Es scheint fast so als … habe er Angst.

»Mach dich fertig«, befiehlt er ihr knapp. »Ich bringe sie ins Krankenhaus, und du begleitest uns. Das könnte ihr Blinddarm sein.«

Blinddarmentzündung! Jetzt, als er es sagt, erkenne ich, dass das die wahrscheinlichste Erklärung ist, aber sie ist mehr als angsteinflößend. Ich bin kein Arzt, aber ich weiß, dass ich ziemlich tot sein werde, wenn der Blinddarm platzt, bevor er draußen ist. Ich hätte auch Angst, wenn ich eine Stunde von der nächsten medizinischen Versorgung entfernt wäre, aber ich befinde mich auf einer privaten Insel mitten im Pazifik. Was, wenn wir es nicht rechtzeitig bis ins Krankenhaus schaffen?

Julian muss das Gleiche denken, denn sein Gesichtsausdruck ist grimmig, als er mich in einen Bademantel wickelt und mich aus dem Zimmer trägt.

»Ich kann laufen«, protestiere ich schwach, aber mein Bauch schmerzt schon, als Julian schnell die Treppen hinuntergeht.

»Einen Teufel kannst du.« Sein Ton ist unnötig grob, aber ich bin nicht beleidigt. Ich weiß, dass er sich gerade Sorgen um mich macht, und trotz der innerlichen Schmerzen erwärmt mich dieser Gedanke.

Als wir am Hangar ankommen, hat Beth schon die Tore für uns geöffnet und wartet bereits hinten im Flugzeug auf uns. Julian schnallt mich auf dem Beifahrersitz fest, und ich bemerke, dass mir mein größter Wunsch erfüllt wird.

Ich komme von der Insel herunter.

Mein Magen protestiert, und ich greife nach der braunen Papiertüte, die gleich vor mir liegt. Plötzliche Übelkeit steigt in mir hoch, und ich übergebe mich. Mein ganzer Körper schwitzt und zittert.

Ich kann Julian fluchen hören, als das Flugzeug abhebt, und mir ist das alles so peinlich, dass ich am liebsten sterben würde. »Es tut mir so leid«, flüstere ich, und meine Augen brennen. Ich habe mich noch niemals in meinem Leben so schlecht gefühlt.

»Es ist völlig in Ordnung«, entgegnet Julian kurz. »Mach dir darüber keine Sorgen.«

»Hier.« Beth reicht mir von hinten ein Feuchttuch. »Damit fühlst du dich gleich ein wenig besser.«

Aber das stimmte nicht. Stattdessen wird mir wieder schlecht, als das Flugzeug an Höhe zunimmt. Stöhnend halte ich mir den Magen, als der Schmerz in meiner rechten Seite schlimmer wird.

»Scheiße«, murmelt Julian. »Scheiße, Scheiße, Scheiße.« Seine Knöchel sind weiß, als er die Steuerung umfasst.

Ich übergebe mich erneut.

»Wie lange brauchen wir bis dahin?« Beths Stimme hört sich ungewöhnlich hoch an.

»Zwei Stunden«, antwortet Julian grimmig. »Wenn der Wind mitspielt.«

Diese zwei Stunden werden die längsten meines Lebens. Als das Flugzeug zum Landeanflug ansetzt, habe ich mich fünfmal übergeben und schäme mich schon lange nicht mehr dafür. Der Schmerz in meinem Bauch hat sich schon in Qualen verwandelt, und ich bekomme nichts anderes mehr mit als mein abgrundtiefes Elend.

Starke Hände fassen mich und ziehen mich aus dem Flugzeug. Ich bekomme vage mit, dass Julian mich irgendwohin trägt, mich an seine Brust gedrückt hält. Es gibt eine Ansammlung von Stimmen, die eine Mischung aus Englisch und einer fremden Sprache sprechen. Dann werde ich auf eine fahrbare Krankentrage gelegt und durch einen langen Korridor in einen weißen, steril wirkenden Raum gefahren.

Einige Menschen in weißen Kitteln wuseln um mich herum, ein Mann gibt Befehle in dem gleichen Sprachmischmasch, und ich fühle einen Stich in meinem Arm, als eine Kanüle gelegt wird. Benebelt schaue ich hoch und sehe Julian in der Ecke stehen. Sein Gesicht ist eigenartig blass, und seine Augen glitzern … und dann verschluckt mich die Dunkelheit.

ora

ALS ICH WIEDER ZU MIR KOMME, FÜHLE ICH MICH NUR ein kleines bisschen besser. Mein Kopf scheint mit Wolle gefüllt zu sein, und der bohrende Schmerz in meiner Seite ist immer noch da, auch wenn er sich jetzt anders anfühlt, weniger stark und dumpfer. Einen Augenblick lang denke ich, dass ich eingeschlafen bin, als es mir schlecht ging, und ich das Ganze nur geträumt habe, aber der Geruch hier überzeugt mich vom Gegenteil. Das ist unverkennbar der Geruch von Desinfektionsmittel, den man nur in Arztpraxen und Krankenhäusern hat.

Dieser Geruch bedeutet, dass ich am Leben bin … und nicht auf der Insel.

Bei diesem Gedanken fängt mein Herz an zu rasen.

»Sie ist wach«, sagt eine unbekannte Frauenstimme mit einem nicht akzentfreien Englisch, die offensichtlich mit jemandem in diesem Raum spricht.

Ich höre Schritte und spüre, wie sich jemand auf die Kante meines Bettes setzt. Warme Finger strecken sich nach mir aus und streicheln meine Wange. »Wie fühlst du dich, Baby?«

Ich öffne unter Anstrengungen die Augen und sehe Julians wunderschönes Gesicht. »So, als sei ich aufgeschnitten und wieder zugenäht worden«, gelingt es mir zu krächzen. Mein Hals ist so trocken und rau, dass es tatsächlich schmerzt, zu sprechen. Außerdem fühle ich einen dumpfen, pochenden Schmerz in meiner rechten Seite.

»Hier.« Julian hält mir einen Becher mit einem Strohhalm hin. »Du musst Durst haben.«

Er führt ihn an meinen Mund, und ich schließe gehorsam meine Lippen um den Strohhalm, ziehe ein wenig Wasser in meinen Mund. Mein Kopf ist noch benommen, und einen Augenblick lang beginnt die Mauer zwischen den guten und den bösen Erinnerungen zu bröckeln. Ich erinnere mich an den ersten Tag auf der Insel, als Julian mir eine Flasche Wasser angeboten hat, und ein ungewollter Schauer läuft mir über den Rücken. In diesem Moment ist Julian nicht der Mann, den ich liebe; er ist wieder mein Feind, derjenige, der mich entführt und mich gegen meinen Willen zu seinem Eigentum gemacht hat.

»Kalt?«, möchte er wissen und stellt den Becher zur Seite, bevor er sich nach vorne lehnt, um mir die Decke weiter nach oben zu ziehen, bis sie meine Schultern bedeckt.

»Ja, ein wenig.« *Ich bin nicht mehr auf der Insel. Oh mein Gott, ich bin nicht mehr auf der Insel.* Mein Kopf dreht sich. Ich fühle mich hin- und hergerissen, so als sei ich zwei verschiedene Menschen – das ängstliche Mädchen, welches darauf besteht, die Chance zur Flucht zu nutzen, und die Frau, die sich verzweifelt nach Julians Berührungen sehnt.

»Sie haben dir den Blinddarm herausgenommen«, erklärt mir Julian und streicht mir die Haarsträhne aus dem Gesicht, die mich auf der Stirn gekitzelt hat. »Die Operation verlief problemlos, und es sollten keine Komplikationen auftreten. Nicht wahr, Angela?« Er schaut nach links.

»Ja, Herr Esguerra.«

Esguerra? Ist das Julians Nachname? Ich erkenne die Stimme von zuvor wieder und drehe den Kopf. Ich sehe eine zierliche, junge Frau in weißer Bekleidung. Ihre glatte Haut hat eine wunderschöne, hellbraune Farbe, und ihr Haar und ihre Augen sind dunkel, fast schwarz. Für mich sieht sie wie eine Philippinerin oder eine Thailänderin aus – aber ich kann nicht behaupten, ein Experte zu sein, was diese Nationalitäten betrifft.

Was ich weiß, ist, dass sie die erste Person außer Julian und Beth ist, die ich in fünfzehn Monaten sehe.

Ich bin nicht mehr auf der Insel. Oh mein Gott, ich bin nicht mehr auf der Insel. Zum ersten Mal seit meiner Entführung gibt es eine wirkliche Fluchtmöglichkeit.

»Wo bin ich?«, frage ich und blicke die junge

Krankenschwester an. Ich kann gar nicht glauben, dass Julian es zulässt, dass andere Menschen mich sehen – mich, das Mädchen, welches er entführt hat.

»Du bist in einem Privatkrankenhaus auf den Philippinen«, antwortet Julian, als die Frau mich nur anlächelt. »Angela ist die Krankenschwester, die sich um dich kümmern wird.«

In diesem Moment öffnet sich die Tür und Beth tritt ein. »Oh, schau, wer da wach ist«, ruft sie aus und kommt zu mir. »Wie fühlst du dich?«

»Ich denke, okay«, antworte ich ihr vorsichtig. *Heilige Scheiße, ich bin nicht mehr auf dieser verdammten Insel.*

»Sie sagen, Julian hat dich gerade noch rechtzeitig hierhergebracht«, erzählt mir Beth und zieht sich einen Stuhl heran, um sich an mein Bett zu setzen. »Dein Blinddarm hatte sich schon fast geöffnet. Sie haben ihn herausgeschnitten und dich gleich wieder zugenäht, also solltest du bald wieder ganz die Alte sein.«

Ich lache nervös auf … und muss sofort stöhnen, da die Bewegung an den Stichen auf meiner Seite zieht.

»Hast du Schmerzen?« Julian schaut mich besorgt an. Er dreht sich zu Angela und befiehlt ihr: »Gib ihr mehr Schmerzmittel.«

»Das ist schon okay, ich bin nur ein wenig wund«, versuche ich ihn zu beruhigen. »Ich brauche wirklich keine weiteren Medikamente.« Das Letzte, was ich möchte, ist, dass mir jetzt etwas meinen Verstand vernebelt. Ich bin nicht mehr auf der Insel, und ich muss mir überlegen, was ich tun werde. Ich gebe meine Bestes, um ruhig zu bleiben, aber ich muss meine ganze Willenskraft aufwenden, um nicht zu schreien oder etwas anderes Dummes zu machen. Die Freiheit ist so nah, dass ich sie quasi schon schmecken kann.

»Natürlich, Herr Esguerra.« Angela ignoriert meine Einwände völlig und kommt ans Bett, um etwas an dem durchsichtigen Beutel einzustellen, der mit meinem intravenösen Zugang verbunden ist.

Julian beugt sich über das Bett und küsst mich sanft auf die Lippen. »Du musst dich ausruhen«, sagt er sanft. »Ich möchte, dass du wieder gesund wirst. Hast du mich verstanden?«

Ich nicke, und meine Augenlider werden schwer, als das Medikament zu wirken beginnt. Einen Augenblick lang fühle ich mich, als würde ich schweben, und dann bekomme ich nichts weiter mit.

ALS ICH AUFWACHE, BIN ICH ALLEIN IM ZIMMER. HELLES Sonnenlicht scheint durch die großen Fenster, und verschiedene Pflanzen blühen fröhlich auf der Fensterbank. Es ist alles sehr gemütlich. Wenn es den Krankenhausgeruch und die verschiedenen Geräte und Monitore nicht gäbe, würde ich denken, ich befände mich in einem Schlafzimmer. Was auch immer das für eine Privatklinik ist, sie ist sehr luxuriös – eine Tatsache, die mir vorher gar nicht aufgefallen war.

Die Tür öffnet sich, und Angela kommt herein. Sie

schenkt mir ein strahlendes Lächeln und fragt mit einer fröhlichen Stimme: »Wie fühlen Sie sich, Nora?«

»Okay«, antworte ich ein wenig misstrauisch. »Wo ist Julian?« Irgendetwas an dieser Frau stört mich, aber ich kann nicht genau sagen, was. Ich weiß, dass sie wahrscheinlich meine beste Möglichkeit ist, zu entkommen, aber ich weiß nicht, ob ich ihr trauen kann. Sie könnte ja auch leicht eine von Julians Angestellten sein, so wie Beth.

»Herr Esguerra musste für ein paar Stunden weg«, erklärt sie mir und lächelt mich immer noch an. »Beth ist aber hier. Sie ist nur kurz im Bad.«

»Oh, gut.« Ich schaue sie an und versuche, meinen ganzen Mut zusammenzukratzen. Ich muss ihr sagen, dass ich entführt wurde. Ich muss es einfach. Das ist meine einzige Gelegenheit, zu entkommen. Sie mag Julian gegenüber loyal sein, aber ich muss es trotzdem versuchen, weil es sein kann, dass sich mir niemals eine bessere Möglichkeit bieten wird, meine Freiheit wiederzuerlangen.

Angela kommt zum Bett und reicht mir einen Becher mit einem Strohhalm. »Hier, bitte«, sagt sie mit der gleichen fröhlichen Stimme. »Ich bringe Ihnen auch gleich etwas zu essen.«

Ich hebe meinen Arm und nehme den Becher von ihr. Dabei zucke ich zusammen, als die Bewegung an meinen Stichen zieht. »Danke«, sage ich und trinke gierig das Wasser. Ich muss ihr wirklich sagen, dass sie die Polizei rufen muss, oder wie die örtlichen Ordnungskräfte hier auch immer heißen mögen, aber aus irgendeinem Grund mache ich das nicht. Stattdessen trinke ich das Wasser und sehe ihr dabei zu, wie sie aus dem Raum geht und mich wieder allein lässt.

In Gedanken stöhne ich auf. Was ist mit mir los? Zum ersten Mal seit über einem Jahr gibt es eine reelle Möglichkeit, zu entkommen, und ich schwanke und zaudere. Ich rede mir ein, dass ich einfach vorsichtig bin, weil ich nicht möchte, dass irgendjemand verletzt wird – nicht Angela und mit Sicherheit niemand zu Hause –, aber tief in mir drin kenne ich die Wahrheit.

So verlockend die Freiheit auch ist, sie macht mir gleichzeitig Angst. Ich bin jetzt so lange gefangen gehalten worden, dass ich mich nach der Bequemlichkeit meines Käfigs sehne; mich hier in diesem unbekannten Zimmer zu befinden stresst mich, ängstigt mich, und ein Teil von mir möchte einfach nur auf die Insel zurück, die normale Routine wiederhaben. Das Ausschlaggebende ist aber, dass Freiheit gleichzeitig bedeutet, Julian zu verlassen, und das kann ich nicht über mich bringen.

Ich möchte nicht von dem Mann weg, der mich entführt hat.

Ich sollte den Gedanken mögen, dass die Polizei kommt und ihn festnimmt, aber stattdessen erfüllt er mich mit Schrecken. Ich möchte nicht, dass Julian ins Gefängnis geht. Ich möchte nicht von ihm getrennt sein, nicht einmal für eine Minute.

Ich schließe die Augen und sage mir, dass ich ein

Idiot bin, ein Idiot nach einer Gehirnwäsche, aber das ist egal.

Während ich hier in diesem Krankenhausbett liege, versöhne ich mich mit der Tatsache, nicht länger eine unwillige Gefangene zu sein. Stattdessen bin ich einfach eine Frau, die zu Julian gehört – genauso, wie er zu mir gehört.

DIE NÄCHSTE WOCHE ERHOLE ICH MICH IM Krankenhaus. Julian besucht mich jeden Tag und verbringt einige Stunden an meiner Seite, genauso wie Beth. Angela kümmert sich die meiste Zeit um mich, auch wenn einige Ärzte vorbeigekommen sind, um sich meine Akte anzuschauen und meine Schmerzmitteldosis anzupassen.

Ich habe immer noch niemandem gesagt, ein Entführungsopfer zu sein, und ich habe es auch gar nicht mehr vor. Ich nehme außerdem an, dass das Personal dafür bezahlt wird, diskret zu sein. Niemand scheint sich auch nur im Geringsten dafür zu interessieren, was ein amerikanisches Mädchen auf den Philippinen macht. Mir werden überhaupt keine persönlichen Fragen gestellt. Das Einzige, was Angela von mir wissen möchte, ist, ob ich Schmerzen, Durst oder Hunger habe und ob ich das Badezimmer aufsuchen möchte. Ich bin mir ziemlich sicher, dass sie einfach lächeln und mir mehr Schmerzmittel geben würde, sollte ich sie bitten, für mich die Polizei zu rufen.

Ich habe außerdem Wachen auf dem Gang vor dem Zimmer gesehen. Ich kann immer einen Blick auf sie werfen, wenn sich die Tür öffnet. Sie sind bis zu den Zähnen bewaffnet und sehen unheimlich aus. Sie erinnern mich an den Schläger, der bei Jake war.

Als ich Julian auf sie anspreche, gibt er bereitwillig zu, dass es sich dabei um seine Angestellten handelt. »Sie sind hier, um dich zu beschützen«, erklärt er mir und setzt sich auf mein Bett. »Ich habe dir ja schon erzählt, dass ich Feinde habe.«

Das hat er wirklich, aber bis jetzt hatte ich das volle Ausmaß der Gefahr nicht erkannt. Laut Beth ist eine kleine Armee von Bodyguards im und rund um das Krankenhaus stationiert, die uns alle vor dem beschützen sollen, um das sich Julian Sorgen macht.

»Was für Feinde?«, frage ich neugierig und schaue ihn an. »Wer ist hinter dir her?«

Er lächelt mich an. »Darüber musst du dir keine Gedanken machen, mein Kätzchen«, sagt er zärtlich, aber unter der Wärme seines Lächelns lauert etwas Kaltes und Tödliches. »Ich werde mich bald um sie kümmern.«

Ich erschaudere ein wenig und hoffe, dass Julian es nicht mitbekommt. Manchmal kann mein Liebhaber sehr, sehr angsteinflößend sein.

»Morgen gehen wir nach Hause«, wechselt er das Thema. »Die Ärzte sagen, du sollst es in den nächsten Wochen ruhig angehen lassen, aber es gibt keinen

Grund, weshalb du noch länger hierbleiben solltest. Du kannst dich genauso gut zu Hause erholen.«

Ich nicke, und mein Magen zieht sich mit einer Mischung aus Furcht und Freude zusammen. Nach Hause. Nach Hause auf die Insel. Dieses eigenartige Intermezzo in dem Krankenhaus – so nahe an der Freiheit – ist fast vorbei.

Morgen beginnt mein wahres Leben wieder.

*N*ora

POP! POP! DAS EXPLODIERENDE GERÄUSCH EINES fehlzündenden Autos reißt mich aus dem Schlaf. Mein Herz hämmert, ich schnippe wie ein Klappmesser in eine Sitzposition und drücke danach mit einem Schmerzenslaut meine Hand gegen die Stiche in meiner Seite.

Pop! Pop! Pop! Das Geräusch wiederholt sich, und ich erstarre. Kein Auto hat solche Fehlzündungen.

Ich höre Schüsse. Schüsse und gelegentliche Schreie.

Es ist dunkel, und das einzige Licht kommt von den Monitoren, an denen ich hänge. Ich liege auf meinem Bett mitten im Raum – und bin das Erste, was jemand sehen würde, der die Tür öffnet. Mir fällt auf, dass ich genauso gut mit einer auf die Stirn gemalten Zielscheibe hier sitzen könnte.

Ich versuche, meine unregelmäßige Atmung zu kontrollieren, und ziehe die Nadel aus meinem Arm, um aufzustehen. Ich habe immer noch Schmerzen beim Gehen, aber ich ignoriere sie. Ich bin mir sicher, dass Kugeln schlimmer sind.

Ich trippele barfuß zur Tür und öffne sie einen klitzekleinen Spalt, um in den Flur zu schauen. Mir wird schlecht. Ich kann nicht einen einzigen Bodyguard sehen; der ganze Flur ist völlig leer.

Scheiße. Scheiße, Scheiße, Scheiße.

Ich werfe einen panischen Blick um mich und suche nach einem Versteck. Der einzige Schrank im Zimmer ist zu klein, dort passe ich nicht hinein. Einen anderen Platz, an dem ich mich verbergen könnte, gibt es nicht. Hierzubleiben wäre glatter Selbstmord. Ich muss also aus dem Zimmer heraus, und zwar sofort.

Ich ziehe den Krankenhauskittel fester um mich und trete vorsichtig auf den Gang. Der Boden unter meinen Füßen ist kalt und verstärkt die eisige Kälte in mir. Hier draußen fühle ich mich bloßgestellt und verletzlich, was meinen Drang, mich zu verstecken, fast unerträglich macht. Ich sehe einige Türen am anderen Ende des Gangs, und ich wähle eine davon aus, die ich langsam öffne. Zu meiner Erleichterung befindet sich niemand darin. Ich trete ein und schließe die Tür leise hinter mir.

Das Geräusch der Schüsse geht in unregelmäßigen Abständen weiter und kommt immer näher. Ich gehe in die Ecke hinter der Tür und drücke mich gegen die Wand. Ich versuche, meine aufsteigende Panik zu kontrollieren. Ich weiß nicht, wer diese Schützen sind, aber alle Möglichkeiten, die mir einfallen, sind nicht beruhigend.

Julian hat Feinde. Was, wenn er da draußen gerade mit seinen Bodyguards gegen sie kämpft? Ich stelle mir vor, dass er verletzt oder tot ist, und die Kälte in mir breitet sich aus, dringt bis tief in meine Knochen ein. Bitte nicht, Gott. Alles, aber das nicht. Ich würde lieber sterben, als ihn zu verlieren.

Mein ganzer Körper zittert, und ich kann den kalten Schweiß meinen Rücken hinunterlaufen spüren. Die Schüsse haben aufgehört, und die Stille ist schlimmer als der betäubende Lärm zuvor. Ich kann die Angst schmecken; sie ist scharf und metallisch auf meiner Zunge, und mir wird klar, dass ich mir auf die Innenseite der Wange gebissen habe.

Die Zeit vergeht quälend langsam. Jede Minute fühlt sich wie eine Stunde an, und jede Sekunde wie eine Ewigkeit. Endlich höre ich vom Flur Stimmen und schwere Schritte. Es hört sich an, als gingen dort mehrere Männer, die sich in einer Sprache unterhalten, die ich nicht verstehe – eine Sprache, die sich für mich barsch und kehlig anhört.

Ich kann hören, wie Türen geöffnet werden, und weiß, dass sie nach etwas suchen ... oder nach jemandem. Ich traue mich kaum, zu atmen, ich versuche, mit der Wand zu verschmelzen, mich so klein zu machen, dass ich für die Männer mit den Waffen dort draußen auf dem Gang unsichtbar bin.

»Wo ist sie?«, will eine grobe, männliche Stimme mit einem starken Akzent wissen. »Sie sollte hier sein, auf dieser Etage.«

»Nein, ist sie nicht.« Die Stimme, die ihm antwortet, ist Beths, und ich unterdrücke einen entsetzten Aufschrei, als mir klar wird, dass diese Männer sie gefangen genommen haben müssen. Sie hört sich trotzig an, aber ich kann auch einen ängstlichen Unterton aus ihrer Stimme heraushören. »Ich habe euch gesagt, dass Julian sie schon mitgenommen hat …«

»Lüg mich verdammt noch mal nicht an«, brüllt der Mann, und sein Akzent wird stärker. Auf das Geräusch eines Schlages folgt ein schmerzlicher Aufschrei von Beth. »Wo zum Teufel ist sie?«

»Ich weiß es nicht«, schluchzt Beth hysterisch. »Sie ist weg, habe ich euch doch gesagt, weg …«

Der Mann bellt etwas in seiner eigenen Sprache, und ich kann hören, wie weitere Türen geöffnet werden. Sie kommen näher zu dem Zimmer, in dem ich mich verstecke, und ich weiß, dass es nur noch eine Frage der Zeit ist, bis sie mich finden. Ich weiß nicht, warum sie mich suchen, aber ich weiß, dass ich die fragliche »Sie« bin. Sie wollen mich finden, und sie sind bereit, Beth Schmerzen zuzufügen, um ihr Ziel zu erreichen.

Ich zögere einen Moment, bevor ich aus dem Zimmer trete. Auf der anderen Seite des Flurs kann ich

Beth zusammengekauert auf dem Boden liegen sehen. Sie wird an einem Arm von einem schwarz gekleideten Mann festgehalten. Ein Dutzend weitere, mit Sturmgewehren und Maschinenpistolen bewaffnete Männer stehen um sie herum. Sobald ich aus dem Zimmer trete, richten sich alle Waffen auf mich.

»Sucht ihr mich?«, frage ich ruhig. Ich hatte in meinem ganzen Leben noch nie solche Angst, aber meine Stimme ist fest, klingt fast belustigt. Ich wusste nicht, dass die Angst einen betäuben kann, aber genauso fühle ich mich gerade – ich bin so verängstigt, dass ich keine Furcht mehr spüre.

Meine Gedanken sind eigenartig klar, und ich nehme verschiedene Dinge auf einmal wahr. Die Männer sehen mit ihrer olivfarbenen Haut und dem dunklen Haar nach Nahem Osten aus. Einige von ihnen sind rasiert, aber die Mehrheit hat dicke, schwarze Bärte. Wenigstens zwei von ihnen sind verwundet und bluten. Und trotz der ganzen Waffen sehen sie ängstlich aus, so als befürchteten sie, jederzeit angegriffen zu werden.

Der Mann, der Beth festhält, gibt ein weiteres Kommando in einer Sprache, die ich jetzt als Arabisch erkenne, und ich bemerke, dass es sich dabei um den gleichen Mann handelt, der vorher Englisch gesprochen hat. Er scheint der Anführer zu sein. Auf seinen Befehl hin kommen zwei Männer auf mich zu und ergreifen mich an den Armen, um mich zu ihm zu ziehen. Ich schaffe es, nicht zu stolpern, obwohl meine Stiche mit erneuter Stärke schmerzen.

»Ist sie das?«, faucht er Beth an und schüttelt sie grob. »Ist das Julians kleine Nutte?«

»Das bin ich«, erkläre ich ihm, bevor Beth antworten kann. Meine Stimme ist immer noch unnatürlich ruhig. Ich denke, ich habe die Gefahr, in der ich mich befinde, noch nicht völlig erkannt. Das Einzige, was ich gerade machen möchte ist, sie davon abzubringen, Beth weiterhin wehzutun. Gleichzeitig verarbeite ich in meinem Hinterkopf die Tatsache, dass sie mich wollen, weil ich Julians Geliebte bin. Das kann nur eines bedeuten: Julian lebt, und sie möchten mich gegen ihn benutzen. Ich unterdrücke einen Schauer der Erleichterung.

Ihr Anführer starrt mich an und ist offensichtlich ganz überrascht von meinem ungewöhnlichen Mut. Er lässt von Beth ab, kommt zu mir und greift sich mit harten, grausamen Fingern mein Kinn. Er beugt sich nach vorne und betrachtet mich mit kalt leuchtenden Augen. Er ist klein für einen Mann, höchstens eins siebzig groß, und sein Atem, der über mein Gesicht weht, hüllt mich in eine Wolke aus Tabak- und Knoblauchgestank ein. Ich kämpfe gegen meinen Würgereiz und halte trotzig seinem Blick stand.

Nach einigen Augenblicken lässt er mich los und sagt etwas auf Arabisch zu seinen Leuten. Zwei der Männer kommen und ergreifen Beth. Sie schreit und beginnt, sich zu wehren, aber einer von ihnen schlägt sie mit seiner Rückhand, und sie verstummt. Gleichzeitig schließt sich die Hand des Anführers um meinen Oberarm und drückt ihn schmerzhaft. »Lasst uns gehen«, sagt er beißend, und ich lasse mich zur Tür am Ende des Gangs führen.

Die Tür führt in ein Treppenhaus, und ich bemerke, dass wir uns in der zweiten Etage des Gebäudes befinden. Die Soldaten umkreisen mich, ihren Anführer und Beth, und wir alle gehen die Treppe hinunter und durch eine Tür, die zu einer unbefestigten, nicht überdachten Fläche außerhalb des Krankenhauses führt. Im Treppenhaus kamen wir an einer Leiche vorbei, und hier draußen liegen weitere. Ich wende meine Augen ab und schlucke die Galle hinunter, die meinen Hals hochsteigt. Die Sonne ist hell, und die Luft ist heiß und feucht, aber ich kann die Wärme auf meiner Haut kaum spüren. Die Wirklichkeit meiner Lage beginnt mir bewusst zu werden, und ich fange an zu zittern, so dass kleine Beben meinen Körper erschüttern.

Einige schwarze Geländewagen warten schon auf uns, und die Männer zerren Beth und mich zu einem davon, zwingen uns, hinten einzusteigen. Zwei von ihnen steigen zu uns, und wir müssen uns zusammendrängen. Ich kann spüren, wie Beth zittert, und strecke mich nach ihr aus. Ich will ihre kalte Hand mit meiner drücken und ein wenig Trost aus dieser menschlichen Berührung ziehen. Sie schaut mich an, und die Panik in ihren Augen lässt mein Blut gefrieren. Ihr sommersprossiges Gesicht ist blass, und ihre rechte Wange, auf der sich gerade ein Bluterguss zu bilden beginnt, ist geschwollen. Ihre Oberlippe ist an zwei Stellen aufgeplatzt, und auf ihrem Kinn ist Blut. Wer immer diese Männer sind, sie haben kein Problem damit, Frauen zu verletzen.

Ich möchte sie unbedingt fragen, was sie weiß, aber ich bleibe stumm. Ich möchte nicht mehr Aufmerksamkeit auf uns ziehen als nötig. Meine Gedanken gehen zurück zu den toten Körpern, an denen wir gerade vorbeigegangen sind, und ich kämpfe gegen das Bedürfnis an, mich zu übergeben. Ich weiß nicht, was diese Leute mit uns vorhaben, aber ich vermute ganz stark, dass unsere Chancen, lebend aus dieser Sache herauszukommen, minimal sind. Jede Minute, die wir überleben, jede Minute, die sie uns allein lassen, ist wertvoll, und wir müssen tun, was wir können, um diese Minuten so lange wie möglich auszudehnen.

Das Auto wird gestartet und fährt los. Ich halte immer noch Beths Hand und schaue aus dem Fenster. Das weiße Krankenhausgebäude verschwindet hinter uns. Die Straße, auf der wir uns befinden, ist nicht asphaltiert und holprig. Die Männer, die mit uns auf dem Rücksitz sitzen, halten ihre Waffen fest, und ich kann wieder spüren, dass sie Angst vor etwas haben … oder jemandem.

Ich frage mich, ob es Julian ist. Weiß er, was passiert ist? Ist er vielleicht schon auf dem Weg zum Krankenhaus? Ich blicke mit trockenen und brennenden Augen aus dem Fenster. So war das nicht geplant gewesen. Heute sollte ich zurück auf die Insel kommen, zu dem ruhigen Leben zurückkehren, welches ich im vergangenen Jahr geführt hatte. Es ist ein Leben, nach dem ich mich mit einer verzweifelten Intensität sehne. Ich möchte in Julians Umarmung liegen, seine Berührung fühlen und den warmen, reinen Geruch seiner Haut einatmen. Ich möchte, dass er mich besitzt und mich beschützt. Mich vor allem und jedem außer ihm selbst in Sicherheit bringt.

Aber er ist nicht hier. Stattdessen holpert das Auto die Straße entlang und fährt uns immer weiter von der Sicherheit weg. Es ist heiß hier drin, und ich rieche die würzige Geruchsmischung aus ungewaschenen Männerkörpern und Schweiß. Sie zieht durch das ganze Auto, und ich habe das Gefühl, daran zu ersticken. Beth scheint sich in einem Schockzustand zu befinden. Ihr Gesicht ist weiß und verschlossen. Ich möchte sie umarmen, aber wir sind zu eng zusammengedrängt, weshalb ich nur ihre Hand liebevoll drücke. Ihre Finger liegen leblos und klamm in meiner Hand.

Die Fahrt scheint ewig zu dauern. In Wirklichkeit ist aber nur etwa eine Stunde vergangen, denn die Sonne steht immer noch nicht ganz am Himmel, als wir an unserem Ziel ankommen. Es handelt sich dabei um eine Landebahn mitten im Nichts und darauf befindet sich ein riesiges Flugzeug. Auf mich wirkt es ein wenig militärisch. Die Männer drängen uns aus dem Auto und zerren uns zum Flugzeug. Ich gebe mein Bestes, dorthin zu gehen, wo sie uns haben wollen, da ich nicht möchte, dass sich meine frische Narbe öffnet. Beth wehrt sich auch nicht, aber sie scheint zu erschüttert zu sein, um geradeaus laufen zu können, weshalb sie quasi hineingetragen werden muss.

Die Innenausstattung des Flugzeugs ist weit entfernt davon, luxuriös zu sein. Wie ich vermutet hatte, besitzt es eine Militärausstattung mit Sitzen, die an der Wand entlanglaufen, anstatt in hintereinander angeordneten Reihen. Es ist die Art von Flugzeug, die ich in Filmen gesehen habe. Normalerweise springen aus ihnen die Navy SEALs mit Fallschirmen. Die Männer schnallen Beth und mich in zwei Sitzen fest, und wir bekommen auch noch Handschellen umgelegt, bevor sie sich selbst setzen.

Der Motor heult auf, und dann heben wir ab. Die Sonne scheint mir grell in die Augen.

ALS WIR EIN PAAR STUNDEN SPÄTER LANDEN, BIN ICH AM Verdursten und muss dringend aufs Klo. Ich werfe einen Blick auf Beth und sehe, dass es ihr sogar noch schlechter geht. Ihre Augen glänzen und sehen fiebrig aus. Die Schwellung in ihrem Gesicht hat sich in einen hässlichen Bluterguss verwandelt, und ihre Lippen sind blutverkrustet. Mit meinen gefesselten Händen kann ich nicht einmal hinübergreifen und sie tröstend am Arm berühren.

Sobald das Flugzeug den Boden berührt, schnallen sie uns los und schleifen uns hinaus. Unsere Hände sind immer noch vor unsere Körper gebunden. Der Anführer kommt und wirft einen schnellen Blick auf uns, bevor er auf einen schwarzen Geländewagen zeigt, der einige Meter entfernt steht. Er verteilt einige Befehle an seine Männer, und ich denke, das bedeutet, dass unsere Reise noch weitergeht. Bevor sie uns in das Fahrzeug drängen können, spreche ich sie aber an. »Hey«, sage ich ruhig, »ich muss aufs Klo.«

Beth wirft mir einen panikerfüllten Blick zu, aber ich ignoriere sie und konzentriere mich auf den Anführer. Ich bin mir ziemlich sicher, dass ich lieber sterben würde, als mir in die Hose zu machen – oder meinen Krankenhauskittel in diesem Fall. Er zögert einen Moment, schaut mich an und zeigt dann mit dem Daumen auf die Büsche. »Geh, Schlampe«, sagt er harsch. »Ich gebe dir eine Minute.«

Ich stolpere zu den Büschen und ignoriere den Mann mit der Maschinenpistole, der mir folgt. Zum Glück schaut er weg, als ich mein Hemdchen anhebe und mich hinhocke, um mich zu erleichtern. Mein Gesicht ist knallrot, weil mir das Ganze so peinlich ist. Aus den Augenwinkeln kann ich sehen, dass Beth meinem Beispiel in einigen Metern Entfernung folgt.

Als wir beide fertig sind, steigen wir erneut in ein heißes, stickiges Auto. Dieses Mal dauert die Fahrt sogar noch länger, und die Straße windet sich durch eine Art Dschungel. Als wir an einem unauffälligen, warenhausähnlichen Gebäude ankommen – unserem endgültigen Ziel –, bin ich schweißnass und völlig dehydriert. Ich habe auch Hunger, aber das ist zweitrangig bei dem Durst, den ich gerade habe.

Als wir das Gebäude betreten, werden wir zu zwei Metallstühlen geführt, die in der Ecke stehen. Meine

Handschellen werden abgemacht, aber bevor ich die Möglichkeit habe, mich darüber zu freuen, bindet mir der gleiche Mann, der mich bei den Büschen bewacht hat, meine Handgelenke wieder hinter dem Rücken zusammen. Danach befestigt er meine beiden Knöchel jeweils an einem Stuhlbein, bevor er ein Seil um meinen Körper wickelt, um mich an den Stuhl zu schnüren. Er berührt meine Haut desinteressiert, unpersönlich; ich bin nur eine Sache für ihn, keine Frau. Ich drehe meinen Kopf zur Seite und sehe, dass das Gleiche mit Beth geschieht. Der Unterschied ist allerdings, dass ihr Betreuer es zu genießen scheint, ihr Schmerzen zuzufügen, indem er ihre Beine rau auseinanderreißt, um sie am Stuhl zu befestigen. Sie gibt kein Geräusch von sich, aber ihr Gesicht wird noch blasser, und ihre aufgeplatzten Lippen zittern leicht.

Ich beobachte das mit hilfloser Wut, bis der Mann sie in Ruhe lässt. Dann schaue ich weg und widme meine Aufmerksamkeit stattdessen unserer Umgebung.

Es scheint, als sei mein erster Eindruck richtig gewesen. Wir sind in einem Lagerhaus, mit großen Kisten und Metallregalen, die in ihrer Mitte ein Labyrinth bilden. Jetzt, sicher an unsere Stühle gebunden, lassen uns die Männer allein und versammeln sich an einem langen Tisch in der anderen Ecke.

Beth und ich können endlich ungestört reden.

»Bist du okay?«, frage ich sie und achte darauf,

meine Stimme ganz leise zu halten. »Haben sie dich verletzt? Bevor ich aus dem Zimmer kam, meine ich …«

Sie schüttelt ihren Kopf, und ihr Mund wird hart. »Sie haben mich nur ein wenig geschlagen«, sagt sie ruhig. »Es ist nichts weiter. Du hättest nicht rauskommen sollen, Nora. Das war dumm.«

»Sie hätten mich sowieso gefunden. Es war nur eine Frage der Zeit.« Davon bin ich überzeugt. »Weißt du, wer sie sind oder was sie von uns wollen?«

»Ich bin mir nicht sicher, aber ich habe eine Vermutung«, erwidert sie, und ihre Hände verkrampfen sich auf ihrem Schoß. »Ich denke, sie sind ein Teil der dschihadistischen Terroristengruppe, von der mir Julian vor einigen Monaten erzählt hat. Offensichtlich sind sie verärgert darüber, dass Julian ihnen eine kürzlich von seinem Unternehmen entwickelte Waffe nicht verkaufen wollte.«

»Warum nicht?«, frage ich neugierig. »Warum wollte er sie ihnen nicht verkaufen?«

Sie zuckt mit den Schultern. »Das weiß ich nicht. Julian ist sehr wählerisch, was seine Geschäftspartner betrifft, und es könnte sein, dass er ihnen nicht ausreichend vertraut hat.«

»Also wollen sie ihn mit uns erpressen?«

»Ja, das denke ich zumindest«, erwidert sie leise. »Zumindest ist das der Grund, weshalb du hier bist. Jemand im Krankenhaus muss für sie gearbeitet haben, denn sie wussten, wer du warst und was du Julian bedeutest. Ich habe in einem der Zimmer in der unteren Etage geschlafen, als sie mich gefunden haben. Danach sind sie direkt in die zweite Etage gegangen, zu deinem Zimmer. Ich vermute, sie haben vor, dich dazu zu benutzen, um Julian zu zwingen, ihnen diese Waffe zu geben.«

Ich atme zitternd ein. »Ich verstehe.« Ich kann mir nur vorstellen, wie Männer, die psychotisch genug sind, unschuldige Zivilisten zu töten, Julian zu etwas zwingen wollen. Grauenhafte Bilder von verstümmelten Körperteilen tanzen durch meinen Kopf, und ich schiebe sie angestrengt beiseite, da ich mich nicht der Panik hingeben möchte, die mich gerade zu verschlingen droht.

»Zum Glück war Julian nicht im Krankenhaus, als sie kamen«, meint Beth und unterbricht meine düsteren Gedanken. »Sie haben jeden getötet, alle sechzehn Männer von Julian, die uns beschützen sollten.«

Ich schlucke trocken. »Sechzehn Männer?«

Beth nickt. »Sie hatten unglaublich mächtige Waffen und kamen mit dreißig oder vierzig Männern. Du hast das Schlimmste nicht gesehen, da sie von hinten eingedrungen sind. Fast zwei Meter hoch waren die Leichen in dem anderen Treppenhaus gestapelt, und viele davon waren von ihrer Seite.«

Ich starre sie an und versuche, meine Atmung zu kontrollieren. Scheiße. Scheiße, scheiße, scheiße. Was auch immer das für eine Waffe ist, die sie von Julian haben wollen, es muss eine Hammerwaffe sein, wenn sie dafür so viele Kameraden opfern. Wird er sie ihnen geben, um uns zu retten? Sind Beth und ich ihm wichtig genug? Ich weiß, dass er mich will – und sich irgendwie auch Gedanken um mein Wohlbefinden macht –, aber ich habe keine Ahnung, ob er mich vor seine Geschäftsinteressen stellen würde.

Selbst wenn er ihnen das geben würde, was sie möchten, gibt es keine Garantie dafür, dass sie uns am Leben lassen werden. Ich erinnere mich an das, was mir Julian über Marias Tod erzählt hat … darüber, wie sie getötet wurde, um ihn für einen Überfall auf ein Lagerhaus zu bestrafen. In Julians Welt haben Taten Konsequenzen. Sehr brutale Konsequenzen.

»Denkst du, er wird nach uns suchen?«, frage ich Beth ruhig. Die Ironie des Ganzen entgeht mir nicht. Ich sehe Julian jetzt als meinen potentiellen Retter an, meinen Ritter in glänzender Rüstung. Er ist nicht mehr derjenige, vor dem ich gerettet werden muss.

Sie schaut mich an, und ihre Augen sehen in dem blassen Gesicht besonders dunkel aus. »Das wird er«, antwortet sie sanft. »Er wird uns suchen kommen. Ich weiß nur nicht, ob es uns dann noch etwas nutzen wird.«

DIE NÄCHSTEN STUNDEN VERGEHEN. DIE MÄNNER ignorieren uns weitestgehend, auch wenn ich gesehen habe, wie einige von ihnen auf meine nackten Beine geschaut haben, wenn ihr Anführer es nicht mitbekam. Zum Glück ist dieser Krankenhauskittel recht formlos und aus einem dicken Material – das so ziemlich unerotischste Outfit, welches ich mir vorstellen kann. Der Gedanke daran, einer von ihnen könnte mich berühren – oder mehrere –, lässt meine Haut jucken.

Sie geben uns auch nichts zu essen oder zu trinken. Das ist kein gutes Zeichen; es bedeutet, dass es ihnen egal ist, ob wir leben oder tot sind. Mein Durst wird so quälend, dass ich nur noch an Wasser denken kann, und in meinem Magen habe ich ein leeres, nagendes Gefühl. Am schlimmsten sind aber die kalte Angst, die mich in Wellen überkommt, und die düsteren Bilder, die wie in einem schlechten Horrorfilm durch meinen Kopf jagen.

Ich versuche, mit Beth zu reden, um nicht auszurasten, aber nach unserer anfänglichen Unterhaltung wird sie still und zieht sich zurück, antwortet höchstens noch einsilbig. Es ist so, als sei sie nur noch körperlich anwesend. Ich beneide sie. Ich würde auch gerne auf diese Weise flüchten können, aber ich kann es nicht. Damit meine Gedanken sich lösen können, brauche ich Julian und diese ganz spezielle erotische Qual.

Als ich fast frustriert schreien muss, betreten zwei weitere Männer das Lagerhaus. Zu meiner Überraschung sieht einer von ihnen wie ein Geschäftsmann aus. Sein Nadelstreifenanzug ist elegant und maßgeschneidert, und er trägt eine iPad-Tasche von Strotter im Messenger-Stil quer über dem Oberkörper. Er ist außerdem ziemlich jung, wahrscheinlich erst in seinen Dreißigern, und er scheint gut in Form zu sein. Er ist glattrasiert, hat eine olivfarbene Haut und glänzendes, schwarzes Haar. Er hätte auf dem Cover der GQ sein können – wenn er nicht höchstwahrscheinlich ein Terrorist wäre.

Er wechselt ein paar Worte mit den Männern auf der anderen Seite des Lagerhauses und kommt dann zu Beth und mir. Er nähert sich uns, und ich bemerke das kalte Glänzen in seinen Augen und die Art und Weise, wie sich seine Nasenflügel leicht blähen. Sein starres Blicken, ohne zu blinzeln, hat etwas Reptilienhaftes, und ich unterdrücke einen Schauer, als er einen Meter vor uns zum Stehen kommt und mich mit zur Seite geneigtem Kopf betrachtet.

Ich erwidere seinen Blick, und mein Herz schlägt heftig in meiner Brust. Objektiv gesehen könnte er als hübsch bezeichnet werden, aber ich fühle mich nicht im Geringsten von ihm angezogen. Das Einzige, was ich fühle, ist Angst. Das ist eigentlich eine Erleichterung für mich; ein Teil von mir hatte sich schon gefragt, ob etwas mit mir nicht stimmt – ob es mein Schicksal ist, Männer zu begehren, die mir Angst machen. Jetzt erkenne ich, dass es sich dabei um ein Julian-spezifisches Phänomen handelt. Ich habe Angst vor dem Kriminellen, der vor mir steht, und bin abgestoßen – eine völlig normale Reaktion, die ich begrüße.

»Wie lange kennst du Esguerra schon?«, fragt der Mann mich. Er hat einen britischen Akzent, der mit etwas Fremdem und Exotischem vermischt ist. Bei dem Klang seiner Stimme schaut Beth überrascht hoch, und ich kann sehen, dass sie innerhalb eines Augenblicks wieder bei uns ist.

Ich zögere eine Sekunde lang, bevor ich ihm antworte. »Etwa fünfzehn Monate«, sage ich schließlich. Ich kann nichts Schlimmes darin sehen, das preiszugeben.

Er hebt seine Augenbrauen an. »Und er hat dich die ganze Zeit versteckt gehalten? Beeindruckend …«

Ich unterdrücke meinen plötzlichen Drang, zu kichern. Julian hat mich wortwörtlich auf seiner Insel versteckt gehalten, also hat der Typ mehr recht, als er denkt. Meine Lippen zucken ungewollt, und ich kann Überraschung auf dem Gesicht des Mannes aufflackern sehen.

»Du bist eine mutige, kleine Hure, stimmt's?«, stellt er langsam fest und betrachtet mich mit seinem düsteren Blick. »Oder denkst du, das alles hier ist ein Witz?«

Ich antworte ihm nicht. Was könnte ich auch sagen? *Nein, ich denke nicht, dass das ein Witz ist. Ich weiß, Sie werden mich quälen und mich wahrscheinlich töten, um Julian eins auszuwischen.* Irgendwie hört sich das nicht so gut an.

Seine Augen verengen sich, und mir fällt auf, dass ich ihn irgendwie verärgert habe. Er sieht aus wie eine Kobra, die gleich angreift. Meine Herzfrequenz schießt nach oben, und ich spanne mich an, bereite mich auf einen Schlag vor, aber er greift einfach nur nach seiner Tasche, öffnet sie und holt sein iPad heraus. Er blickt darauf, schreibt schnell eine Mail und sieht dann wieder zu mir. »Dann schauen wir mal, ob Esguerra denkt, das sei ein Witz«, sagt er ruhig und schließt seine Tasche. »Ich hoffe für dich, dass das nicht der Fall sein wird.«

Dann dreht er sich herum und geht weg, wieder dorthin zurück, wo die anderen Männer versammelt sind.

~

TROTZ MEINER ANGST UND MEINER UNBEQUEMEN Position schaffe ich es irgendwie, in diesem Stuhl einzuschlafen. Mein Körper erholt sich immer noch von der Operation, und ich bin körperlich und emotional erschöpft von den Ereignissen des letzten Tages.

Ich wache auf, weil ich Stimmen höre. Der Typ im Anzug und der Kleine, den ich als Anführer vermutet hatte, stehen vor mir und stellen etwas auf, was wie eine große Kamera auf einem hohen Dreibein aussieht.

Ich schlucke und sehe ihnen zu. Mein Mund ist so trocken wie die Sahara, und trotz der ganzen Zeit, die vergangen ist, habe ich überhaupt nicht das Bedürfnis, meine Blase zu entleeren. Ich denke, das bedeutet, dass ich völlig dehydriert bin.

Als er sieht, dass ich wach bin, schenkt mir der Anzug – so nenne ich ihn in meinen Gedanken – ein dünnlippiges Lächeln. »Es ist Showtime. Lasst uns herausfinden, wie sehr Esguerra seine kleine Hure zurückbekommen möchte.«

Übelkeit wühlt meinen leeren Magen auf, und ich drehe meinen Kopf zu Beth, um einen Blick auf sie zu werfen. Sie starrt geradeaus. Ihr Gesicht ist weiß, und ihr Blick leer. Ich weiß nicht, ob sie überhaupt geschlafen hat, aber sie scheint noch abwesender zu sein als zuvor.

Sie richten die Kamera auf uns und kontrollieren einige Male den Winkel. Danach kommt Anzug herüber und stellt sich neben mich. Sobald die Lichter der Kamera angehen, legt er seine Hand auf meinen Kopf und streicht grob über mein zerzaustes Haar. »Du weißt, was ich will, Esguerra«, sagt er ruhig und schaut in die Kamera. »Du hast bis morgen um Mitternacht Zeit, es zu mir zu bringen. Mach das – und der Schlampe passiert nichts. Ich werde sie dir sogar zurückgeben. Falls nicht, dann … bekommst du sie trotzdem zurück.« Er hält inne und lächelt grausam. »Stück für Stück.«

Ich starre in die Kamera und die Galle kommt mir hoch. Mir ist – noch – nichts passiert, aber ich kann die Gewalt in diesem Mann spüren. Es ist die gleiche Dunkelheit, die Julians Seele verschmutzt. Männer wie diese sind anders. Sie halten sich nicht an gesellschaftliche Konventionen. Sie spielen nicht nach den gleichen Regeln wie alle anderen.

Anzugs Hand verlässt mein Haar, und er geht einen Schritt auf Beth zu. »Vielleicht zweifelst du an mir, Esguerra«, fährt er fort und spricht dabei weiterhin in die Kamera. »Vielleicht denkst du, mir fehlt es an Entschlossenheit. Lass mich einfach kurz demonstrieren, was mit deiner hübschen Hure passiert, wenn ich nicht bekomme, was ich möchte. Wir beginnen mit dem Rotschopf und machen dann mit ihr weiter …«, er macht eine Kopfbewegung in meine Richtung, »morgen nach Mitternacht.«

»Nein!«, schreie ich, als mir aufgeht, was er vorhat. »Fass sie nicht an!« Ich versuche, mich zu befreien, aber die Stricke, die mich halten, sind zu fest. Es gibt nichts, was ich machen kann, außer hilflos dabei zuzuschauen, wie er seine Hand um Beths Hals legt und beginnt, zuzudrücken. »Fass sie verdammt nochmal nicht an! Julian wird dich dafür umbringen! Er wird dich verdammt noch mal töten …«

Anzug ignoriert meine Schreie, gibt einen Befehl auf Arabisch, und ein Mann tritt hervor, um Beths Fesseln mit einem scharfen Messer durchzuschneiden. Ich erhasche einen Blick auf ihre panikerfüllten Augen, und dann werfen sie sie mit dem Gesicht nach unten auf den Boden. Der Anzug drückt sein Knie gegen ihren Rücken und zieht an ihrem Haar, um ihren Kopf nach oben zu biegen. Ich kann sehen, wie ihre Beine nutzlos gegen den Boden klopfen, und meine Schreie werden lauter, als Anzug ein kurzes, dünnes Messer hervorholt und beginnt, in Beths Wange zu schneiden.

Sie schreit, wehrt sich, und ich kann das Blut überall hinspritzen sehen, als er ihr Gesicht aufschneidet und eine tiefe, blutige Wunde hinterlässt. Ich würge, mein Magen protestiert, aber er ist noch lange nicht fertig. Beths andere Wange ist als Nächstes dran, und danach rammt er sein Messer in ihren

Oberarm, um ihr ein Stück Fleisch herauszuschneiden. Ihre qualvollen Schreie hallen durch die gesamte Lagerhalle und werden von meinen eigenen hysterischen Lauten begleitet. Ich kann ihren Schmerz fühlen, als sei er meiner, und das kann ich nicht ertragen. »Lass sie in Ruhe!«, kreische ich. »Du dreckiger Bastard! Lass sie in Ruhe!«

Das macht er natürlich nicht. Er fährt damit fort, sie aufzuschneiden, und seine dunklen Augen glänzen erregt. Er genießt das, bemerke ich mit krankem Grauen; er macht das nicht nur für die Kamera. Beths Gegenwehr wird schwächer, und ihre Schreie verwandeln sich in schluchzendes Stöhnen. Überall ist Blut; Beth ertrinkt quasi darin. Ich weiß nicht, wie sie in der Lage ist, die ganze Zeit bei Bewusstsein zu bleiben. Schwarze Punkte schwimmen vor meiner Sicht, und ich fühle mich, als würden die Wände um mich herum näherkommen und mich einschließen. Meine Rippen drücken auf meine Lungen, und ich kann nicht mehr atmen.

Plötzlich zuckt Beths Körper, und es ertönt ein seltsames Gurgeln, bevor sie still wird. Alles, was ich jetzt hören kann, ist das Geräusch meiner eigenen schweren, schluchzenden Atemzüge. Beth liegt bewegungslos da, und um ihre Halsgegend bildet sich eine riesige Blutlache. Der Anzug steht auf, wischt sich das Messer an seiner Hose ab und dreht sich zur Kamera. »Das war eine Expressvorführung für dich, Esguerra«, sagt er und lächelt strahlend. »Ich wollte es nicht allzu sehr in die Länge ziehen, da ich weiß, dass du Zeit für das brauchst, was ich von dir will. Natürlich wird die nächste Vorführung sehr viel länger sein, sollte ich es nicht bekommen.« Er macht einen Schritt auf mich zu und streicht mit einem blutigen Finger über meine Wange. »Deine kleine Hure ist so hübsch, vielleicht lasse ich meine Männer ein wenig Spaß mit ihr haben, bevor ich beginne ...«

Dieses Mal kann ich mich nicht beherrschen. Heiße Galle steigt in meinen Hals, und ich kann gerade noch meinen Kopf zur Seite drehen, bevor sie aus mir herausschießt und auf den Boden spritzt.

Nora

NACHDEM DIE KAMERA AUSGESCHALTET IST, LASSEN SIE mich wieder allein. Beths Körper wird entfernt und der Boden oberflächlich gewischt, so dass danach einige rotbraune Streifen zurückbleiben. Ich starre sie an, und meine Gedanken sind langsam und schwerfällig, so als befände ich mich in einem Vollrausch. Ich zittere nicht länger, obwohl ab und an ein Schauer durch meinen Körper läuft. Meine Stiche schmerzen dumpf, und ich frage mich, ob wohl einige von ihnen während meiner Bemühungen, mich loszureißen, aufgegangen sind. Ich kann kein Blut durch meine Krankenhauskleidung sehen, also ist das vielleicht nicht der Fall.

Ein wenig später bringen sie mir etwas Wasser. Ich trinke gierig den ganzen Becher, was einige der

Männer dazu veranlasst, zu lachen, während sie etwas auf Arabisch sagen und sich dabei anzüglich in den Schritt fassen. Ich habe fast den Eindruck, dass sie darauf hoffen, dass Julian nichts macht, damit sie noch ein wenig Spaß mit mir haben können, bevor der Anzug mit seiner Arbeit beginnt.

Im Moment lassen sie mich zum Glück in Ruhe. Ich darf sogar kurz nach draußen, um die Toilette zu benutzen, und der gleiche Typ wie zuvor – der unpersönliche – begleitet mich zu den Büschen. Ich denke, er ist jetzt meine offizielle Badezimmerbegleitung, und ich beginne, ihn in Gedanken Toilettentyp zu nennen.

Zwei der anderen bekommen auch Namen von mir. Den mit dem schwarzen Bart bis zur Mitte der Brust nenne ich Schwarzbart. Den mit dem sich zurückziehenden Haaransatz Glätzchen. Der kleine Mann, der den Angriff auf das Krankenhaus geleitet hat, ist Knoblauchatem.

Ich mache das, um meine Gedanken von Beth abzulenken. Ich kann noch nicht zulassen, an sie zu denken – nicht, wenn ich nicht verrückt werden möchte. Ich werde hier lebend herauskommen, und dann werde ich um die Frau trauern, die meine Freundin geworden war. Wenn ich überlebe, werde ich mir erlauben zu weinen und zu trauern, vor Wut über die sinnlose Gewalttätigkeit ihres Todes außer mir sein. Aber im Augenblick kann ich nur von einem Moment zum nächsten existieren, mich auf die belanglosesten und lächerlichsten Sachen konzentrieren, um nicht von dem Gewicht der brutalen Realität erdrückt zu werden.

Die Zeit vergeht langsam. Es wird dunkel, und ich starre auf den Boden, die Wände und die Decke. Ich denke, ich bin sogar ein paar Male weggenickt, aber beim kleinsten Geräusch wache ich mit rasendem Herzen auf. Sie haben mir immer noch nichts zu essen gegeben, und der Hunger quält mich mit nagenden Magenschmerzen. Das ist aber egal. Ich bin einfach dankbar dafür, noch am Leben zu sein – ein Zustand, von dem ich weiß, dass er nicht mehr lange anhalten wird, außer Julian bringt die Waffe.

Ich schließe meine Augen und stelle mir vor, dass ich zu Hause auf der Insel bin und ein Buch auf der Veranda lese. Ich versuche, mir einzureden, dass ich jederzeit ins Haus zurückgehen kann und Beth dort finde, die gerade etwas zu essen für uns zubereitet. Ich versuche, mich davon zu überzeugen, dass Julian sich nur auf einer Geschäftsreise befindet und ich ihn bald wiedersehen werde. Ich stelle mir sein Lächeln vor, die Art und Weise, auf die sich sein Haar um sein Gesicht wellt und diese harte, männliche Perfektion einrahmt. Ich sehne mich nach ihm, nach der Wärme und Sicherheit seiner starken Umarmung, auch dann noch, als ich langsam in einen unruhigen Schlaf falle.

~

EINE GROßE HAND LEGT SICH FEST ÜBER MEINEN MUND und reißt mich aus dem Schlaf. Ich öffne die Augen, und Adrenalin schießt durch meine Adern. Verängstigt versuche ich, mich zu wehren … und dann höre ich, wie eine vertraute Stimme in mein Ohr flüstert: »Schscht, Nora. Ich bin's. Du musst jetzt ruhig bleiben, okay?«

Ich nicke leicht, und mein Körper zittert vor Erleichterung. Seine Hand gibt meinen Mund frei. Ich drehe meinen Kopf und blicke Julian ungläubig an.

Ganz in Schwarz gekleidet kniet er neben mir. Eine kugelsichere Weste bedeckt seine Brust und seine Schultern. Sein Gesicht ist mit diagonalen, schwarzen Streifen bemalt. Über seiner Schulter hängt eine Maschinenpistole, und eine ganze Waffensammlung hängt an seinem Gürtel. Er sieht wie ein tödlicher Fremder aus. Nur seine Augen sind vertraut und eigenartig hell in diesem dunkel angemalten Gesicht.

Eine Sekunde lang bin ich davon überzeugt, zu träumen. Er kann nicht hier stehen, in diesem Lagerhaus mitten im Nichts, und mit mir reden. Nicht, wenn seine Feinde sich weniger als dreißig Meter entfernt befinden. Mein Herz rast, und ich blicke mich schnell im Lagerhaus um.

Die Männer in der Ecke scheinen zu schlafen, haben sich auf Laken auf dem Boden ausgestreckt. Ich zähle acht – was bedeutet, dass einige von ihnen sich wahrscheinlich draußen befinden und das Gebäude bewachen. Ich sehe den Anzug nirgends, also muss er auch draußen sein.

Ich wende meine Aufmerksamkeit wieder Julian zu und sehe, dass er die Fesseln an meinen Knöcheln mit einem gefährlich aussehenden Messer durchschneidet. »Wie bist du hier hereingekommen?«, flüstere ich und blicke ihn mit benommener Verwunderung an.

Er macht eine kurze Pause und schaut mich an. »Sei still«, sagt er, und seine Worte sind fast unhörbar. »Ich muss dich hier rausholen, bevor sie aufwachen.«

Ich nicke und schweige, während er meine Fesseln weiter durchschneidet. Trotz unserer gefährlichen Situation ist mir vor Freude fast schwindelig. Julian ist hier. Bei mir. Er ist für mich gekommen. Die Welle meiner Liebe und Dankbarkeit ist so stark, dass ich sie kaum in mir halten kann. Ich möchte aufspringen und ihn umarmen, aber ich bleibe bewegungslos sitzen, während er seine Aufgabe beendet und das restliche Seil loslöst.

Sobald ich frei bin, stellt er mich auf meine Füße, schlingt seine Arme um mich und drückt mich fest an sich. Ich kann das leichte Zittern in seinem kräftigen Körper spüren, bevor er mich wieder loslässt und einen kleinen Schritt zurücktritt. Er umfasst mein Gesicht mit seinen Händen und schaut mich an. Seine blauen Augen blicken hart und besitzergreifend. Es ist ein Augenblick wortloser Kommunikation zwischen uns, in dem ich vieles verstehe. Ich weiß, was er mir gerade nicht sagen kann.

Ich weiß, er würde mich immer suchen.

Ich weiß, er würde für mich töten.

Ich weiß, er würde für mich sterben.

Er nimmt seine Arme herunter, um meine Hand zu

nehmen. »Lass uns gehen«, sagt er ruhig und sieht mich immer noch an. »Wir haben nicht viel Zeit.«

Ich umklammere seine Hand und lasse mich von ihm zu dem dunklen Bereich in der Nähe der gegenüberliegenden Wand führen, dorthin, wo auch die Männer schlafen. Das Labyrinth aus Regalen und Boxen in der Mitte der Lagerhalle schützt uns schnell vor ihrem Blick, und Julian hockt sich wieder hin. Gleichzeitig lässt er meine Hand los. Ich höre ein wühlendes Geräusch, so als würde eine Hand etwas auf dem Boden suchen. Plötzlich höre ich ein leises Knarren, so als ob er ein Brett vom Boden löst und es zur Seite legt.

Auf dem Boden vor uns befindet sich eine große, quadratische Öffnung.

Ich knie mich neben sie und starre in die Dunkelheit hinunter.

»Steig dort hinein«, flüstert Julian in mein Ohr und legt seine Hand auf mein Knie, um es leicht zu drücken. Die vertraute Berührung beruhigt mich ein wenig. »Es gibt eine Leiter.«

Ich schlucke und strecke meine Hand nach vorn, um die besagte Leiter zu finden. Woher weiß er das?

»Ich habe mich in ihren Rechner gehackt und den Grundriss des Gebäudes gefunden«, erklärt er mir ruhig, so als könne er meine Gedanken lesen. »Unter uns befindet sich ein Lagerraum, von dem aus eine Abwasserleitung nach draußen führt. Finde sie und krieche in ihr nach draußen.« Seine Hände ziehen sich von meinen Knien zurück, und ich fühle mich ohne sie ganz nackt. Die Gefahr, in der wir uns befinden, wird mir schlagartig wieder bewusst.

Meine Finger finden die Metalleiter, und ich greife zu, bewege mich langsam zu ihr. Julian hält mich am Arm fest, bis ich einen sicheren Stand habe und vorsichtig mit dem Abstieg beginne. Es ist stockdunkel hier unten, und unter normalen Umständen würde ich zögern, in diesen unbekannten Keller hinabzusteigen. In diesem Moment macht mir allerdings nichts mehr Angst als diese Männer, vor denen wir gerade flüchten.

Ich steige einige Stufen hinunter und sehe dann nach oben. Julian steht immer noch dort. Der Ausdruck auf seinem Gesicht ist angespannt und alarmiert, so als höre er etwas.

Und dann kann auch ich es hören – leises Geflüster, dem ein Schreien auf Arabisch folgt.

Meine Abwesenheit ist entdeckt worden.

Julian stellt sich mit einer geschmeidigen Bewegung hin und schaut zu mir herab. Seine Hand umfasst die Maschinenpistole. »Geh«, befiehlt er mit leiser, harter Stimme. »Jetzt, Nora. Such das Rohr und krieche raus. Ich werde sie aufhalten.«

»Was? Nein!« Ich blicke ihn entsetzt und schockiert an. »Komm mit mir …«

Er schaut mich wütend an. »Geh«, zischt er. »Sofort, oder wir sind beide tot. Ich kann mich nicht um dich kümmern und sie abwehren.«

Ich zögere einen Moment, da ich mich wie zerrissen fühle. Ich möchte ihn nicht zurücklassen, aber ich möchte ihm auch nicht im Weg stehen. »Ich liebe dich«, sage ich ruhig. Als ich zu ihm hinaufschaue, sehe ich kurz weiße Zähne aufblitzen.

»Geh, Baby«, erwiderte er mit einem viel sanfteren Ton. »Ich bin bald bei dir.«

Mein Herz rast, und ich folge seinen Anweisungen. So schnell ich kann, klettere ich die Leiter hinunter. Die Schreie werden lauter, und ich weiß, dass die Männer das Lagerhaus absuchen und mit dem Labyrinth in der Mitte anfangen. Es ist nur eine Frage der Zeit, bevor sie zu dem dunklen Gebiet an dieser Wand kommen. Mein ganzer Körper zittert aus einer Kombination von Nervosität und Adrenalin, und ich konzentriere mich darauf, nicht zu fallen, während ich tiefer in die Dunkelheit hinabsteige.

Rat-tat-tat! Das Geräusch von Schüssen erschreckt mich, und ich klettere noch schneller, obwohl ich schon schwer und unregelmäßig atme. Sobald meine Füße den Boden berühren, strecke ich meine Arme aus und beginne, in der Dunkelheit nach der Wand mit dem Abwasserrohr zu suchen.

Weitere Schüsse. Gebrüll. Schreie. Mein Herz schlägt so schnell, dass es sich in meinen Ohren wie eine Trommel anhört.

Irgendetwas quiekt unter meinem Fuß, und winzige Pfötchen rennen über meine nackten Zehen. Ich ignoriere das und suche verzweifelt nach dem Rohr. Ratten interessieren mich gerade nicht. Irgendwo da oben befindet sich Julian in Lebensgefahr. Ich weiß nicht, ob er allein ist oder Verstärkung dabeihat. Der Gedanke daran, er könne verletzt oder getötet werden, ist so schmerzhaft, dass ich ihn beiseiteschieben muss, wenn ich überleben möchte.

Meine Hände berühren die Wand, aber ich kann keine Öffnung finden. Es ist zu dunkel. Keuchend gehe ich an ihr entlang und wische mit meinen Händen über die glatte Oberfläche, immer hoch und runter. Meine Stiche schmerzen, aber ich bekomme das kaum mit. Ich muss einen Weg nach draußen finden. Sollten sie mich noch einmal fangen, werde ich nicht mehr lange leben.

Erneute Schüsse, gefolgt von mehr Geschrei.

Ich suche weiter, während meine Panik und meine Verzweiflung langsam größer werden. *Julian. Julian ist dort oben.* Ich versuche, nicht daran zu denken, aber ich kann es nicht. Ich kann ihm nicht helfen; rational gesehen weiß ich das auch. Ich bin barfuß in einem Krankenhauskittel und habe nicht einmal so etwas wie eine Gabel, um mich zu verteidigen. Er dagegen ist bis an die Zähne bewaffnet und trägt eine schusssichere Weste.

Aber natürlich hat die Logik nichts mit der quälenden Angst zu tun, die ich bei dem Gedanken bekomme, ihn zu verlieren.

Er wird überleben, spreche ich mir gut zu, während ich weiterhin nach dem Abflussrohr suche. Julian weiß, was er tut. Das ist seine Welt, sein Spezialgebiet. Das ist der Teil seines Lebens, vor dem er mich auf der Insel geschützt hat.

Meine Hände berühren etwas Hartes an der Wand,

etwa auf der Höhe meiner Knie, und dann kann ich die Öffnung ertasten.

Das Abwasserrohr. Ich habe es gefunden.

Ich höre ein weiteres schrilles Quieken, und etwas kommt aus dem Rohr auf mich zu. Ich springe erschrocken zurück, begebe mich dann aber auf alle viere und krieche entschlossen hinein, nachdem ich mich psychisch für weitere potentielle Zusammenstöße mit Nagern gewappnet habe.

Wenn ich auf meine Hände und Knie gestützt bin, ist das Rohr breit genug für mich, und ich krieche so schnell ich kann, ignoriere den abgestandenen Geruch nach Abwasser und Rost. Zum Glück ist es nur leicht feucht hier drin, und ich versuche, nicht darüber nachzudenken, was genau diese Nässe ist.

Endlich erreiche ich das andere Ende. Ich rolle mich zu einem kleinen Ball zusammen, drehe mich herum und klettere mit den Füßen zuerst hinaus.

Ich gehe ein wenig von dem Rohr weg und schaue mich erst einmal um. Der Himmel über mir ist voller Sterne, und die Luft riecht stark nach warmer Erde und Regenwald. Auf einem kleinen Hügel, weniger als fünfzig Meter von mir entfernt, kann ich das Lagerhaus erkennen.

Ich betrachte es, krank vor Sorge um Julian. Ich höre erneut Schüsse, die von hellen Lichtblitzen begleitet werden. Das Waffengefecht dauert immer noch an, was ja ein gutes Zeichen ist, wie ich mir selbst einrede. Wäre Julian tot – hätten die Terroristen gewonnen –, würde ich keine Schüsse mehr hören. Er muss doch mit Verstärkung gekommen sein.

Ich umarme mich selbst und lehne mich gegen einen Baum, da meine Knie von einer Kombination aus Terror und Adrenalin zittern.

In diesem Moment erhellt sich der Himmel, und das Gebäude explodiert ... und eine Druckwelle glutheißer Luft wirft mich etwa einen Meter weit nach hinten ins Gebüsch.

## 24

N ora

AN DIE NÄCHSTEN VIERUNDZWANZIG STUNDEN HABE ICH nur undeutliche Erinnerungen.

Nachdem ich wieder aufgestanden bin, fühle ich mich benommen und verwirrt. Mein Kopf tut weh, und mein Körper fühlt sich wie ein einziger blauer Fleck an. Ich habe ein Rauschen in den Ohren, und alles scheint sich in weiter Entfernung zu befinden.

Ich muss durch die Druckwelle ohnmächtig geworden sein, aber ich bin mir nicht sicher. Als ich mich wieder genug erholt habe, um laufen zu können, ist das Feuer, welches das Gebäude verschlingt, schon fast erloschen.

Benebelt stolpere ich den Hügel hinauf und durchsuche die qualmenden Überreste des

Lagerhauses. Ab und an finde ich ein verkohltes Körperteil, und einige Male treffe ich auf Körper, die fast intakt sind, bei denen vielleicht nur der Kopf oder ein Bein fehlt. Ich nehme diese Sachen irgendwie wahr, aber ich verarbeite sie nicht. Ich fühle mich seltsam losgelöst, so als sei ich nicht wirklich hier. Nichts berührt mich. Nichts stört mich. Selbst meine körperlichen Empfindungen sind durch den Schock abgedämpft.

Ich suche stundenlang nach ihm. Als ich damit aufhöre, steht die Sonne hoch am Himmel, und ich bin schweißnass.

Ich habe keine andere Wahl, als die Wahrheit zu akzeptieren.

Es gibt keine Überlebenden. So einfach ist das.

Ich sollte weinen. Ich sollte schreien. Ich sollte irgendetwas fühlen.

Aber das mache ich nicht.

Ich fühle mich einfach nur taub.

Ich verlasse das Lagerhaus und gehe weg. Ich weiß nicht, wohin ich gehe, und es interessiert mich auch nicht. Alles, was ich machen kann, ist, einen Fuß vor den anderen zu setzen.

Als es dunkel zu werden beginnt, treffe ich auf eine Ansammlung von kleinen Häusern, die aus Holzbohlen und Karton gefertigt sind. Durch die Siedlung läuft ein seichter Wasserlauf, und ich sehe einige Frauen, die dort ihre Handwäsche erledigen.

Ihre entsetzten Gesichter sind das Letzte, an das ich

mich erinnere, bevor ich einige Meter von ihnen entfernt zusammenbreche.

~

»FRAU LESTON, KÖNNTEN SIE MIR EINIGE FRAGEN beantworten? Ich bin Agent Wilson, und das hier ist Agent Bosovsky.«

Ich schaue auf den gedrungenen Mann mittleren Alters, der neben meinem Bett steht. Er sieht überhaupt nicht so aus, wie ich mir FBI-Beamte vorstelle. Sein Gesicht ist rund und sieht mit seinen geröteten Wangen und den tanzenden blauen Augen fast aus wie das einer Putte. Wenn Agent Wilson einen roten Hut und einen weißen Bart tragen würde, könnte er großartig einen Weihnachtsmann imitieren. Im Gegensatz zu ihm ist sein Partner – Agent Bosovsky – spindeldürr, und sein schmales Gesicht ist überzogen mit tiefen Sorgenfalten.

In den letzten zwei Tagen habe ich mich in einem Krankenhaus in Bangkok erholt. Eine der Frauen vom Fluss hat wohl den örtlichen Behörden Bescheid gegeben, dass ein Mädchen durch ihr Dorf wandert. Ich kann mich vage daran erinnern, von ihnen befragt worden zu sein, aber ich bezweifle, dass irgendetwas, was ich ihnen erzählt habe, einen Sinn ergeben hat. Sie haben trotzdem genug verstanden, um für mich die amerikanische Botschaft zu kontaktieren, und dann haben die US-Behörden meinen Fall übernommen.

»Ihre Eltern sind schon auf dem Weg hierher«,

erklärt Agent Bosovsky, als ich die beiden weiterhin einfach nur anschaue, ohne etwas zu sagen. »Ihr Flug landet in einigen Stunden.«

Ich blinzele, da seine Worte es schaffen, durch diese Eisschicht hindurchzudringen, die mich seit der Explosion von allem und jedem abgeschottet hat. »Meine Eltern?«, krächze ich, und mein Hals fühlt sich seltsam geschwollen an.

Der dünne Agent nickt. »Ja, Frau Leston. Sie wurden gestern benachrichtigt, und wir haben sie in das erste Flugzeug nach Bangkok gesetzt. Sie wollten mit Ihnen sprechen, aber zu dem Zeitpunkt hatten Sie starke Beruhigungsmittel bekommen.«

Ich verarbeite diese Information. Die Ärzte haben mich schon davon in Kenntnis gesetzt, dass ich eine leichte Gehirnerschütterung sowie Verbrennungen ersten Grades und Schnittwunden an den Füßen habe. Davon abgesehen waren sie beeindruckt von meinem guten Gesundheitszustand – trotz Dehydration, einer kürzlichen Operation und verschiedenen Blutergüssen. Sie hatten mir trotzdem Beruhigungsmittel gegeben, um mich zur Ruhe kommen zu lassen.

»Denken Sie, Sie könnten uns einige Fragen beantworten, bevor Ihre Eltern ankommen?«, fragt Agent Wilson freundlich, als ich weiterhin schweige.

Ich nicke unmerklich, und er zieht sich einen Stuhl heran. Agent Bosovsky folgt seinem Beispiel.

»Frau Leston, Sie wurden letztes Jahr im Juni entführt«, beginnt Agent Wilson, und sein Gesichtsausdruck ist warm und verständnisvoll.

»Können Sie uns etwas über Ihre Entführung erzählen?«

Ich zögere einen Augenblick. Möchte ich ihnen irgendetwas von Julian erzählen? Und dann erinnere ich mich daran, dass er tot ist, und dass das alles egal ist. Eine Sekunde lang ist der Schmerz so stark, dass es mir die Luft nimmt. Dann beginnt mich die betäubende Eiswand wieder zu umhüllen. »Natürlich«, sage ich äußerlich ruhig. »Was möchten Sie denn wissen?«

»Kennen Sie seinen Namen?«

»Julian Esguerra. Er ist …«, ich schlucke hart, »er war ein Waffenhändler.«

Die Augen des FBI-Beamten weiten sich. »Ein Waffenhändler?«

Ich nicke und erzähle ihm, was ich über Julians Unternehmen weiß. Agent Bosovsky schreibt so schnell mit, wie er nur kann, während Agent Wilson mir weitere Fragen über Julians Geschäfte und die Terroristen stellt, die mich von ihm gestohlen hatten. Sie scheinen enttäuscht darüber zu sein, dass er tot ist – und dass ich so wenig weiß. Ich erkläre ihnen, die ganze Zeit seit meiner Entführung auf der Insel gewesen zu sein.

»Er hat sie dort die gesamten fünfzehn Monate lang festgehalten?«, fragt Agent Bosovsky, und die Falten auf seinem Gesicht vertiefen sich. »Nur Sie und diese Frau, Beth?«

»Ja.«

Die Beamten tauschen einen Blick aus, und ich

schaue sie an, weil ich weiß, was sie denken. *Armes Mädchen. Sie wurde zur Unterhaltung des Kriminellen wie ein Tier im Käfig gehalten.* Ich habe mich auch einst so gefühlt, aber das ist schon lange vorbei. Jetzt würde ich alles dafür geben, die Uhr zurückdrehen zu können und wieder Julians Gefangene zu sein.

Agent Wilson dreht sich zu mir und räuspert sich. »Frau Leston, heute Nachmittag wird eine Beraterin für Opfer sexuellen Missbrauchs mit Ihnen reden. Sie ist sehr gut ...«

»Das ist nicht nötig«, unterbreche ich. »Mir geht es gut.«

Und das geht es mir auch. Ich fühle mich nicht wie ein Opfer oder benutzt. Ich fühle mich einfach betäubt.

Sie stellen mir noch ein paar weitere Fragen und lassen mich dann allein. Ich erzähle ihnen keine Details über meine Beziehung zu Julian, aber ich denke, das Wesentliche haben sie verstanden.

Der Phantombildzeichner des FBI kommt als Nächstes zu mir, und ich beschreibe ihm Julian. Er wirft mir komische Blicke zu, als ich seine Interpretationen meiner Beschreibungen korrigiere. »Nein, seine Augenbraue ist ein wenig dicker, ein wenig gerader. Sein Haar ist ein wenig welliger, ja, genau so ...«

Besonders schwer fällt es ihm, Julians Mund zu zeichnen. Es ist schwer, diese Schönheit seines dunklen Engelslächelns zu beschreiben. »Die Oberlippe bitte ein wenig voller ... nein, das ist zu voll – sie sollte sinnlicher sein, fast schön ...«

Endlich sind wir fertig, und Julians Gesicht blickt mich von dem weißen Blatt Papier an. Ein Schmerzensblitz fährt durch mich hindurch, aber die Taubheit rettet mich sofort, so wie sie es auch davor getan hatte.

»Das ist ein hübscher Mann«, bemerkt der Zeichner, als er sein Werk betrachtet. »Solche Männer trifft man nicht jeden Tag.«

Meine Hände ballen sich zu festen Fäusten, und meine Nägel bohren sich in meine Haut. »Nein, das tut man nicht.«

Die nächste Person, die mein Zimmer betritt, ist die Beraterin für Opfer sexuellen Missbrauchs, die mir schon angekündigt worden war. Sie ist eine leicht übergewichtige Brünette, die Ende vierzig zu sein scheint. Irgendetwas an ihrem direkten Blick erinnert mich an Beth.

»Ich bin Diane«, stellt sie sich vor, als sie sich einen Stuhl an mein Bett zieht. »Darf ich Sie Nora nennen?«

»Ja, klar«, sage ich matt. Ich möchte nicht besonders gerne mit dieser Frau reden, aber der entschlossene Ausdruck auf ihrem Gesicht sagt mir, dass sie nicht eher gehen wird, bis ich mit ihr gesprochen habe.

»Nora, können Sie mir etwas über Ihre Zeit auf der Insel erzählen?«, fragt sie und schaut mich an.

»Was möchten Sie denn wissen?«

»Was immer Sie mir gerne erzählen möchten.«

Ich denke einen Augenblick lang darüber nach. Eigentlich ist es mir recht, ihr alles zu erzählen. Aber wie kann ich ihr die Gefühle beschreiben, die Julian in mir ausgelöst hat? Wie kann ich ihr die Höhen und Tiefen unserer unorthodoxen Beziehung beschreiben? Ich weiß, was sie denken wird – dass ich verrückt bin, ihn zu lieben. Dass meine Gefühle nicht echt sind, sondern das Ergebnis meiner Gefangenschaft.

Und wahrscheinlich hätte sie recht – aber das ist nicht mehr wichtig. Es gibt Richtig und Falsch, und dann gibt es noch das, was Julian und ich hatten. Nichts und niemand wird jemals in der Lage sein, diese Leere in mir zu füllen. Keine Beratung, egal wie lange sie andauert, würde den Schmerz über seinen Verlust verschwinden lassen.

Ich lächele Diane freundlich an. »Es tut mir leid«, erkläre ich ihr ruhig. »Jetzt gerade möchte ich doch lieber nicht mit Ihnen darüber reden.«

Sie nickt und scheint kein bisschen überrascht zu sein. »Das verstehe ich. Oftmals fühlen wir Opfer uns verantwortlich für das, was passiert ist. Wir denken, wir haben etwas getan, das diese Sache, die uns zugestoßen ist, verursacht hat.«

»Das denke ich nicht«, sage ich stirnrunzelnd. Okay, vielleicht ist mir dieser Gedanke ganz am Anfang meiner Gefangenschaft kurz durch den Kopf geschossen, aber Julian kennenzulernen hat mich schnell davon abgebracht. Er war ein Mann, der sich einfach genommen hat, was er wollte – und er wollte mich.

»Ich verstehe«, erwidert sie und sieht dabei leicht irritiert aus. Dann glättet sich ihre Stirn wieder, als sie denkt, sie habe das Rätsel in ihrem Kopf gelöst. »Er war ein sehr gutaussehender Mann, stimmt's?«, vermutet sie und blickt mich an.

Ich erwidere ihren Blick schweigend, da ich nichts zugeben möchte. Ich kann jetzt nicht über meine Gefühle sprechen, nicht, wenn ich diese eisige Distanz, die mich schützt, behalten möchte.

Sie blickt mich kurz an, steht dann auf und reicht mir ihre Visitenkarte. »Falls Sie irgendwann reden möchten, Nora, rufen Sie mich bitte an«, sagt sie sanft. »Sie können das nicht alles in sich verschlossen halten. Es wird Sie irgendwann auffressen …«

»Okay, ich werde Sie anrufen«, unterbreche ich sie, nehme ihre Karte und lege sie auf meinen Nachttisch. Ich lüge sie an, und ich denke, das weiß sie auch.

Ihre Mundwinkel ziehen sich zu einem leichten Lächeln nach oben, und dann verlässt sie den Raum. Endlich bin ich mit meinen Gedanken allein.

FÜR DIE ANKUNFT MEINER ELTERN bestehe ich darauf, aufzustehen und normale Kleidung anzuziehen. Ich möchte nicht, dass sie mich in einem Krankenhausbett liegend vorfinden. Ich bin mir sicher, dass sie schon zu viel Zeit damit verbracht haben, sich Sorgen um mich zu machen, und ich möchte es vermeiden, ihre Furcht zu verstärken.

Eine der Schwestern gibt mir eine Jeans und ein T-Shirt. Ich ziehe die Sachen dankbar an. Sie passen mir gut. Die Schwester ist eine kleine Thailänderin, und wir sind etwa gleich groß. Es fühlt sich komisch an, wieder solche Kleidung zu tragen. Ich hatte mich an leichte Sommerkleider gewöhnt, und die Jeans fühlen sich auf meiner Haut ungewöhnlich rau und schwer an. Ich trage keine Schuhe, da die Verbrennungen an meinen Füßen, die ich mir bei der Durchsuchung der Trümmer der Lagerhalle zugezogen habe, immer noch heilen müssen.

Als meine Eltern endlich das Zimmer betreten, sitze ich in einem Stuhl und warte auf sie. Meine Mutter kommt zuerst herein. Sobald sie mich sieht, verzieht sich ihr Gesicht, und Tränen laufen ihre Wangen hinunter. Sie läuft schnell durch das Zimmer, um zu mir zu gelangen. Mein Vater kommt gleich hinter ihr, und bald drücken sie mich beide, reden wie Wasserfälle und schluchzen vor Freude.

Ich lächele sie strahlend an und erwidere ihre Umarmung. Ich gebe mein Bestes, ihnen zu versichern, dass es mir gut geht, und dass es nichts gibt, um was sie sich Sorgen machen müssten. Aber ich weine nicht. Ich kann nicht. Alles fühlt sich dumpf und wie in weiter Entfernung an. Selbst meine Eltern wirken auf mich eher wie geliebte Erinnerungen als wie echte Menschen. Trotzdem gebe ich mir Mühe, mich normal zu verhalten; ich habe ihnen schon viel zu viel Stress und Sorge bereitet.

Nach einer Weile beruhigen sie sich und nehmen Platz.

»Er hat sich mit euch in Verbindung gesetzt,

stimmt's?«, frage ich, als ich mich an Julians Versprechen erinnere. »Er hat euch gesagt, dass ich am Leben bin?«

Mein Vater nickt, und sein Gesicht spannt sich an. »Einige Wochen nach deinem Verschwinden haben wir eine Überweisung auf unser Konto erhalten«, erklärt er ruhig. »Eine Überweisung in Höhe von einer Million Dollar von einem nicht nachvollziehbaren Offshore-Konto. Angeblich hatten wir in einer Lotterie gewonnen.«

Meine Kinnlade klappt nach unten. »Was?« Julian hat meinen Eltern Geld gegeben?

»Zur gleichen Zeit haben wir eine Mail bekommen«, fährt mein Vater mit zitternder Stimme fort. »Der Betreff war: In Liebe von eurer Tochter. Es war ein Bild von dir angehängt. Du lagst am Strand und hast ein Buch gelesen. Du sahst so wunderschön aus, so friedlich …« Er muss schlucken. »In der E-Mail stand, dir ginge es gut und es sei jemand bei dir, der für dich sorgt – und dass wir das Geld dazu nutzen sollten, unseren Kredit für das Haus abzuzahlen. Außerdem sollten wir nicht mit dieser Information zur Polizei gehen, da wir damit dein Leben in Gefahr bringen würden.«

Ich blicke ihn amüsiert an und versuche mir vorzustellen, was sie damals gedacht haben mussten. Eine Million Dollar …

»Wir wussten nicht, was wir machen sollten«, meint meine Mutter, und ihre Hände sind ängstlich ineinander verknotet. »Wir dachten, das könnte eine nützliche Spur für die Nachforschungen sein, aber gleichzeitig wollten wir dein Leben nicht aufs Spiel setzen, wo immer du auch warst …«

»Also, was habt ihr gemacht?«, frage ich fasziniert. Das FBI hat nichts von der einen Million Dollar gesagt, also hatten meine Eltern wohl nicht mit ihnen darüber gesprochen. Ich kann mir aber auch nicht vorstellen, dass sie einfach das Geld genommen haben und der Sache nicht weiter nachgegangen sind.

»Wir haben das Geld dafür genutzt, Privatdetektive zu engagieren«, erzählt mein Vater. »Die besten, die wir finden konnten. Sie verfolgten das Konto bis zu einer Briefkastenfirma auf den Cayman Islands zurück, aber die Spur verlor sich dort.« Er hält inne und schaut mich an. »Wir haben das Geld die ganze Zeit dazu benutzt, nach dir zu suchen.«

»Was ist passiert, Süße?«, fragt meine Mutter und beugt sich in ihrem Stuhl nach vorn. »Wer hat dich entführt? Woher kam das Geld? Wo bist du die ganze Zeit über gewesen?«

Ich lächele und beginne, ihre Fragen zu beantworten. Gleichzeitig betrachte ich sie und sauge ihre vertrauten Züge auf. Meine Eltern sind ein hübsches Paar. Beide sind gesund und in guter Verfassung. Sie bekamen mich mit Anfang zwanzig, weshalb sie noch ziemlich jung sind. Mein Vater hat nur wenige graue Spuren in seinem Haar, auch wenn ich jetzt mehr entdecken kann als das, an was ich mich erinnere.

»Also warst du wirklich im Ozean schwimmen und

hast Bücher am Strand gelesen?« Meine Mutter blickt mich ungläubig an, als ich ihr einen meiner typischen Tage auf der Insel beschreibe.

»Ja.« Ich schenke ihr ein strahlendes Lächeln. »Teilweise war es wie ein richtig langer Urlaub. Und er hat für mich gesorgt, so wie er es euch geschrieben hatte.«

»Aber warum hat er dich mitgenommen?«, fragt mein Vater frustriert. »Warum hat er dich gestohlen?«

Ich zucke mit den Schultern, da ich keine detaillieren Erklärungen über Maria oder Julians extremes Besitzverhalten abgeben möchte. »Weil er einfach die Art von Mann war, denke ich«, sage ich beiläufig. »Weil er mich wegen seines Berufes nicht ganz normal kennenlernen und ausführen konnte.«

»Hat er dir wehgetan, mein Liebling?«, fragt meine Mutter, und ihre dunklen Augen sind voller Mitgefühl. »War er grausam zu dir?«

»Nein«, erwidere ich sanft. »Er war überhaupt nicht grausam zu mir.«

Ich kann meinen Eltern die Komplexität meiner Beziehung zu Julian nicht erklären, also versuche ich es erst gar nicht. Stattdessen beschönige ich viele Aspekte meiner Gefangenschaft, indem ich mich nur auf die positiven Aspekte konzentriere. Ich erzähle ihnen von meinen Ausflügen zum Fischen mit Beth ganz früh morgens und meine neu entdeckte Leidenschaft fürs Malen. Ich beschreibe ihnen, wie schön die Insel war und wie ich wieder angefangen habe zu laufen. Als ich eine Pause mache, um zu Atem zu kommen, schauen sie mich beide mit eigenartigen Gesichtsausdrücken an.

»Nora, Liebling«, fragt meine Mutter unsicher, »bist du ... bist du in diesen Julian verliebt?«

Ich lache, aber es hört sich rau und leer an. »Liebe? Nein, natürlich nicht!« Ich bin mir nicht sicher, weshalb sie diesen Eindruck bekommen hat, da ich es vermieden habe, überhaupt etwas zu Julian zu sagen. Je mehr ich an ihn denke, desto mehr habe ich das Gefühl, die Eisschicht um mich herum könnte Risse bekommen und ich könnte im Schmerz versinken.

»Natürlich nicht«, wiederholt mein Vater und sieht mich prüfend an. Ich kann sehen, dass er mir nicht glaubt.

Irgendwie können meine Eltern die Wahrheit spüren – ich bin viel traumatisierter durch meine Rettung als durch meine Entführung.

## 25

Nora

IN DEN NÄCHSTEN VIER MONATEN VERSUCHE ICH, DIE Scherben meines Lebens aufzusammeln.

Nach einem weiteren Tag im Krankenhaus in Bangkok erachtet man mich als gesund genug, um reisen zu können, und ich fliege nach Hause, zurück nach Illinois mit meinen Eltern. Wir werden von zwei FBI-Beamten begleitet – Agent Wilson und Agent Bosovsky – die diesen vierundzwanzigstündigen Flug dazu nutzen, mir noch mehr Fragen zu stellen. Beide scheinen extrem frustriert darüber zu sein, dass laut ihrer Datenbank einfach kein Julian Esguerra existiert.

»Sie haben nicht zufällig gehört, dass er andere Alias benutzt hat?«, fragt mich Agent Bosovsky zum dritten Mal, nachdem auch die Anfrage bei Interpol ergebnislos verlaufen ist.

»Nein«, sage ich geduldig. »Ich kannte ihn nur als Julian. Die Terroristen nannten ihn Esguerra.«

Beths Vermutung über die Identität der Männer, die uns aus Julians Krankenhaus entführt hatten, erwies sich als richtig. Sie waren wirklich ein Teil einer besonders gefährlichen dschihadistischen Organisation mit dem Namen Al-Quadar – so viel hatte das FBI herausfinden können.

»Das ergibt einfach keinen Sinn«, meint Agent Wilson, und seine runden Wangen beben frustriert. »Jeder mit einer solchen Macht sollte auf unserem Radar gewesen sein. Wenn er der Kopf einer illegalen Organisation war, die hochmoderne Waffen herstellt und vertreibt, wie ist es dann möglich, dass nicht eine einzige Regierungsbehörde von seiner Existenz wusste?«

Ich weiß nicht, was ich ihm darauf antworten soll, also zucke ich nur mit den Schultern. Die Privatdetektive, die meine Eltern angeheuert hatten, hatten ja auch nichts über ihn herausfinden können.

Meine Eltern und ich hatten überlegt, dem FBI von Julians Geld zu erzählen, entschieden uns aber letztendlich dagegen. Diese Information, zu einem so späten Zeitpunkt, würde meine Eltern nur in Schwierigkeiten bringen, und das FBI könnte denken, ich sei Julians Komplize gewesen. Welcher Entführer schickt denn schon der Familie seines Opfers Geld?

Als wir zu Hause ankommen, bin ich erschöpft. Ich

habe genug davon, dass meine Eltern mir die ganze Zeit nicht von der Seite weichen, und ich kann das FBI mit den Millionen Fragen, die ich nicht beantworten kann, nicht mehr ertragen. Und die größten Schwierigkeiten habe ich mit dieser riesigen Anzahl an Menschen um mich herum. Nach über einem Jahr, in dem ich nur einen minimalen Kontakt zu anderen Personen gehabt habe, sind mir diese Massen am Flughafen einfach zu viel.

Mein altes Zimmer im Haus meiner Eltern ist unberührt. »Wir haben immer darauf gehofft, dass du zurückkommmst«, erklärt mir meine Mutter, und ihr Gesicht glüht glücklich. Ich lächele und umarme sie, bevor ich sie sanft aus meinem Zimmer schiebe. Das, was ich gerade mehr als alles andere möchte, ist allein sein – weil ich nicht weiß, wie lange ich meine Fassade der Normalität noch aufrechterhalten kann.

In dieser Nacht gebe ich endlich meiner Trauer nach und weine, während ich in meinem alten Bad aus Kindertagen unter der Dusche stehe.

~

Zwei Wochen nach meiner Rückkehr nach Hause ziehe ich bei meinen Eltern aus. Sie wollen mir das ausreden, aber ich überzeuge sie davon, dass ich das brauche – dass ich allein und unabhängig sein muss. Die Wahrheit ist, dass ich nicht sieben Tage die Woche vierundzwanzig Stunden lang bei meinen Eltern sein kann, auch wenn ich sie sehr liebe. Ich bin nicht länger das sorgenfreie Mädchen, an das sie sich erinnern, und ich finde es zu anstrengend, so zu tun, als sei ich es immer noch.

In dem kleinen Ein-Zimmer-Apartment, welches ich ganz in der Nähe miete, kann ich viel besser ich selbst sein.

Meine Eltern wollen mir den Rest von Julians Geschenk geben – etwas über eine halbe Million – aber ich lehne das ab. So, wie ich das sehe, war das Geld dafür bestimmt, den Kredit meiner Eltern abzuzahlen, und ich möchte, dass es auch dafür verwendet wird. Nach endlosen Streitgesprächen finden wir eine Einigung: Sie zahlen den Großteil ihres Kredits zurück, und der Rest des Geldes geht auf mein Sparbuch für die Uni.

Auch wenn ich eigentlich eine Zeit lang nicht arbeiten müsste, suche ich mir einen Job als Kellnerin. So komme ich raus aus der Wohnung, aber es ist nicht anspruchsvoll – also genau das, was ich momentan brauche. Es gibt Nächte, in denen ich nicht schlafe und Tage, an denen das Aufstehen eine Qual ist. Die Leere in mir erdrückt mich, und die Trauer lässt mich fast ersticken. Ich benötige meine ganze Stärke, um halbwegs normal zu funktionieren.

Wenn ich schlafe, habe ich Albträume. Mein Kopf spielt immer wieder Beths Tod und die Explosion des Lagerhauses ab, bis ich von kaltem Schweiß völlig durchnässt aufwache. Nach diesen Träumen kann ich nicht mehr schlafen und sehne mich nach Julian, nach der Wärme und Sicherheit seiner Umarmung. Ohne ihn fühle ich mich verloren, wie ein Ruderboot im Meer. Seine Abwesenheit ist wie eine eitrige Wunde, die nicht heilen will.

Beth vermisse ich auch. Ich vermisse ihre trockene Einstellung, ihren nüchternen Umgang mit dem Leben. Wenn sie hier wäre, wäre sie die Erste, die mir sagen würde, dass Mist passiert und dass ich einfach damit klarkommen muss. Sie würde wollen, dass ich darüber hinwegkomme.

Und das versuche ich … aber ihr sinnloser, gewalttätiger Tod frisst mich auf. Julian hatte recht – vorher kannte ich keinen wahren Hass. Ich wusste nicht, wie es sich anfühlte, jemanden verletzen zu wollen, sich nach seinem Tod zu sehnen. Jetzt mache ich es. Wenn ich in der Zeit zurückgehen und den Terroristen töten könnte, der Beth so brutal umgebracht hat, würde ich das, ohne zu zögern, tun. Es reicht mir nicht, dass er bei der Explosion umgekommen ist. Ich wünsche mir, ich hätte sein Leben beendet.

Meine Eltern bestehen darauf, dass ich einen Therapeuten aufsuche. Um sie zu beruhigen, gehe ich einige Male hin. Es hilft mir nicht. Ich bin nicht bereit, mein Herz und meine Seele einem Fremden zu öffnen, und unsere Sitzungen sind eine Zeit- und Geldverschwendung. Ich bin nicht in der richtigen Verfassung, um Therapie anzunehmen – mein Verlust ist zu frisch, und meine Gefühle sind zu roh.

Ich beginne wieder mit dem Malen, aber ich kann nicht die gleichen sonnigen Landschaften wie zuvor darstellen. Meine Kunst ist jetzt düsterer, chaotischer. Ich male immer wieder die Explosion, um sie aus meinem Kopf zu bekommen, und jedes Mal sieht sie anders aus, ein wenig abstrakter. Ich male auch Julians Gesicht. Ich mache das aus meiner Erinnerung heraus, und es stört mich, die zerstörerische Perfektion seiner Gesichtszüge nicht ganz genau festhalten zu können. Egal, was ich tue, ich scheine es nie richtig zu machen.

Alle meine Freunde sind zum Studieren weg aus der Stadt, weshalb ich die ersten Wochen nur per Skype oder per Telefon mit ihnen spreche. Sie wissen nicht so recht, wie sie sich in meiner Gegenwart verhalten sollen, und ich kann ihnen keinen Vorwurf daraus machen. Ich versuche, unsere Unterhaltungen oberflächlich zu halten, und konzentriere mich hauptsächlich auf das, was seit dem Schulabschluss in ihren Leben passiert ist. Ich weiß, sie fühlen sich unwohl dabei, mit jemandem über Beziehungsprobleme und Prüfungen zu reden, den sie als Opfer eines furchtbaren Verbrechens ansehen. Sie schauen mich mitleidig und mit einer beunruhigenden Neugier in den Augen an, und ich kann einfach nicht mit ihnen über meine Erlebnisse auf der Insel sprechen.

Als Leah von der Universität aus Michigan nach Hause kommt, treffen wir uns trotzdem, um Zeit miteinander zu verbringen. Nach ein paar Umarmungen verfliegt der Großteil der anfänglichen Unsicherheit, und sie ist wieder das gleiche Mädchen, das während der Schulzeit meine beste Freundin war.

»Ich mag dein Apartment«, bemerkt sie, als sie durch mein Studio wandert und die Bilder betrachtet, die an den Wänden hängen. »Coole Bilder hast du. Wo hast du die gefunden?«

»Ich habe sie gemalt«, erkläre ich ihr und ziehe meine Stiefel an. Wir wollen zum Abendessen zu einem Italiener in der Nähe gehen. Ich habe ein Paar enge Jeans und ein schwarzes Top an, und es fühlt sich genauso an wie in der guten alten Zeit.

»Hast du?« Leah wirft mir einen erstaunten Blick zu. »Seit wann malst du?«

»Ich habe kürzlich damit angefangen«, erwidere ich und schnappe mir meinen Trenchcoat. Wir haben schon Herbst, und es beginnt kühl zu werden. Ich hatte mich an das tropische Klima der Insel gewöhnt, und selbst sechzehn Grad fühlen sich für mich kalt an.

»Scheiße, Nora, das ist wirklich gut«, sagt sie und geht zu einem der Explosionsbilder, um es sich aus der Nähe anzuschauen. Das sind die einzigen, die ich aufgehängt habe – meine Portraits von Julian sind privat. »Ich wusste gar nicht, dass du so ein Talent hast.«

»Danke.« Ich grinse sie an. »Fertig zum Losgehen?«

WIR HABEN EIN TOLLES ABENDESSEN. LEAH ERZÄHLT mir, wie es ist, in Michigan zur Uni zu gehen, und über Jason, ihren neuen Freund. Ich höre ihr aufmerksam zu, und wir machen uns über Jungen und ihr unerklärliches Bedürfnis lustig, Handstände auf einem Bierfass zu machen.

»Wann bewirbst du dich an den Unis?«, fragt sie beim Dessert. »Du wolltest ja eigentlich von hier weg. Hast du das immer noch vor?«

Ich nicke. »Ja, ich denke, ich werde mich zum Frühjahrssemester bewerben.« Auch wenn ich es mir jetzt leisten kann, überall zu studieren, möchte ich meine Pläne nicht ändern. Das Geld, welches sich auf meinem Konto befindet, kommt mir irreal vor, und ich kann mich nicht überwinden, es zu benutzen.

»Das ist toll«, meint Leah grinsend. Sie scheint ein wenig überdreht zu sein, so als freue sie sich extrem über etwas.

Und gleich werde ich auch erfahren, was dieses Etwas ist.

»Hallo Nora«, sagt eine vertraute Stimme hinter mir, als ich gerade bezahlen möchte.

Ich springe erschrocken auf. Ich drehe mich um und erblicke Jake – den Jungen, mit dem ich in der schicksalsträchtigen Nacht verabredet war, in der Julian mich entführt hat.

Der Junge, den Julian verletzt hatte, um mich gefügig zu machen.

Er sieht fast noch genauso aus wie damals: Haare, die mit sonnengebleichten Strähnen durchzogen sind, warme, braune Augen und ein großartiger Körper. Nur sein Gesichtsausdruck hat sich verändert. Er ist erschöpft und angespannt.

»Jake ...« Ich fühle mich, als stünde ich einem Geist

gegenüber. »Ich wusste gar nicht, dass du in der Stadt bist. Ich dachte, du seist in Michigan …«

Und dann verstehe ich es. Ich drehe mich herum und schaue Leah vorwurfsvoll an. Sie dagegen schenkt mir ein breites Lächeln. »Ich hoffe, das macht dir nichts aus, Nora«, sagt sie strahlend. »Ich habe Jake erzählt, dass ich dieses Wochenende hier bin, um mich mit dir zu treffen, und er hat gefragt, ob er mitkommen könnte. Ich war mir nicht sicher, was du dazu sagen würdest, nach allem, was passiert ist …« Mit leicht errötetem Gesicht fährt sie fort: »Also habe ich nur erwähnt, dass wir heute Abend hier sein würden.«

Ich blinzele, und meine Handflächen beginnen zu schwitzen. Leah weiß nicht, dass Jake meinetwegen zusammengeschlagen wurde. Dieses kleine Detail habe ich nur dem FBI mitgeteilt. Sie befürchtet wahrscheinlich, Jake zu sehen könnte schmerzhafte Erinnerungen an meine Entführung zurückbringen, aber sie kann mit Sicherheit nicht ahnen, wie schlecht mir gerade vor Schuldgefühlen und Beklommenheit ist.

Jake dagegen weiß, dass ich dafür verantwortlich bin. Ich kann es daran erkennen, wie er mich ansieht.

Ich zwinge mich dazu, zu lächeln. »Natürlich macht es mir nichts aus«, lüge ich glatt. »Bitte, setze dich doch. Möchtest du einen Kaffee?« Ich zeige auf die uns gegenüberliegende Sitzbank und nehme wieder Platz. »Wie geht's dir?«

Er erwidert mein Lächeln, und in den Ecken seiner Augen bilden sich diese kleinen Fältchen, die ich damals so schön fand. Er ist immer noch der süßeste Typ, den ich jemals getroffen habe, aber ich fühle mich nicht länger zu ihm hingezogen. Diese Verknalltheit, die ich einst für ihn gefühlt habe, verblasst im Gegensatz zu meiner völligen Besessenheit von Julian – zu der dunklen und verzweifelten Sehnsucht, deretwegen ich mich nachts hin und her wälze.

Wenn ich nicht schlafen kann, denke ich oft an die Dinge, die Julian und ich zusammen gemacht haben – die Sachen, die er mich machen lassen hat ... die Sachen, die er mir antrainiert hat, und die ich jetzt will. In der Dunkelheit der Nacht masturbiere ich zu verbotenen Fantasien. Fantasien voller köstlicher Schmerzen und erzwungener Erregung, von Gewalt und Lust. Es schmerzt mich vor Verlangen danach, genommen und benutzt zu werden. Ich sehne mich nach Julian – dem Mann, der diese Seite in mir erweckt hat.

Dem Mann, der jetzt tot ist.

Ich schiebe diesen quälenden Gedanken beiseite und konzentriere mich auf das, was Jake mir erzählt.

»... konnte monatelang nicht in diesen Park gehen«, sagt er, und ich bemerke, dass er mir von seiner Zeit nach der Entführung erzählt. »Jedes Mal, wenn ich das tat, musste ich an dich denken und fragte mich, wo du sein könntest ... Die Polizei meinte, es schien, als seist du einfach von dem Planeten verschwunden ...«

Während ich ihm zuhöre, werden das Schamgefühl und die Selbstverachtung in mir immer größer. Wie kann ich nur solche Gefühle für einen Mann haben, der eine so furchtbare Sache getan hat und dabei so vielen Menschen wehgetan hat? Wie krank muss ich sein, jemanden zu lieben, der so böse sein kann? Julian war kein gequälter, missverstandener Held, der durch Umstände, die er nicht kontrollieren konnte, gezwungen wurde, böse Dinge zu machen. Er war einfach ein Monster.

Ein Monster, welches ich mit jeder Faser meines Körpers vermisse.

»Es tut mir so leid, Nora«, sagt Jake und lenkt mich damit von meiner Selbstgeißelung ab. »Es tut mir so leid, dass ich dich in jener Nacht nicht beschützen konnte …«

»Warte … Was?« Ich blicke ihn ungläubig an. »Bist du verrückt? Weißt du, mit wem du es da zu tun hattest? Du hattest gar nicht die Möglichkeit, irgendetwas zu machen …«

»Ich hätte es aber versuchen müssen.« Jakes Stimme ist voller Schuldgefühle. »Ich hätte irgendetwas unternehmen müssen, irgendetwas …«

Ich greife über den Tisch und lege meine Hand aus einem Impuls heraus auf seine. »Nein«, sage ich bestimmt. »Du bist in keinster Weise schuld daran.« Ich kann aus den Augenwinkeln Leah sehen; sie beschäftigt sich mit ihrem Telefon und tut so, als sei sie gar nicht hier. Ich ignoriere sie. Ich muss Jake davon überzeugen, dass er es nicht versaut hat, ihm helfen, darüber hinwegzukommen.

Seine Haut fühlt sich unter meinen Fingern warm

an, und ich spüre die Anspannung, die in ihm vibriert. »Jake«, sage ich sanft und erwidere seinen Blick, »Niemand hätte das jemals verhindern können. Niemand. Julian hat – *hatte* – solche Ressourcen, die jedes SWAT-Team neidisch machen würde. Wenn irgendjemand Schuld daran hat, bin ich das. Du bist meinetwegen da hineingezogen worden, und das tut mir wirklich leid.« Ich entschuldige mich für mehr als die Nacht im Park, und er weiß das.

»Nein, Nora«, entgegnet er ruhig, und seine braunen Augen haben sich mit Schatten gefüllt. »Du hast recht. Es ist seine Schuld, nicht unsere.« Mir wird klar, dass er mir auch Absolution anbietet – dass er mich auch von meiner Schuld befreien möchte.

Ich lächele und drücke seine Hand, akzeptiere schweigend seine Vergebung.

Ich wünschte, ich könnte mir auch so leicht vergeben, aber das kann ich nicht.

Selbst jetzt, während ich hier sitze und Jakes Hand halte, kann ich nicht aufhören, Julian zu lieben.

Egal, was er getan hat.

ora

»WEIßT DU, ICH GLAUBE, DASS ER IMMER NOCH AN DIR interessiert ist«, meint Leah, als sie mich nach Hause fährt. »Ich bin auch überrascht, dass er dich nicht gleich dort gefragt hat, ob du dich mit ihm treffen würdest.«

»Mich fragen, ob ich mich mit ihm treffen würde? Jake?« Ich schaue sie ungläubig an. »Ich bin das letzte Mädchen, mit dem er ausgehen würde.«

»Da wäre ich mir nicht so sicher«, sagt sie nachdenklich. »Ihr hattet vielleicht nur eine Verabredung, aber er war ernsthaft deprimiert, als du verschwunden bist. Und so, wie er dich heute Abend angeschaut hat ...«

Ich lache nervös auf. »Leah bitte, das ist doch

verrückt. Jake und ich, wir haben eine komplizierte Vergangenheit. Heute Abend wollte er damit abschließen, das ist alles.« Die Vorstellung daran, mich mit Jake zu treffen – mich mit irgendwem zu treffen –, fühlt sich eigenartig an. In meinem Kopf gehöre ich immer noch Julian, und der Gedanke daran, mich von einem anderen Mann berühren zu lassen, macht mir unerklärlicherweise Angst.

»Na klar, abschließen.« Leahs Stimme tropft vor Sarkasmus. »Den ganzen Abend lang hat er dich angestarrt, als seist du das heißeste Ding, das er jemals gesehen hat. Was er mit dir will, ist keinesfalls abschließen, dafür lege ich meine Hand ins Feuer.«

»Ach Quatsch …«

»Nein, ernsthaft«, beharrt Leah und wirft mir an der roten Ampel einen kurzen Blick zu. »Du solltest dich mit ihm treffen. Er ist ein großartiger Typ, und ich weiß, wie sehr du ihn gemocht hast, bevor …«

Ich schaue sie an, und mein Wunsch, ihr alles zu erklären, kämpft gegen mein tief verwurzeltes Bedürfnis, mich zu schützen. »Leah, das war davor«, sage ich langsam und entschließe mich dazu, ihr einen Teil der Wahrheit zu enthüllen. »Ich bin nicht mehr die gleiche Person. Ich kann nicht mit einem Typen wie Jake ausgehen … nicht nach Julian.«

Sie verstummt und wendet ihre Aufmerksamkeit wieder der Straße zu, als die Ampel grün wird.

Als sie vor dem Haus, in dem ich wohne, hält, dreht sie sich zu mir um. »Es tut mir leid«, sagt sie ruhig. »Das war dumm und unüberlegt von mir. Du wirkst so normal, dass ich einen Moment vergessen habe ...« Sie schluckt, und Tränen glitzern in ihren Augen. »Falls du jemals darüber reden möchtest, bin ich für dich da – das weißt du doch, oder?«

Ich nicke und lächele sie an. Ich habe Glück, eine Freundin wie sie zu haben, und eines nicht allzu weit entfernten Tages nehme ich vielleicht ihr Angebot an. Aber jetzt noch nicht – nicht, solange ich mich innerlich so roh und zerfetzt fühle.

DIE NÄCHSTEN WOCHEN ZIEHEN SICH EWIG IN DIE Länge. Ich existiere von Moment zu Moment und arbeite einen Tag nach dem anderen ab. Jeden Morgen mache ich mir eine Liste von Sachen, die ich an dem Tag erledigen möchte und halte mich sorgfältig daran, auch wenn ich mich noch so gerne unter meiner Bettdecke verkriechen und nie wieder hervorkommen möchte.

Meistens stehen sehr alltägliche Aktivitäten auf meiner Liste, so etwas wie Essen, Laufen, zur Arbeit gehen, Lebensmittel einkaufen und meine Eltern anrufen. Manchmal füge ich aber auch ehrgeizigere Projekte hinzu, solche wie „für das Frühlingssemester an der Uni bewerben" – was ich auch mache, genau so, wie ich es Leah gesagt habe.

Ich melde mich auch für Schießunterricht an. Zu meiner Überraschung stellt sich heraus, dass ich sehr gut darin bin, mit einer Waffe umzugehen. Mein

Lehrer sagt, ich sei ein Naturtalent, und ich informiere mich darüber, was ich benötige, um eine Waffenerlaubnis für Illinois zu bekommen. Ich nehme auch einen Selbstverteidigungskurs in Angriff, um ein paar grundlegende Bewegungen zu lernen, mit denen ich mich schützen kann. Ich werde nie gegen jemanden wie Julian oder die Männer, die Beth und mich verschleppt haben, gewinnen können. Ich fühle mich aber besser, schießen und kämpfen zu können, so als habe ich mehr Kontrolle über mein Leben.

Mit all diesen neuen Aktivitäten, meiner Arbeit und meiner Kunst bin ich zu beschäftigt, um wegzugehen, und das passt mir gut. Ich bin nicht in der Stimmung, neue Leute kennenzulernen, und alle meine alten Freunde sind nicht mehr in der Stadt.

Jake und Leah sind auch beide wieder zurück in Michigan. Er pingt mich auf Facebook an, und wir chatten einige Male. Er fragt mich allerdings nicht, ob wir uns einmal treffen wollen.

Ich bin froh darüber. Selbst wenn er nicht auf eine dreieinhalb Stunden entfernt liegende Uni gehen würde, könnte das mit uns niemals funktionieren. Jake ist clever genug, um zu erkennen, dass niemals etwas Gutes dabei herauskäme, sich mit jemandem wie mir einzulassen – jemandem, der eigentlich immer noch Julians Gefangener ist.

Ich träume fast jede Nacht von ihm. Wie ein Albtraum kommt mein ehemaliger Peiniger im Dunklen zu mir, wenn ich am verletzlichsten bin. Er dringt rücksichtslos in meinen Kopf ein, genauso, wie er einst meinen Körper genommen hat. Wenn ich nicht erneut seinen Tod durchlebe, sind meine Träume beunruhigend sexuell. Ich träume von seinem Mund, seinem Schwanz, seinen Händen. Sie sind überall, auf meinem ganzen Körper, in mir. Ich träume von seinem erschreckend schönen Lächeln, der Art und Weise, wie er mich immer gehalten und gestreichelt hat.

Ich erlebe erneut, wie er mich gequält hat, bis ich alles vergessen und mich in ihm verloren habe.

Ich träume von ihm ... und wache nass und pochend auf, mit einem leeren Körper, der danach verlangt, von ihm in Besitz genommen zu werden. Wie ein Abhängiger, der einen Entzug durchmacht, sehne ich mich verzweifelt nach einer Erleichterung, nach etwas, was mein Verlangen dämpft.

Ich bin noch nicht so weit, mich mit Männern zu treffen, aber meinen Körper interessiert das nicht – und schließlich entscheide ich mich dafür, ihm nachzugeben.

Ich mache mich hübsch, schnappe mir meinen alten gefälschten Ausweis und gehe in die örtliche Bar.

DIE MÄNNER UMSCHWÄRMEN MICH WIE DIE FLIEGEN. ES ist so einfach, so verdammt einfach. Ein Mädchen allein in einer Bar – das ist die ganze Ermutigung, die sie brauchen. Wie Wölfe, die ein Opfer riechen, spüren sie meine Verzweiflung, meinen Wunsch danach, heute Nacht mehr als ein kaltes, einsames Bett zu wollen.

Ich lasse mir von einem Getränke ausgeben. Erst einen Wodka, dann einen Tequila ... Als er mich irgendwann fragt, ob wir gehen wollen, ist alles um mich herum verschwommen. Ich nicke und lasse mich von ihm zu seinem Auto führen.

Er ist ein gutaussehender Mann in den Dreißigern, mit sandfarbenem Haar und blaugrauen Augen. Nicht besonders groß, aber recht gut gebaut. Er ist ein Schiedsrichter, erzählt er mir, als er uns zu einem nahegelegenen Motel fährt.

Ich schließe die Augen, während er weiterredet. Mir ist es egal, wer er ist oder was er macht. Ich möchte einfach nur von ihm gefickt werden, will, dass er diese gähnende Leere in mir ausfüllt. Er soll die Kälte wegnehmen, die bis tief in meine Knochen eingedrungen ist.

Er mietet an der Rezeption einen Raum, und wir gehen nach oben. Als wir in das Zimmer kommen, nimmt er mir den Mantel ab und beginnt, mich zu küssen. Ich kann auf seiner Zunge Bier und einen Hauch Taco schmecken. Er drückt mich an sich, seine Hände sind heiß und begierig, als sie anfangen, meinen Körper zu erkunden – und plötzlich ertrage ich das nicht mehr.

»Halt.« Ich schiebe ihn so hart weg, wie ich kann. Überrascht stolpert er ein paar Schritte zurück.

»Was zum Teufel ...« Er starrt mich mit einem ungläubig geöffneten Mund an.

»Es tut mir leid«, sage ich schnell und greife nach meinem Mantel. »Es liegt nicht an dir, versprochen.«

Und bevor er auch nur ein Wort sagen kann, renne ich aus dem Zimmer.

Ich nehme mir ein Taxi und fahre nach Hause. Mir ist schlecht von dem ganzen Alkohol, und ich fühle mich absolut elend. Es gibt kein Mittel gegen meine Abhängigkeit, keinen Weg, um meinen Durst zu löschen.

Selbst betrunken kann ich die Berührung eines anderen Mannes nicht ertragen.

Nora

Es beginnt wie ein weiterer erotischer Traum.

Kräftige Hände gleiten an meinem nackten Körper nach oben, raue Handflächen reiben an meiner Haut, als er meine Brüste drückt, seine Daumen gegen meine aufgestellten, empfindlichen Nippel reiben. Ich biege mich ihm entgegen, fühle die Wärme seiner Haut. Das schwere Gewicht seines kräftigen Körpers presst mich in die Matratze. Seine muskulösen Beine zwingen meine Oberschenkel, sich zu öffnen, und seine Erektion stößt gegen mein Geschlecht. Seine dicke Eichel gleitet zwischen meine sanften Falten und übt leichten Druck auf meine Klitoris aus.

Ich stöhne, reibe mich gegen ihn, und meine inneren Muskeln ziehen sich vor Verlangen zusammen, ihn endlich tief in mir aufzunehmen. Ich bin nass und keuche. Meine Hände umfassen seinen festen, muskulösen Po und versuchen, ihn in mich hineinzuzwingen, ihn dazu zu bewegen, mich zu ficken.

Er lacht leise und verführerisch, und seine großen Hände fassen nach meinen Handgelenken und halten sie über meinem Kopf fest. »Vermisst du mich, mein Kätzchen?«, murmelt er in mein Ohr, und sein heißer Atem lässt kochende Wellen über diese Seite meines Körpers laufen.

Mein Kätzchen? Julian spricht niemals zu mir in meinen Träumen ...

Ich schnappe nach Luft und schlage meine Augen auf ... und in dem Dämmerlicht des frühen Morgens sehe ich ihn.

Julian.

Nackt und erregt liegt er auf mir und hält mich auf meinem Bett fest. Sein dunkles Haar ist kürzer als zuvor, und sein prächtiges Gesicht ist angespannt vor Lust.

Ich erstarre, blicke zu ihm hoch, und plötzlich dröhnt mein Herz in meinem Brustkorb. Einen Moment lang denke ich immer noch, dass ich träume – dass mein Kopf grausame Spiele mit mir spielt. Mir wird schwarz vor Augen, alles verschwimmt, und mir wird klar, dass ich wirklich einen Augenblick lang aufgehört habe zu atmen, dass der Schock mir die ganze Luft aus den Lungen gedrückt hat.

Immer noch erstarrt, hole ich scharf Luft. Er beugt

seinen Kopf nach unten, und sein Mund legt sich auf meinen. Seine Zunge drängt sich zwischen meine geöffneten Lippen hindurch, dringt in mich ein, und von seinem quälend vertrauten Geschmack wird mir ganz schwindelig.

Ich habe keine Zweifel mehr.

Das ist wirklich Julian – er ist am Leben und so vital wie immer.

Plötzlicher, scharfer Zorn durchfährt mich. Er ist am Leben – er war die ganze Zeit am Leben! Die komplette Zeit, die ich um ihn getrauert habe, in der ich versucht habe, meine zerbrochene Seele zu kitten, war er gesund und lebendig und hat mit Sicherheit über meine pathetischen Versuche gelacht, mein Leben weiterzuführen.

Ich beiße in seine Lippe. Hart, getrieben von dem wilden Verlangen, ihm wehzutun – ihm sein Fleisch herauszureißen, so wie er mein Herz zerrissen hat. Ein leichter Eisengeschmack von Blut breitet sich in meinem Mund aus, und er zuckt fluchend zurück. Seine Augen sind vor Ärger ganz dunkel.

Ich habe aber keine Angst. Nicht mehr. »Lass mich los«, fauche ich wütend und wehre mich gegen seinen Griff. »Du verdammtes Arschloch! Du Bastard! Du warst niemals tot! Du warst verdammt noch mal niemals tot!« Zu meiner völligen Blamage kommt der letzte Satz als ein verschlucktes Schluchzen aus mir heraus, und meine Stimme ist am Ende weg.

Sein Unterkiefer spannt sich an, als er mich anblickt. Die sinnliche Perfektion seiner Lippen wird getrübt durch den blutigen Abdruck meiner Zähne. Er hält mich problemlos fest, und sein harter Schwanz verharrt vor dem weichen Eingang zu meinem Körper. Wütend drehe ich mich zur Seite, versuche, ihn noch einmal zu beißen. Er schiebt meine Handgelenke zu seiner linken Hand und hält mich nur mit dieser fest, während seine andere in mein Haar greift. Jetzt kann ich mich überhaupt nicht mehr bewegen; alles, was ich noch machen kann, ist, ihn böse anzustarren, während Tränen vor Wut und Frust in meinen Augen brennen.

Unerwartet wird sein Gesichtsausdruck sanft. »Es scheint, mein Kätzchen hat Krallen bekommen«, murmelt er, und seine Stimme ist voller dunkler Belustigung. »Ich mag das.«

Jetzt sehe ich im wahrsten Sinne des Wortes rot. »Fick dich!«, kreische ich und werfe mich gegen ihn, achte nicht auf unsere nackten Körper, die sich aneinander reiben. »Fick dich und was du magst …«

Sein Mund senkt sich auf mich hinab und verschluckt meine verärgerten Worte. Meine Zähne schnappen nach ihm, um ihn erneut zu beißen. Er zuckt in der letzten Sekunde zurück und lacht sanft. Gleichzeitig beginnt er einzudringen. Vollkommen außer mir schreie ich – und seine rechte Hand lässt mein Haar los und legt sich auf meinen Mund. »Schscht«, flüstert er in mein Ohr und ignoriert meine erstickten Schreie. »Wir möchten doch nicht, dass deine Nachbarn uns hören, oder etwa doch?«

In diesem Moment ist es mir völlig egal, ob die ganze Welt uns hört. Ich fühle einfach nur noch dieses primitive Verlangen danach, ihn zu schlagen, ihm genauso wehzutun, wie er mir wehgetan hat. Wenn ich eine Waffe hier hätte, würde ich gerne auf ihn schießen, damit er die gleichen Qualen erleidet, die ich seinetwegen hatte.

Aber ich habe keine Waffe. Ich habe gar nichts, und er dringt langsam immer weiter in meine empfindliche Öffnung ein. Sein dicker Schwanz dehnt mich aus, füllt mich mit seiner erhitzten Härte. Ich bin immer noch nass von meinem vorangegangenen »Traum«, aber ich bin gleichzeitig ganz angespannt vor Wut. Mein Körper wehrt sich gegen den Eindringling, indem sich alle meine Muskeln zusammenziehen, um ihn nicht hineinzulassen. Es ist wieder wie unser erstes Mal – nur dass die Gefühlsmischung in meiner Brust gerade sehr viel komplizierter ist als die Angst, die ich damals gespürt habe. Meine Gegenwehr nimmt langsam ab, ich blicke zu ihm nach oben, und mein Kopf dreht sich durch den Schock seiner Rückkehr.

Als er sich vollständig in mir befindet, macht er eine Pause und entfernt langsam seine Hand von meinem Mund.

Ich bleibe still liegen, und Tränen laufen aus meinen Augenwinkeln.

Er beugt seinen Kopf nach unten und küsst mich zärtlich, so als entschuldige er sich dafür, mich so schonungslos zu nehmen. Meine Lungen hören auf zu arbeiten; wie immer bringt mich diese einzigartige Mischung aus Grausamkeit und Zärtlichkeit völlig durcheinander, löst ein Chaos in meinem ohnehin schon mit widersprüchlichen Gedanken gefüllten Kopf aus.

»Es tut mir leid, Baby«, murmelt er, und seine Lippen streichen an meiner tränennassen Wange entlang. »So war das nicht geplant. Ich hätte dich beschützen müssen, und ich habe es versaut. Ich habe das so unglaublich versaut ...« Er atmet sanft aus. »Ich hatte niemals vor, dich gehen zu lassen, dich jemals zu verlassen ...«

»Das hast du aber.« Meine Stimme ist klein und verletzt, wie die eines verwundeten Kindes. »Du hast mich glauben lassen, du seist tot ...«

»Nein.« Er lässt meine Handgelenke los, um sich auf seine Ellenbogen zu stützen und sein Gesicht in seinen Händen abzulegen. Seine Augen brennen sich mit ihrer ganzen Intensität in meine, und ich habe das Gefühl, als würde er mich mit seinem Blick verspeisen. »So war das nicht. So war das überhaupt nicht.«

Meine Hände wandern langsam zu seinen Schultern. »Wie war es dann?«, frage ich bitter. Wie konnte er mir das nur antun? Wie konnte er mich nur stehlen, mir alles nehmen, nur um mich dann so grausam zu verlassen?

»Ich werde dir alles erklären«, verspricht er mir mit leiser und lustvoller Stimme. Auf seinen Brauen haben sich Schweißperlen gebildet, und ich kann spüren, wie sein Schwanz tief in mir pulsiert. Seine Kontrolle hängt an einem seidenen Faden. »Aber jetzt gerade brauche ich dich, Nora. Ich brauche das ...« Er schiebt seine Hüften nach vorn, und ich stöhne, als er auf meinen G-

Punkt stößt und eine Gefühlswelle durch meine Nervenenden schickt.

»Das ist gut«, flüstert er rau und wiederholt die Bewegung. »Ich brauche das. Ich will deine enge, kleine Muschi wie einen Handschuh um mich fühlen. Ich will dich ficken, und ich will dich verdammt nochmal verschlingen. Jeder einzelne Millimeter von dir gehört mir, Nora, nur mir …« Er senkt wieder seinen Kopf und verschließt meinen Mund mit einem innigen, einnehmenden Kuss, während er weiterhin mit einem langsamen, erbarmungslosen Rhythmus in mich stößt.

Meine Atmung wird schneller, und eine Hitzewelle überflutet meinen Körper. Meine Finger krampfen sich in seine Schultern, und meine Beine schlingen sich um seine muskulösen Oberschenkel, um ihn tiefer in mich aufzunehmen. Nach monatelanger Abstinenz ist das fast zu viel, aber ich begrüße das leichte Brennen, den leichten Lustschmerz, mit dem er mich in Besitz nimmt. Ich spüre, wie sich die Anspannung in mir aufbaut, das köstliche Prickeln der Lust vor dem Orgasmus, und dann explodiere ich mit einem unterdrückten Schrei. Meine inneren Muskeln krampfen sich um seinen dicken Schwanz.

»Ja, Baby, genau so«, stöhnt er rau, und seine Bewegungen werden schneller, bis er mit einem letzten, kräftigen Stoß seinen eigenen Höhepunkt erreicht und tief in mir pulsiert. Ich kann die Wärme seiner Entladung in mir spüren, und ich drücke ihn fest an mich, als er auf mir kollabiert. Sein großer Körper ist schwer und schweißbedeckt.

~

»Möchtest du Kaffee oder Tee?«, frage ich und werfe einen Blick auf Julian, während ich in der kleinen Küche in der Ecke meines Studios werkele. Er sitzt an dem Tisch an der Wand und trägt ein Paar Jeans – das Einzige, was er sich nach dem Duschen angezogen hat. Sein gebräunter, muskelbepackter Oberkörper zieht meinen Blick auf sich, und meine Hand zittert leicht, als ich nach einem Becher greife. Mit seinem kurz geschnittenen Haar erscheinen seine Wangenknochen markanter und seine Gesichtszüge noch gemeißelter als zuvor. Ich runzele die Stirn und schaue genauer hin. Er scheint dünner zu sein als in meiner Erinnerung, fast so, als habe er Gewicht verloren.

Julian ignoriert meinen starrenden Blick, lehnt sich in dem zerbrechlichen Stuhl von Ikea zurück und streckt seine langen Beine aus. Seine Füße sind nackt und beeindruckend männlich. »Kaffee wäre super«, antwortet er faul und schaut mich mit schweren Augenlidern an.

Er erinnert mich an einen Panther, der seine Beute verfolgt.

Ich schlucke, stelle den Becher auf die Arbeitsfläche und greife nach der Kaffeemaschine. Im Gegensatz zu ihm trage ich Jeans, dicke Socken und eine Fleecejacke. Vollständig angezogen fühle ich mich weniger verletzlich, so als hätte ich mehr Kontrolle.

Das Ganze ist völlig surreal. Wenn ich nicht dieses

leichte Wundsein zwischen meinen Beinen spüren würde, wäre ich davon überzeugt, zu halluzinieren. Aber nein, mein Entführer – der Mann, um den sich so lange mein Dasein gedreht hat – befindet sich hier in meiner winzigen Wohnung und beherrscht sie mit seiner machtvollen Gegenwart.

Als der Kaffee fertig ist, schenke ich jedem von uns einen Becher ein und setze mich zu ihm an den Tisch. Ich fühle mich aus dem Gleichgewicht gebracht, so als würde ich auf einem Hochseil balancieren. In einer Sekunde möchte ich vor Freude schreien, in der nächsten möchte ich ihn töten, weil er mich diese Qualen erleiden ließ. Und die ganze Zeit bin ich mir in meinem Hinterkopf im Klaren darüber, dass keine dieser beiden Reaktionen eine angemessene Antwort auf diese Situation wäre. Eigentlich sollte ich versuchen, zu flüchten und die Polizei rufen.

Julian scheint diese Möglichkeit überhaupt nicht zu fürchten. Er fühlt sich in meinem Appartement wohl und ist genauso voller Selbstvertrauen wie auf seiner Insel. Er hebt seinen Becher hoch, um einen Schluck seines Kaffees zu trinken, und schaut mich an. Um seine Lippen kann ich ein hypnotisierendes, leichtes Lächeln erkennen.

Ich umschließe meinen eigenen Becher mit den Händen und genieße die Wärme, die vom Becher ausstrahlt. »Wie hast du die Explosion überlebt?«, frage ich ruhig und erwidere seinen Blick.

Sein Mund zuckt leicht. »Fast hätte ich das nicht. Als sie erkannten, dass sie verlieren würden, hat eines dieser suizidgefährdeten Arschlöcher eine Bombe hochgehen lassen. Zwei meiner Männer und ich waren gerade in der Nähe der Leiter zum Keller, und wir sind im letzten Moment hinuntergesprungen. Ein Teil der Decke fiel auf mich, und ich verlor das Bewusstsein. Einer der Männer, die bei mir waren, wurde von ihr erschlagen. Ich hatte Glück, dass der andere – Lucas – überlebte und bei Bewusstsein blieb. Er hat es geschafft, uns beide in das Abwasserrohr zu schaffen, und dort gab es genug frische Luft von außen, so dass wir nicht an einer Rauchvergiftung starben.«

Ich atme zitternd ein. Das Abwasserrohr. Das war der einzige Ort, an dem ich an diesem schrecklichen Tag nicht nachgesehen hatte, als ich stundenlang die brennenden Überreste des Gebäudes durchkämmt hatte. Ich war so benebelt und neurotisch gewesen, dass es mir gar nicht in den Sinn gekommen war, dort nach Überlebenden zu suchen.

»Als Lucas uns beide endlich zu einem Krankenhaus gebracht hatte, war ich in einer ziemlich schlimmen Verfassung«, fährt Julian fort, während er mich anschaut. »Ich hatte einen Schädelbruch und einige gebrochene Knochen. Die Ärzte haben mich in ein künstliches Koma versetzt, um meine Gehirnschwellung zu behandeln, und ich bin erst vor einigen Wochen wieder aufgewacht.« Er hebt seine Hand, um sein kurzes Haar zu berühren, und ich verstehe auf einmal, warum er diesen neuen Haarschnitt trägt. Sie mussten in dem Krankenhaus seine Haare wegrasiert haben.

Meine Hand zittert, als ich meinen Becher für einen weiteren Schluck anhebe. Er war fast gestorben – nicht, dass ich deshalb seine Abwesenheit in den vergangenen Wochen entschuldigen könnte. »Warum hast du mich dann nicht gleich kontaktiert? Warum hast du mir nicht Bescheid gegeben, dass du noch lebst?« Wie konnte er es nur zulassen, dass meine Qualen auch nur einen Tag länger andauerten als unbedingt nötig?

Er legt seinen Kopf zur Seite. »Und dann was?«, fragt er mit einer gefährlich seidigen Stimme. »Was hättest du dann getan, mein Kätzchen? Wärst du nach Thailand geeilt, um an meiner Seite zu sein? Oder hättest du deinen Kumpels beim FBI mitgeteilt, wo sie mich finden können, damit sie mich kriegen, solange ich schwach und hilflos bin?«

Ich hole scharf Luft. »Ich hätte ihnen niemals gesagt …«

»Nein?« Er wirft mir einen sardonischen Blick zu. »Denkst du, ich weiß nicht, dass du mit ihnen gesprochen hast? Dass sie jetzt meinen Namen und mein Bild haben?«

»Ich habe nur mit ihnen gesprochen, weil ich dachte du seist tot!« Ich springe auf und kippe dabei fast meinen Kaffee um. Meine ganze Wut bricht auf einmal durch. Zornig umfasse ich die Tischkante und starre ihn an. »Ich habe dich niemals betrogen, nicht einmal, als ich es besser getan hätte …«

Er steht auf und richtet seinen großen, muskulösen Körper mit athletischer Anmut auf. »Ja, das hättest du vielleicht«, stimmt er mir sanft zu, und seine Augen werden dunkler, als wir uns über den Tisch hinweg anstarren. »Du hättest dich in dem Krankenhaus auf den Philippinen von mir abwenden sollen, um so weit und so schnell zu rennen, wie du es kannst, mein Kätzchen.«

Ich lecke mit meiner Zunge über meine trockenen Lippen. »Hätte das geholfen?«

»Nein, ich hätte dich überall gefunden.«

Mein Magen krampft sich vor Aufregung und einem Schuss Angst zusammen. Er macht keinen Witz. Das kann ich auf seinem Gesicht erkennen. Er hätte mich gesucht, und niemand hätte ihn aufhalten können.

»Wer bist du?« Ich atme und blicke ihn ungläubig an. »Warum gab es von dir keine Aufzeichnungen in den Datenbanken der Regierung? Wenn du ein großer Waffenhändler bist, warum hat das FBI dann noch nie etwas von dir gehört?«

Er schaut mich an, und seine Augen strahlen im Kontrast zu seiner dunkel gebräunten Haut. »Weil ich ein großes Netzwerk von Beziehungen habe, Nora«, antwortet er mir ruhig. »Und weil ich bei meinen Interaktionen mit meinen Kunden manchmal auf Informationen stoße, die für die Regierung der Vereinigten Staaten von einigem Wert sind – Informationen, die mit der Sicherheit und Gefahrenabwehr für die amerikanische Bevölkerung zu tun haben.«

Meine Kinnlade fällt nach unten. »Du bist ein Spion?«

»Nein.« Er lacht. »Nicht im traditionellen Sinn. Ich stehe auf keiner Gehaltsliste – wir tauschen einfach Gefallen aus. Ich helfe der Regierung, und dafür macht sie mich für alle unsichtbar. Nur einige wenige auf den höchsten Ebenen der CIA wissen überhaupt, dass es mich gibt.« Er hält inne und fügt sanft hinzu: »Oder zumindest war das der Fall, bevor das FBI dich in die Finger bekommen hat, mein Kätzchen. Jetzt ist es ein wenig komplizierter, und ich muss einige Gefallen einlösen, damit diese Information wieder verschwindet.«

»Ich verstehe«, sage ich äußerlich ruhig. Mein Kopf dreht sich. Der Mann, der mich entführt hat, arbeitet mit meiner Regierung zusammen. Das ist fast mehr, als ich gerade verarbeiten kann.

Er lächelt und genießt ganz offensichtlich meine Verwirrung. »Denk nicht zu viel darüber nach, mein Kätzchen«, rät er mir, und seine Augen glänzen vor Belustigung. »Nur weil ich ab und an helfe, einen Angriff von Terroristen zu verhindern, bin ich noch lange kein guter Mensch.«

»Das stimmt«, bestätige ich. »Das bist du nicht.« Ich drehe mich weg und gehe zu dem kleinen Fenster, um hinauszuschauen. Die Sonne beginnt gerade aufzugehen, und der Boden ist mit einer leichten Schneedecke überzogen.

Der erste Schnee in diesem Jahr – er muss in der Nacht gefallen sein.

Ich höre nicht, wie er sich bewegt, aber plötzlich steht er hinter mir, und seine langen Arme legen sich um mich, drücken mich an ihn. Ich kann den sauberen, männlichen Duft seiner Haut riechen, und ein Teil meiner Anspannung verschwindet. Julian lebt.

»Also, wo gehen wir hin?«, frage ich und betrachte den Schnee. »Bringst du mich wieder auf die Insel zurück?«

Einen Moment lang schweigt er. »Nein«, sagt er schließlich. »Das kann ich nicht. Nicht, ohne dass Beth dort ist.« Seine Stimme klingt angespannt, und mir wird klar, dass er sie auch vermisst, dass er ihren Verlust genauso schmerzlich fühlt wie ich.

Ich drehe mich in der Umarmung um, schaue zu ihm hoch und lege meine Hände auf seine Brust. »Ich bin froh, dass diese Arschlöcher tot sind!« Die Worte kommen als leises, scharfes Fauchen heraus. »Ich bin froh, dass du sie alle getötet hast.«

»Ja«, stimmt er zu, und ich sehe das Spiegelbild meiner Wut und meines Schmerzes in dem harten Glitzern in seinen Augen. »Die Männer, die ihr wehgetan haben, sind tot, und ich unternehme gerade Schritte, ihre ganze Organisation auszulöschen. Wenn ich mit der Al-Quadar fertig sein werde, werden sie nichts weiter als eine Akte in den Archiven der Regierung sein.«

Ich erwidere seinen Blick, ohne zu blinzeln. »Gut.« Ich möchte, dass sie alle zerstört werden. Ich möchte, dass Julian sie in Stücke reißt.

In diesem Moment verstehen wir uns perfekt. Er ist

ein Killer, und das ist genau das, was ich im Moment von ihm brauche. Ich möchte keinen süßen, netten Mann mit einem Gewissen – ich will ein Monster, welches brutal den Tod von Beth rächt.

Ein leichtes Lächeln umspielt seine Mundwinkel. Er beugt sich nach unten und küsst mich sanft auf die Stirn. Dann lässt er mich los und geht zum Bett, wo sich seine restlichen Sachen befinden.

Ich runzele die Stirn und sehe ihm dabei zu, wie er sich ein langärmliges T-Shirt, Strümpfe und ein Paar Stiefel anzieht. »Gehst du?«, frage ich und fühle, wie sich bei dem Gedanken eine kalte Faust um mein Herz legt.

»Nein«, antwortet er, zieht sich seine Lederjacke über und geht zu meinem Kleiderschrank. »Wir gehen.« Er öffnet die Schranktür und nimmt meinen Wintermantel sowie warme Stiefel heraus, um sie zu mir herüberzuwerfen.

Ich fange den Mantel automatisch und ziehe ihn über. »Entführst du mich wieder?«, möchte ich wissen, während ich meine Stiefel anziehe.

»Ich weiß nicht.« Er kommt zu mir herüber, nimmt mein Gesicht in seine Hände und fährt mit seinem Daumen leicht über meine Unterlippe. »Tue ich das?«

Ich weiß es auch nicht. Zum ersten Mal seit Monaten fühle ich mich lebendig. Ich habe wieder Gefühle, deutlich und klar. Angst, Aufregung, Freude.

Liebe.

Es ist nicht die süße und zärtliche Liebe, von der ich immer geträumt habe, aber es ist Liebe. Dunkel, pervers und besessen. Sie ist ein Zwang und eine Sucht. Ich weiß, dass die Welt mich für meine Entscheidungen verurteilen wird, aber ich brauche Julian genauso sehr, wie er mich braucht.

»Was passiert, wenn ich nicht mit dir mitkommen möchte?« Ich weiß auch nicht, warum ich ihn das fragen muss. Ich kenne die Antwort schon.

Er lacht. Er nimmt seine Hand von meinem Gesicht und fasst in seine Jackentasche, aus der er eine kleine Spritze hervorholt, die er mir zeigt.

»Ich verstehe«, sage ich ruhig. Er ist auf alles vorbereitet.

Er steckt die Spritze weg und hält mir seine Hand hin. Ich zögere einen Moment, bevor ich meine Hand auf seine große Handfläche lege. Er umfasst meine Finger mit seinen, und seine Augen sehen in diesem Moment unglaublich blau aus, fast strahlend.

Zusammen verlassen wir die Wohnung, händchenhaltend wie ein Paar. Er führt mich zu einem Auto, das auf uns wartet – ein schwarzes Auto mit einem Fensterglas, welches ungewöhnlich dick aussieht. Wahrscheinlich kugelsicher.

Er öffnet mir die Tür, und ich steige ein.

Als das Auto wegfährt, zieht er mich näher an sich heran, und ich vergrabe mein Gesicht an seinem Hals, atme seinen vertrauten Geruch ein.

Zum ersten Mal seit Monaten fühle ich mich zu Hause.

LESEPROBEN

Vielen Dank dafür, dass Sie dieses Buch gelesen haben. Wir würden uns sehr darüber freuen, wenn Sie eine Kritik hinterlassen könnten.

Die Geschichte von Julian & Nora geht in *Keep Me - Verwandelt* weiter.

Wenn Ihnen Twist Me gefallen hat, könnten Sie auch diese Bücher von Anna Zaires mögen:

- *Ergreife Mich: Die komplette Trilogie* – Lucas' & Yulias Geschichte
- *Mein Peiniger* – Die Geschichte von Peter Sokolov
- *Mia & Korum: Die komplette Krinar Chroniken Trilogie* – Ein dunkler Science-Fiction-Liebesroman
- *Die Gefangene des Krinar* – Ein

abgeschlossener dunkler Science-Fiction-Liebesroman

Gemeinschaftsprojekte mit ihrem Ehemann, Dima Zales:

- *Gedankendimensionen 0, 1 und 2* – Urban Fantasy
- *Die letzten Menschen: Die komplette Trilogie* – Dystopische/postapokaliptische Science-Fiction
- *Der Zaubercode* – High Fantasy
- *Mindmachines* – Techno-Thriller

Wenn Sie über Neuerscheinungen benachrichtigt werden möchten, besuchen Sie bitte meine Homepage www.annazaires.com/book-series/deutsch/ und tragen Sie sich für meinen Newsletter ein.

Jetzt wünsche ich Ihnen viel Spaß mit Leseproben aus *Keep Me - Verwandelt, Gefährliche Begegnungen* (der Beginn von Mias & Korums Geschichte) und *Die Gedankenleser - The Thought Readers*.

Anmerkungen der Autorin: *Keep Me - Verwandelt ist die Fortsetzung der Geschichte von Nora & Julian.*

Es gibt Tage, an denen der Drang zu verletzen und zu töten einfach zu stark ist, um ihn zu verleugnen. Tage, an denen der dünne Mantel aus Zivilisation, der mich umgibt, fast bei der kleinsten Provokation herunterfällt und das Monster, in meinem Inneren freilegt.

Heute ist einer dieser Tage.

Heute habe ich sie bei mir.

Wir sind im Auto auf dem Weg zum Flughafen. Sie sitzt eng an mich gedrückt, ihre schlanken Arme sind um mich geschlungen und ihr Gesicht ist an meinem Hals vergraben.

Ich wiege sie in einem Arm, ich streichele ihr Haar und genieße seine seidige Struktur. Es ist jetzt lang und reicht bis zu ihrer schlanken Taille hinunter. Ihre Haare sind seit neunzehn Monaten nicht mehr geschnitten worden.

Nicht, seit ich sie zum ersten Mal entführt habe.

Ich atme ein und nehme ihren Duft auf — leicht, blumig, köstlich feminin. Es ist eine Mischung aus einem Shampoo und ihrer körpereigenen Chemie, und mir läuft davon das Wasser im Mund zusammen. Ich will ihr die Klamotten vom Leib reißen und diesem Geruch überall hin folgen, jede Kurve und jede Mulde ihres Körpers erkunden.

Mein Schwanz zuckt, und ich erinnere mich selbst daran, dass ich sie gerade erst gefickt habe. Das ist aber egal. Meine Lust für sie ist allgegenwärtig. Dieses besessene Verlangen hat mich anfangs gestört, aber jetzt habe ich mich daran gewöhnt. Ich habe es akzeptiert, verrückt nach ihr zu sein.

Sie scheint ruhig zu sein, sogar zufrieden. Ich mag das. Ich mag es, wenn sie sich an mich kuschelt, so sanft, so vertrauensvoll. Sie kennt meine wahre Natur und trotzdem fühlt sie sich bei mir sicher. Ich habe sie dazu erzogen, so zu fühlen.

Ich habe sie dazu gebracht, mich zu lieben.

Nach ein paar Minuten bewegt sie sich in meinen Armen und hebt ihren Kopf, um mich anzuschauen. »Wohin fahren wir?«, fragt sie blinzelnd und ihre langen schwarzen Wimpern schwingen wie Fächer nach oben und unten. Sie hat diese Augen, die einen Mann auf die Knie gehen lassen können — sanfte, dunkle Augen, bei deren Anblick ich an zerwühlte Laken und nacktes Fleisch denken muss.

Ich zwinge mich dazu, mich zu konzentrieren. Es gibt nichts, was meine Konzentration so stört, wie diese Augen. »Wir fliegen zu mir nach Hause, nach Kolumbien«, beantworte ich ihre Frage. »An den Ort, an dem ich aufwuchs.«

Ich war seit Jahren nicht mehr dort — nicht, seit meine Eltern ermordet worden sind. Aber die Residenz meines Vaters ist eine Festung, und das ist genau das, was wir jetzt brauchen. In den letzten Wochen habe ich zusätzliche Sicherheitsmaßnahmen einbauen lassen, so dass dieser Ort jetzt praktisch unbezwingbar ist. Niemand wird mir Nora jemals wieder wegnehmen — das habe ich sichergestellt.

»Wirst du bei mir bleiben?« Ich kann die hoffnungsvolle Note in ihrer Stimme hören und nicke lächelnd.

»Ja, mein Kätzchen, das werde ich.« Jetzt, da ich sie wieder habe, ist die Notwendigkeit, sie bei mir zu haben, zu stark, um sie verleugnen zu können. Die Insel war einst der sicherste Ort für sie, aber jetzt ist sie es nicht mehr. Jetzt, wissen sie von ihrer Existenz — und sie wissen, dass sie meine Achillesferse ist. Ich muss sie bei mir haben, wo ich sie beschützen kann.

Sie leckt sich ihre Lippen, und meine Augen folgen dem Weg ihrer süßen, rosafarbenen Zunge. Ich möchte ihr dickes Haar um meine Faust wickeln und ihren Kopf in meinen Schoß drücken, aber ich widerstehe diesem Drang. Dafür wird später Zeit sein, wenn wir an einem sichereren — und weniger öffentlichen — Ort sind.

»Wirst du meinen Eltern wieder eine Million Dollar schicken?« Ihre Augen sind groß und unschuldig, während sie mich anschaut, aber ich kann die unterschwellige Herausforderung in ihrer Stimme hören. Sie stellt mich auf die Probe — testet die Grenzen dieser neuen Phase unserer Beziehung.

Mein Lächeln verstärkt sich, und ich strecke mich nach ihr aus, um ihr eine Haarsträhne hinter dem Ohr festzustecken. »Möchtest du, dass ich sie ihnen schicke, mein Kätzchen?«

Sie blickt mich ohne zu zwinkern an. »Nicht wirklich«, erwidert sie sanft. »Ich würde sie stattdessen viel lieber anrufen.«

Ich halte ihren Blick. »Okay. Du kannst sie anrufen, sobald wir da sind.«

Ihre Augen werden riesig und ich kann sehen, dass ich sie überrascht habe. Sie hatte erwartet, wieder meine Gefangene zu sein, abgeschnitten von der Außenwelt. Was sie noch nicht erkannt hat ist, dass das nicht länger nötig ist.

Ich habe das erreicht, was ich mir vorgenommen hatte.

Sie gehört jetzt ganz und gar mir.

~

Wenn Sie mehr darüber erfahren möchten, besuchen Sie bitte Annas Webseite www.annazaires.com/book-series/deutsch/.

Anmerkungen der Autorin: *Gefährliche Begegnungen
ist das erste Buch meiner Science-Fiction Romanserie, die
Krinar Chroniken. Auch wenn es nicht so düster ist wie
Twist Me, enthält es doch einige Elemente, die die Leser von
dunkler Erotik mögen könnten.*

∼

***Eine düstere und anregende Liebesgeschichte, die die Fans
erotischer und turbulenter Beziehungen begeistern
wird...***

In der nahen Zukunft herrschen die Krinar auf der
Erde. Sie sind eine sehr fortgeschrittene Rasse aus
einer anderen Galaxie und immer noch ein Geheimnis
für uns — außerdem sind wir ihnen völlig ausgeliefert.

Mia Stalis, schüchtern und unschuldig, ist eine

Studentin in New York, die ein sehr normales Leben führt. Wie die meisten Menschen, hat sie nie etwas mit den Eindringlingen zu tun gehabt — bis zu diesem schicksalhaften Tag im Park, der ihr ganzes Leben auf den Kopf stellt. Da sie Korums Aufmerksamkeit auf sich gezogen hat, muss sie jetzt mit einem mächtigen, gefährlich verführerischen Krinar fertig werden, der sie besitzen möchte und vor nichts Halt machen wird, bis er sein Ziel erreicht.

Wie weit würden Sie gehen, um ihre Freiheit wiederzuerlangen? Wie viel würden sie aufgeben, um anderen Menschen zu helfen? Welche Wahl würden Sie treffen, wenn sie beginnen, sich in ihren Feind zu verlieben?

~

Die Luft war frisch und rein, als Mia mit schnellen Schritten einen gewundenen Pfad im Central Park entlangging. Überall zeigte sich schon der Frühling, in winzigen Knospen auf den noch immer kahlen Bäumen und in der rasch wachsenden Anzahl an Kindermädchen, die sich draußen mit ihren wilden Schützlingen über den ersten warmen Tag freuten.

Es war eigenartig, wie sehr sich alles in den letzten paar Jahren verändert hatte und wie sehr es doch gleich geblieben war. Wäre Mia vor zehn Jahren gefragt worden, was sie denke, wie ihr Leben wohl nach der Invasion einer anderen Rasse aussehen würde, hätte sie sich das bestimmt nicht so vorgestellt. Independence Day, Der Krieg der Welten — keiner dieser Filme näherte sich auch nur ansatzweise dem, was tatsächlich geschehen würde. Die Menschen trafen eine höher entwickelte Spezies, als diese zu Ihnen auf die Erde kam. Es war weder zum Kampf, noch zu irgendeinem Widerstand auf der Regierungsebene gekommen. *Sie* hatten es nicht erlaubt. Rückblickend wurde klar, wie dumm diese Filme gewesen waren. Nuklearwaffen, Satelliten, Kampfjets waren nicht mehr als kleine Steine und Stöcke für diese uralte Zivilisation, die schneller als mit Lichtgeschwindigkeit das Universum durchqueren konnte.

Als sie eine leere Bank nahe am See sah, ging Mia dankbar auf diese zu. Auf ihren Schultern machte sich die Last des Rucksacks bemerkbar, in dem sie ihren schweren zwölf Jahre alten Laptop und einige altmodische, noch auf Papier gedruckte Bücher hatte. Mit einundzwanzig fühlte sie sich manchmal alt, fehl am Platz in dieser schnellen neuen Welt der extra-schlanken Tablets und den in die Armbanduhren integrierten Handys. Die Geschwindigkeit der technischen Entwicklungen war seit dem K-Day nicht langsamer geworden, wenn Überhaupt, waren jetzt viele neue Spielereien durch das beeinflusst, was die Krinar besaßen. Nicht dass die Krinar irgendetwas ihrer kostbaren Technologie Preis gegeben hätten. Ihrer Meinung nach sollte ihr kleines Experiment ohne größere Beeinflussungen fortgeführt werden.

Mia öffnete den Reißverschluss ihres Rucksacks

und holte ihren alten Mac heraus. Das Gerät war schwer und langsam, aber es funktionierte, und als arme Studentin konnte sich Mia nichts Besseres leisten. Sie loggte sich ein, öffnete ein neues Word-Dokument und machte sich bereit, sich durch das Schreiben ihrer Hausarbeit in Soziologie zu quälen.

Zehn Minuten und genau Null Worte später gab sie auf. Wem wollte sie denn damit etwas vor machen? Hätte sie wirklich dieses verdammte Ding schreiben wollen, wäre sie doch niemals in den Central Park gekommen. So verlockend es auch war, sich fest vorzunehmen die frische Luft zu genießen und gleichzeitig etwas zu arbeiten, in Wirklichkeit hatte Mia das noch nie hinbekommen. Eine muffige alte Bibliothek war ein viel besserer Ort für solche Tätigkeiten, die derartig das Hirn zermartern.

Mia gab sich in Gedanken einen Tritt für die eigene Faulheit, seufzte und sah sich trotzdem erst mal um. Die Menschen in New York zu beobachten amüsierte sie immer wieder.

Das Bild, was sie vor sich sah, war ein Klassiker, mit dem Obdachlosen auf der Parkbank — zum Glück nicht auf der neben ihr, er sah nämlich so aus, als würde er schon sehr streng riechen — und den beiden Kindermädchen, die miteinander auf Spanisch redeten, während sie langsam ihre Kinderwagen vor sich her schoben. Ein Mädchen mit leuchtend pinkfarbenen Reeboks, die einen schönen Kontrast zu ihren blauen Leggins bildeten, joggte auf einem Weg weiter vorne. Mias Blick folgte neidisch der Joggerin, als diese um die Ecke bog. Ihr eigener hektischer Tagesablauf ließ ihr nur wenig Zeit zum Trainieren und sie bezweifelte, dass sie derzeitig auch nur einen Kilometer lang mit diesem Mädchen mithalten konnte.

Rechts konnte sie die Bogenbrücke sehen, die über den ganzen See reichte. Ein Mann lehnte am Brückengeländer und schaute über das Wasser. Sein Gesicht war von ihr weg gedreht, weshalb Mia nur einen Teil seines Profils sehen konnte. Trotzdem zog irgendetwas an ihm ihre Aufmerksamkeit auf sich.

Sie war sich nicht sicher, was es war. Er war zweifellos groß und schien unter seinem teuer aussehenden Trenchcoat auch einen gut gebauten Körper zu besitzen, aber das konnte es nicht sein. Große, gut aussehende Männer waren in dem von Modells überlaufenden New York nichts Besonderes. Nein, es war irgendetwas anderes. Vielleicht war es die Art und Weise, wie er da stand — völlig bewegungslos. Sein Haar war dunkel und glänzte in der hellen Nachmittagssonne, vorne gerade lang genug, um leicht im warmen Frühlingswind zu wehen.

Außerdem war er völlig alleine.

Das ist es, bemerkte Mia auf einmal. Die normalerweise sehr beliebte und malerische Brücke war völlig leer, mit Ausnahme des Mannes, der dort am Geländer stand. Heute schien aus irgendeinem Grund jeder einen weiten Bogen um sie zu machen. Tatsächlich saß niemand außer ihr und ihrem hocharomatischen, obdachlosen Nachbarn auf den sonst so beliebten Bänken in der ersten Reihe am See, sie waren alle leer.

Als ob es ihren Blick auf sich spüren würde, drehte das Objekt ihrer Aufmerksamkeit langsam seinen Kopf und sah Mia direkt an. Bevor ihr Hirn sich dieser Tatsache bewusst werden konnte, fühlte sie, wie ihr Blut gefror und sie sich bewegungslos dem Feind ausgeliefert sah. Während sie ihn nur hilflos anstarren konnte, schien er sie sehr interessiert zu durchleuchten.

~

Atme, Mia, atme. Irgendwo in ihrem Hinterkopf wiederholte eine kleine rationale Stimme immer wieder diese Worte. Diesem seltsam objektiven Teil von ihr fiel auch sein symmetrisches Gesicht auf und die straffe goldfarbene Haut, die sich eng an hohe Wangenknochen und ein energisches Kinn schmiegte. Die Bilder und Videos die sie von den Krinar gesehen hatte, wurden ihnen kaum gerecht. Dieses Wesen, das weniger als 10 Meter von ihr entfernt stand, war einfach atemberaubend schön.

Während sie ihn weiterhin bewegungslos anstarrte, richtete er sich auf und ging auf sie zu. Er pirscht sich eher heran, kam ihr dummerweise in den Sinn, da jede seiner Bewegungen sie an eine junge Raubkatze erinnerte, die sich geschmeidig einer Gazelle annähert. Seine Augen ließen sie die ganze Zeit nicht aus dem Blick. Als er näherkam, konnte sie einzelne gelbe

Sprenkel in seinen goldenen Augen erkennen und auch die vollen langen Wimpern sehen, die sie einrahmten.

Sie sah entsetzt und ungläubig, wie er sich weniger als einen Meter von ihr entfernt auf die gleiche Bank setzte und eine ebenmäßige Reihe weißer Zähne entblößte, als er sie anlächelte. Keine Fangzähne, bemerkte sie mit einem Teil ihres Gehirns, der noch zu funktionieren schien. Nicht die leiseste Spur von ihnen. Das war eines der Gerüchte über sie, genauso wie ihr vermeintlicher Abscheu vor der Sonne.

»Wie heißt du?« Das Wesen schnurrte die Frage förmlich. Seine Stimme war leise und weich, völlig ohne Akzent. Seine Nasenlöcher bebten leicht, als er ihren Duft einatmete.

»Ähm« Mia schluckte nervös. »M-Mia.«

»Mia«, wiederholte er langsam, und es schien, als würde er sich ihren Namen auf der Zunge zergehen lassen. »Mia, und weiter?«

»Mia Stalis.« Ach du Scheiße, warum wollte er denn ihren Namen wissen? Warum war er hier und redete mit ihr? Und überhaupt, was machte er eigentlich im Central Park, fernab aller Siedlungen der Krinar? *Atme, Mia, atme.*

»Entspanne dich, Mia Stalis.« Sein Lächeln wurde breiter und es kam ein Grübchen in seiner linken Wange zum Vorschein. Ein Grübchen? Die Krinar hatten Grübchen? »Bist du bis jetzt noch nie auf einen von uns getroffen?«

»Nein, noch nie«, stieß Mia kurz hervor und dabei fiel ihr auf, dass sie ihren Atem die ganze Zeit anhielt.

Sie war stolz darauf, dass ihre Stimme nicht so zitterig klang, wie sie sich anfühlte. Sollte sie fragen? Wollte sie es wirklich wissen?

Sie nahm all ihren Mut zusammen. »Was, äh—« nochmal Schlucken. »Was willst du von mir?«

»Jetzt gerade, mich mit dir unterhalten.« Mit diesen goldenen Augen, die sich an den Winkeln leicht zusammen zogen, sah er aus, als würde er gleich über sie lachen.

Seltsamerweise machte sie das so wütend, dass sie dadurch ihre Angst verdrängte. Wenn es etwas gab, das Mia mehr hasste als alles andere, dann war das, ausgelacht zu werden. Mit ihrem kleinen, dünnen Körper und ihrem allgemeinen Mangel an sozialer Kompetenz seit Teenagerzeiten — sie hatte das komplette Albtraumprogramm absolviert: Zahnspange, krauses Haar und Brille — waren schon mehr als einmal Witze auf Mias Kosten gemacht worden.

Sie schob angriffslustig ihr Kinn in die Höhe. »Also schön, und wie heißt du?«

»Korum.«

»Nur Korum?«

»Wir haben keine richtigen Nachnamen, zumindest nicht so wie ihr das habt. Mein voller Name ist sehr viel länger, aber du könntest ihn nicht aussprechen wenn ich ihn dir sagen würde.«

Okay, das war doch mal interessant. Sie erinnerte sich daran, mal so etwas in der *New York Times* gelesen zu haben. So weit, so gut. Ihre Beine hatten schon fast aufgehört zu zittern und ihre Atmung wurde auch wieder gleichmäßiger. Vielleicht, hatte sie ja doch noch eine klitzekleine Chance, aus dieser Nummer lebend herauszukommen. Diese Unterhaltung schien recht ungefährlich zu sein, auch wenn es sie etwas aus der Fassung brachte, dass er sie die ganze Zeit mit diesen gelblichen Augen anstarrte, ohne zu blinzeln. Sie beschloss, ihn reden zu lassen.

»Was machst du hier, Korum?«

»Das habe ich dir doch gerade gesagt. Ich unterhalte mich mit dir, Mia.« Seine Stimme hatte wieder den Hauch eines Lachens.

Frustriert stieß Mia ihren Atem aus. »Ich meine, was machst du hier im Central Park? Überhaupt in New York City?«

Er lächelte wieder und neigte seinen Kopf leicht zu einer Seite. »Vielleicht habe ich gehofft, hier ein hübsches Mädchen mit Locken zu treffen.«

Also, das reichte jetzt wirklich. Er spielte ganz klar mit ihr. Jetzt, da sie ihren Verstand wieder gebrauchen konnte, fiel ihr auf, dass sie sich mitten im Central Park befanden, in der Gegenwart einer Unmenge von Zeugen. Sie blickte sich verstohlen um, nur um sicherzugehen. Ja, obwohl die Menschen diese Bank und das darauf sitzende fremdartige Wesen offensichtlich mieden, gab es tatsächlich einige mutige Seelen, die aus sicherer Entfernung zu ihnen starrten. Ein Paar wagte es sogar, sie vorsichtig mit ihren in die Armbanduhren eingebauten Kameras zu filmen. Wenn der Krinar ihr irgendetwas antun sollte, wäre es umgehend auf YouTube zu sehen und das müsste er auch wissen. Natürlich könnte ihm das auch egal sein.

Da sie immer noch davon ausging, dass sie relativ sicher war — sie hatte noch nie von Videos gehört, die Übergriffe der Krinar auf Studentinnen mitten im Central Park zeigten — griff sie nach ihrem Laptop und hob ihn an, um ihn zurück in ihren Rucksack zu packen.

»Lass mich dir damit helfen, Mia—«

Und bevor sie auch nur blinzeln konnte, merkte sie, wie er den schweren Laptop aus ihren plötzlich kraftlosen Fingern nahm und dabei leicht deren Knöchel streifte. Als er sie berührte, durchfuhr Mia ein Gefühl wie ein elektrischer Schock, der, als er abebbte, kribbelnde Nervenverbindungen hinterließ.

Er nahm ihren Rucksack und packte den Laptop mit einer weichen und geschmeidigen Bewegung weg. »So, fertig.«

Oh Gott, er hatte sie berührt. Vielleicht war ihre Theorie über die Sicherheit auf öffentlichen Plätzen doch falsch. Sie merkte, wie sich ihre Atmung wieder beschleunigte, und ihre Herzfrequenz befand sich wahrscheinlich auch schon im Sauerstoff unabhängigen Bereich.

»Ich muss jetzt los... Tschüss!«

Wie sie es schaffte, diese Worte herauszuquetschen ohne zu hyperventilieren, würde sie wohl nie herausfinden. Sie griff sich den Riemen ihres Rucksacks, den er soeben losgelassen hatte und sprang auf ihre Füße. Dabei fiel ihr irgendwo im Hinterkopf auf, dass die Lähmung von vorhin verschwunden war.

»Tschüss Mia. Bis später.« Seine Stimme mit dem leicht spottenden Unterton war noch lange in der klaren Frühlingsluft zu hören, als sie losging und fast rannte, weil sie es so eilig hatte, von ihm wegzukommen.

~

Wenn Sie mehr darüber erfahren möchten, besuchen Sie bitte Annas Webseite www.annazaires.com/book-series/deutsch/.

Anmerkung des Autors: Wenn Sie etwas anderes ausprobieren möchten – ganz besonders, wenn Sie Urban Fantasy und Science-Fiction mögen – sollten Sie einen Blick in *Die Gedankenleser* werfen, dem ersten Buch der Serie *Gedankendimensionen*, einem Gemeinschaftsprojekt mit meinem Mann Dima Zales. Ich muss Sie allerdings warnen, dass es in dem Buch kaum um Liebe oder Sex geht. Statt Sex gibt es Gedankenlesen. Das Buch ist jetzt bei den meisten Händlern erhältlich.

~

Alle denken, ich sei ein Genie.
Alle liegen falsch.

Sicher, ich habe Harvard im Alter von achtzehn Jahren abgeschlossen und verdiene jetzt eine unglaubliche

Menge Geld mit einem Hedgefonds. Der Grund dafür ist allerdings nicht, dass ich besonders clever bin oder wie verrückt arbeite.

Ich betrüge.

Ich besitze eine einzigartige Fähigkeit. Ich kann die Gegenwart verlassen und in meine eigene persönliche Version der Realität eintauchen – den Ort, den ich die Stille nenne – an dem ich meine Umgebung erkunden kann, während die restliche Welt innehält.

Eigentlich dachte ich immer, ich sei der Einzige, der das tun kann – bis ich sie getroffen habe.

Ich heiße Darren, und das ist die Geschichte, wie ich herausgefunden habe, dass ich ein Leser bin.

Manchmal denke ich, dass ich verrückt bin. In diesem Moment sitze ich an einem Kasinotisch, und jeder um mich herum ist bewegungslos, so wie eingefroren. Ich nenne das die Stille, so als würde es das Ganze realer machen, wenn es einen Namen hätte – so als würde der Name die Tatsache ändern, dass alle Spieler um mich herum wie Statuen sind. Sie sitzen einfach nur da, und ich gehe um sie herum, schaue mir die Karten an, die sie gerade erhalten haben. Hört sich das verrückt an?

Das Problem an der Theorie, ich sei verrückt, ist, dass auch wenn ich die Welt »entfriere«, so wie ich es gerade getan habe, die Karten, welche die Spieler aufdecken, immer noch dieselben sind. Wäre ich verrückt, sollten die Karten dann nicht vermischt sein? Außer natürlich, ich bin schon so verrückt, dass ich mir auch die Karten auf dem Tisch einbilde.

Aber selbst dann gewinne ich. Sollte das auch Einbildung sein – sollte der Stapel Chips neben mir auf dem Tisch nur eingebildet sein –, dann könnte ich auch gleich alles in Frage stellen. Vielleicht heiße ich auch gar nicht Darren.

Nein. So kann ich nicht denken. Wenn ich wirklich so verwirrt sein sollte, dann möchte ich gar nicht aus diesem Zustand herausgeholt werden – weil, wenn das passiert, werde ich höchstwahrscheinlich in einer psychiatrischen Anstalt aufwachen.

Außerdem liebe ich mein Leben, verrückt oder nicht.

Meine Psychiaterin denkt, die Stille sei eine Erfindung, um die inneren Vorgänge meines Genies zu beschreiben. Das hört sich für mich verrückt an. Es könnte auch sein, dass sie mich begehrt, aber das steht außer Frage. Sie befindet sich komplett außerhalb der Altersgruppe, mit der ich ausgehe. Ihre Erklärung würde sowieso nicht helfen, da sie nicht auf die Art und Weise zutrifft, mit der ich Dinge weiß, die selbst ein Genie nicht erahnen könnte – wie den genauen Wert des Blattes der anderen Spieler.

Ich sehe dem Croupier dabei zu, wie er eine neue Runde eröffnet. Außer mir befinden sich noch drei weitere Spieler am Tisch. Der Cowboy, die Großmutter und der Professionelle, wie ich sie in Gedanken nenne. Ich kann die jetzt fast spürbare Angst fühlen, die mit dem Hineingleiten einhergeht – das ist der Name, den ich dem Prozess gegeben habe: in die Stille hineingleiten. Meine Sorge, ich könne verrückt sein, hat das Hineingleiten schon immer vereinfacht. Angst scheint diesen Prozess zu begünstigen.

Ich gleite hinein, und alles ist still. Daher der Name für diesen Vorgang.

Selbst jetzt finde ich das noch unheimlich. In diesem Kasino ist es normalerweise sehr laut. Betrunkene Menschen, die sich unterhalten. Spielautomaten, das Läuten bei Gewinnen, Musik – nur in einem Klub oder bei Konzerten ist es lauter. Und trotzdem, genau in diesem Moment könnte ich wahrscheinlich eine Stecknadel fallen hören. Es ist so, als sei ich gegenüber dem Chaos um mich herum taub geworden.

So viele eingefrorene Menschen um mich herum zu haben macht das Ganze nur noch eigenartiger. Hier ist eine Kellnerin, die mitten im Schritt mit ihrem Tablett auf dem Arm angehalten hat. Eine Frau, die gerade dabei ist, eine Münze in einen Spielautomaten zu schmeißen. An meinem eigenen Tisch ist die Hand des Croupiers erhoben, und die letzte Karte, die er gezogen hat, hängt unnatürlich in der Luft. Ich gehe von der Seite des Tisches auf sie zu und nehme sie in die Hand. Es ist ein König, der für den Professionellen bestimmt ist. Als ich die Karte loslasse, fällt sie auf den Tisch, anstatt weiter in der Luft zu schweben, wie sie es vorher getan hat. Ich weiß allerdings genau, dass sie sich wieder dort befinden wird, in genau der Position, in der sie war, als ich sie genommen habe, sobald ich mich aus diesem Zustand zurückziehe.

Der Professionelle sieht genau so aus, wie ich mir immer Menschen vorgestellt habe, die mit Pokerspielen ihr Geld verdienen: ungepflegt, Schatten unter den Augen und generell ein wenig eigenartig. Er hat sein Pokerface das ganze Spiel über perfekt im Griff gehabt – es hat nicht ein einziges Mal ein Muskel gezuckt. Sein Gesicht ist so unbeweglich, dass ich mich frage, ob ihm vielleicht Botox dabei hilft, eine so steinerne Miene aufrechtzuerhalten. Seine Hand befindet sich auf dem Tisch und bedeckt beschützend die Karten, die ihm gegeben wurden.

Ich bewege seine schlaffe Hand zur Seite. Das fühlt sich normal an. Also gewissermaßen. Seine Hand ist schweißnass und haarig, weshalb es unangenehm ist, sie zur Seite zu legen. Es ist anormal, das zu tun. Der normale Teil des Ganzen ist, dass seine Hand eher warm als kalt ist. Als ich noch ein Kind war, erwartete ich, dass sich die Menschen in der Stille kalt anfühlen würden, wie Statuen aus Stein.

Nachdem ich die Hand des Professionellen zur Seite gelegt habe, nehme ich seine Karten auf.

Zusammen mit dem König, der gerade in der Luft hängt, hat er ein hübsches hohes Blatt. Gut zu wissen.

Ich gehe zur Großmutter hinüber. Sie hält ihre Karten in der Hand. Dadurch, dass sie sie wie einen Fächer ausgebreitet hat, kann ich es vermeiden, ihre faltigen und fleckigen Hände zu berühren. Das ist eine Erleichterung, da ich in der letzten Zeit meine Probleme damit habe, in der Stille Menschen anzufassen – genauer gesagt Frauen. Falls ich es tun müsste, würde ich das Berühren von Großmutters Hand rational als harmlos ansehen – oder es zumindest nicht gruselig finden –, aber es ist trotzdem besser, es möglichst zu vermeiden.

Auf jeden Fall hat sie ein niedriges Blatt. Ich fühle mich schlecht für sie. Sie hat heute Nacht eine ganze Menge verloren. Ihre Chips gehen zur Neige. Vielleicht sind ihre Verluste, zumindest teilweise, der Tatsache zuzuschreiben, dass sie kein gutes Pokerface aufsetzen kann. Schon bevor ich einen Blick auf ihre Karten geworfen hatte, wusste ich, dass sie nicht gut sein würden. Ich konnte sehen, dass sie nicht glücklich mit dem war, was sie in der Hand hielt, sobald sie ihre Karten bekam. Ich habe sie außerdem vor einigen Runden bei einem fröhlichen Aufblitzen ihrer Augen ertappt, als sie ein Dreierpaar hatte, welches gewann.

Pokern ist zu einem Großteil eine Übung, um Menschen besser lesen zu können – eine Fähigkeit, die ich gerne besser beherrschen würde. Auf meiner Arbeit wurde mir gesagt, ich sei großartig darin, Menschen zu lesen. Aber das bin ich nicht. Ich bin einfach nur gut darin, die Stille zu verwenden, um ihnen das vorzumachen. Ich möchte aber trotzdem lernen, es wirklich zu können.

Was mich am Pokern eher weniger interessiert, ist das Geld. Mir geht es finanziell gut genug, um nicht auf den Gewinn durch das Spielen angewiesen zu sein. Mir ist es egal, ob ich gewinne oder verliere, auch wenn das Verfünffachen meines Geldes an dem Black-Jack-Tisch Spaß gemacht hatte. Dieser ganze Ausflug zum Spielen findet überhaupt nur deshalb statt, weil ich es mit einundzwanzig endlich darf. Ich war nie ein Freund von falschen Ausweisen, und deshalb ist das wirklich ein Meilenstein für mich.

Ich verlasse die Großmutter und gehe hinüber zum Cowboy. Ich kann seinem Strohhut nicht widerstehen und setze ihn mir auf. Ich frage mich dabei, ob ich dadurch Läuse bekommen könnte. Da ich noch nie leblose Objekte aus der Stille zurückbringen konnte und auch anderweitig die Welt nicht nachhaltig beeinflusst habe, denke ich, dass ich auch keine lebenden Viecher mit mir zurücknehme. Ich lege den Hut zurück und schaue auf seine Karten. Er hat einige Asse – eine bessere Hand als der Professionelle. Der Cowboy könnte auch ein Professioneller sein. Soweit ich das beurteilen kann, hat er ein gutes Pokerface. Es wird interessant werden, die beiden in der nächsten Runde zu beobachten.

Dann schlendere ich zum Kartenstapel und schaue mir die obersten Karten an, um sie mir einzuprägen. Ich überlasse nichts dem Zufall.

Als ich meine Aufgabe in der Stille abgeschlossen habe, gehe ich zurück zu mir. Ach ja, habe ich erwähnt, dass ich mich selbst dort sitzen sehen kann? Genauso eingefroren wie alle anderen? Das ist der verrückteste Teil. Es ist so wie eine außerkörperliche Erfahrung.

Ich nähere mich meinem eingefrorenen Ich und schaue es an. Normalerweise vermeide ich das, weil es so beunruhigend ist. Weder sich selbst unzählige Male im Spiegel zu sehen noch sich Videos mit sich selbst auf YouTube anzuschauen kann einen auf den Anblick des eigenen Körpers in 3D vorbereiten. Das ist nichts, was dafür gedacht ist, es zu erleben. Außer vielleicht, man ist ein eineiiger Zwilling.

Es ist kaum zu glauben, dass ich diese Person bin. Sie sieht eher wie ein ganz normaler Typ aus. Vielleicht nach ein wenig mehr. Ich finde diesen Typen sehr interessant. Normalerweise ist für mich das Aussehen anderer Männer nicht interessant, aber ich bin neugierig, wie mein eingefrorenes Ich aussieht. Oder um ganz ehrlich zu sein: Ich mag es, wie mein eingefrorenes Ich aussieht. Es sieht cool aus. Es sieht clever aus.

Ich denke, Frauen könnten es als gut aussehend bezeichnen, auch wenn es nicht bescheiden von mir ist, das zu behaupten.

Ich bin nicht gut darin, die Attraktivität von Männern zu bewerten – das war ich noch nie –, aber einige Dinge sind allgemeingültig. Ich kann erkennen, wenn ein Typ hässlich ist, und mein eingefrorenes Ich ist es nicht. Ich weiß auch, dass generell ein symmetrisches Gesicht als schön angesehen wird – und meine Statue hat so eines. Ein starkes Kinn ist auch nichts Schlechtes. Das habe ich. Breite Schultern zu haben ist gut, und groß zu sein wirklich hilfreich. Diese Punkte decke ich auch ab. Ich habe blaue Augen – was ein Pluspunkt zu sein scheint. Mädchen haben mir gesagt, dass sie meine Augen mögen, auch wenn sie an meinem gefrorenen Ich jetzt gerade ein wenig angsteinflößend wirken – glasig und glänzend. Sie sehen aus wie die Augen einer Wachsfigur. Leblos.

Als mir auffällt, dass ich mich zu lange bei diesem Thema aufhalte, schüttele ich meinen Kopf. Ich stelle mir vor, wie meine Psychiaterin diesen Moment analysieren würde. Wer würde diese Selbstbewunderung schon als Teil der psychischen Erkrankung sehen? Ich sehe sie vor mir, wie sie Worte wie »Narzisstisch« notiert.

Genug. Ich muss die Stille verlassen. Ich hebe meine Hand und berühre mein eingefrorenes Ich auf der Stirn. Sobald ich meinen derzeitigen Zustand verlasse, kehren die Geräusche zurück.

Alles ist wieder normal.

Der König, auf den ich noch vor einem Moment schaute – der König, den ich auf dem Tisch liegen ließ – befindet sich wieder in der Luft und folgt der Bahn, die ihm vorherbestimmt war. Er landet neben der Hand des Professionellen. Die Großmutter betrachtet immer noch enttäuscht ihre gefächerten Karten, und der Cowboy hat seinen Hut wieder auf, auch wenn ich ihn in der Stille abgenommen hatte. Es ist alles genau so wie in dem Augenblick, bevor ich in die Stille hineinglitt.

Auf einer bestimmten Ebene hört mein Gehirn nie auf, über diese Unterschiede zwischen der Stille und außerhalb überrascht zu sein. Es ist fast vorprogrammiert, die Realität in Frage zu stellen, wenn solche Dinge passieren. Als ich versuchte, meine Psychiaterin am Anfang der Therapie auszutricksen, las ich einmal ein ganzes Lehrbuch über Psychologie während unserer Sitzung. Ihr ist das natürlich nicht aufgefallen, da ich es in der Stille tat. Das Buch handelte davon, dass Babys, auch wenn sie erst zwei Monate alt sind, schon überrascht darüber sind, wenn sie etwas Ungewöhnliches sehen – wenn zum Beispiel eine Sache gegen die Regeln der Schwerkraft zu verstoßen scheint. Kein Wunder, dass mein Gehirn Schwierigkeiten damit hat, mit diesen Vorgängen zurechtzukommen. Bis ich zehn war, war alles normal, aber dann begannen die eigenartigen Dinge, um es vorsichtig auszudrücken.

Ich blicke hinab und stelle fest, drei Gleiche in der Hand zu halten. Das nächste Mal werde ich mir meine Karten anschauen, bevor ich hineingleite. Wenn ich so ein starkes Blatt habe, kann ich es auch darauf ankommen lassen und fair spielen.

Die Partie verläuft wie erwartet, weil ich ja die Karten sämtlicher Mitspieler kenne. Schließlich gibt die Großmutter auf. Sie hat offensichtlich genug Geld verloren.

In diesem Moment sehe ich sie zum ersten Mal.

Sie ist heiß. Mein Freund Bert von der Arbeit behauptet, ich hätte einen bestimmten Frauentyp. Er hat ihn mir sogar beschrieben, nachdem er einige der Mädchen, mit denen ich ausgegangen war, gesehen hatte. Ich lehne dieses Konzept eines »Frauentyps« generell ab. Ich mag es nicht, von mir selbst zu denken, ich sei oberflächlich oder berechenbar. Allerdings könnte das schon ein wenig auf mich zutreffen, da dieses Mädchen genau in das Beuteschema passt, welches Bert mir beschrieben hat. Und ich bin, milde ausgedrückt, extrem interessiert an ihr.

Große, blaue Augen, deutlich erkennbare Wangenknochen, ein schmales Gesicht mit einem Hauch Exotik. Lange, extrem wohlgeformte Beine, die zu einer Tänzerin gehören könnten. Dunkles, gewelltes Haar, das, wie ich es mag, zu einem Pferdeschwanz gebunden ist. Kein Pony – sehr gut. Ich hasse Ponys und kann mir auch nicht erklären, wie manche Mädchen sich so etwas antun können. Auch wenn die Abwesenheit des Ponys in Berts Beschreibung meines Frauentyps nicht vorkam, gehört dieses Kriterium definitiv dazu.

Ich starre sie weiterhin an. Mit den hohen Absätzen und dem engen Rock wirkt sie an diesem Ort overdressed. Oder vielleicht bin ich mit meiner Jeans und dem T-Shirt auch einfach underdressed. Wie dem auch sei, es interessiert mich nicht. Ich muss versuchen, mit ihr ins Gespräch zu kommen.

Ich denke darüber nach, in die Stille einzutauchen und mich ihr anzunähern. Auf diese Weise könnte ich etwas Unheimliches tun, wie sie aus nächster Nähe anstarren oder sogar ihre Taschen zu durchwühlen. Irgendetwas, das mir dabei hilft, mit ihr zu reden.

Ich entscheide mich dagegen.

Dieser Verstoß gegen mein gewöhnliches Verhalten, falls man das überhaupt so nennen kann, ist sehr eigenartig. Und da ich gerade von voreiligem Handeln spreche – ich stelle mir die folgende Handlungskette vor: Sie stimmt zu, sich mit mir zu verabreden, es wird ernst zwischen uns und, weil wir diese tiefe Verbindung haben, erzähle ich ihr von der Stille. Sie erfährt, dass ich etwas Unheimliches tue, bekommt Angst und verlässt mich. Es ist natürlich lächerlich, sich so etwas auszumalen, bevor wir überhaupt miteinander gesprochen haben. Möglicherweise hat sie einen IQ von unter 70 oder besitzt die Persönlichkeit eines Holzstücks. Es könnte zwanzig verschiedene Gründe dafür geben, weshalb ich mich nicht mit ihr treffen möchte. Und außerdem hängt das ja auch nicht von mir ab. Sie könnte mir genauso gut zu verstehen geben, sie in Ruhe zu lassen, sobald ich versuche, mit ihr zu sprechen.

Die Arbeit mit sicheren Geldanlagen hat mich allerdings gelehrt, mich abzusichern. So verrückt diese Entscheidung, nicht in die Stille einzutauchen, auch ist, ich bleibe bei ihr. Ich weiß, dass es so höflicher ist. Aus dem gleichen Grund beschließe ich außerdem, in dieser Pokerrunde nicht zu schummeln.

Sobald die Karten ausgegeben sind, denke ich darüber nach, wie gut es sich anfühlt, so ehrenvoll gehandelt zu haben – auch wenn das niemand weiß. Vielleicht sollte ich häufiger versuchen, die Privatsphäre meiner Mitmenschen zu achten. *Ja, richtig.* Ich muss auch realistisch bleiben. Ich wäre nicht dort, wo ich heutzutage bin, wenn ich diesem Rat gefolgt wäre. Ich würde sogar innerhalb weniger Tage meinen Job verlieren, sollte ich anfangen, die Privatsphäre anderer Menschen zu respektieren – und damit auch die ganzen Annehmlichkeiten, an die ich mich gewöhnt habe.

Ich mache es dem Professionellen nach und bedecke meine Karten, sobald ich sie bekomme, mit meiner Hand. Ich bin gerade dabei, einen Blick auf sie zu werfen, als etwas Ungewöhnliches passiert.

Die Welt um mich herum wird still, so, als würde ich gerade eintauchen … aber diesmal habe ich nichts gemacht.

Einen Augenblick später sehe ich sie – das Mädchen, welches mir am Tisch gegenübersitzt, das Mädchen, an das ich gerade gedacht habe. Sie steht neben mir und zieht ihre Hand von meiner weg. Oder genauer gesagt, der Hand meines eingefrorenen Ichs – ich stehe ja daneben und schaue sie an.

Allerdings sitzt sie auch noch mir gegenüber am Tisch, eine eingefrorene Statue wie alle anderen auch.

Mir kommt nicht einmal der Gedanke, das zweite Mädchen könne ihre Zwillingsschwester oder etwas Ähnliches sein. Ich weiß, dass sie es ist. Sie tut das Gleiche, was ich vor einigen Minuten getan habe. Sie geht in der Stille umher. Die Welt um uns herum ist eingefroren, aber wir sind es nicht.

Sie sieht schockiert aus, als ihr das Gleiche klar wird. Mit einer Hand greift sie über den Tisch und berührt ihre eigene Stirn.

Die Welt wird wieder normal.

Sie starrt mich schockiert mit ihren großen Augen und dem blassen Gesicht an. Ich kann sehen, wie ihre Hände zittern, während sie aufspringt. Ohne ein Wort zu sagen, dreht sie sich um und geht weg.

Als sie anfängt zu rennen, zögere ich nicht. Ich stehe auf und folge ihr. Das ist nicht sehr clever. Sie würde sich wohl kaum mit einem unbekannten Typen verabreden, der hinter ihr herrennt. Aber über diesen Punkt bin ich schon hinaus. Sie ist die einzige Person, die ich jemals getroffen habe, die das Gleiche kann wie ich. Sie ist der Beweis dafür, dass ich nicht verrückt bin. Sie könnte das besitzen, was ich mehr als alles andere möchte.

Sie könnte Antworten haben.

Wenn Sie mehr über unsere Fantasy- und Science-Fiction-Bücher erfahren möchten, besuchen Sie bitte Dima Zales' Seite https://www.dimazales.com/book-series/deutsch/ und tragen Sie sich für seinen Newsletter zu Neuerscheinungen ein.

Anna Zaires ist eine New-York–Times- *und* USA-Today-Bestsellerautorin in den Genres Science-Fiction-Liebesromane und zeitgenössische dunkle Liebesromane. Sie hat sich bereits im zarten Alter von fünf Jahren in Bücher verliebt, in dem ihr ihre Großmutter das Lesen beibrachte. Kurz darauf schrieb sie auch schon ihre erste Geschichte. Seitdem lebt Anna neben der realen Welt ständig in einer Phantasiewelt, in der nur ihre eigene Vorstellungskraft ihr Grenzen setzen kann. Zurzeit lebt die glücklich verheiratete Anna mit ihrem Ehemann Dima Zales (einem Science-Fiction- und Fantasyautor) in Florida, wo die beiden eng an allen ihren Werken zusammenarbeiten.

Um mehr zu erfahren, besuchen Sie bitte die Seite www.annazaires.com/book-series/deutsch/.